그 날, 신에게 바랐던 것은

일러스트 플라이
하즈키 아야

kiss of the orange prince

I

Contents

디자인: 키무라 디자인 랩

"실제로 두 사람은
어떤 관계인가요?"

"선배도 아주 싫지만은
않은 눈치고, 내버려 두자."

타카미네 루리

신문부의 명물 콤비 「Azure」의 기사
담당. 취미는 정보 수집으로 교내외를
불문하고 온갖 일에 정통하다.
절친 아오이를 아주 좋아한다.

미야노 아오이

「Azure」의 사진 담당.
필름과 인화지를 사기 위해 매일
익숙하지 않은 알바에 힘쓴다.
선배인 토와 앞에서는 솔직해지지
못한다.

"나의 가장 부끄러
토와 군에게 보였

"하아,
그냥 마음대로 해."

오미 토카

오렌지 프린스라는 별명으로 유명한
토와의 선배. 중학생 때는 농구부
주장이었고 지금도 팬이 많다.
어떤 사정으로 토와와 접점을 가지게
된다.

카자마츠리 토와

나키리 고등학교에 다니는 2학년생.
1년 전, 자신이 촬영한 흑백 사진이
어떤 소설의 표지로 채용되며 조금
유명해지고 말았다.

운 모습을
뿐이야."

"토와의 도시락이
맛있는 게 문제야."

카미시로 하쿠노

미라크티어 꽃이 피는 키미시로
신사의 딸. 먹는 것을 사랑하여
소꿉친구인 토와의 수제 도시락을
노리기도 한다.
토와의 누나 이로하의 방에 있는
순정만화가 바이블.

그날, 신에게 바랐던 것은

I

하즈키 아야 지음
플라이 일러스트
송재희 옮김

이 이야기는 카자마츠리 토와의 열일곱 번째 생일에 시작된다.

몇몇 만남과, 둘도 없는 기적과.

색칠되는 조각을 가득 쌓으며 계절이 한 바퀴 돌았을 때.

토와의 열여덟 번째 생일에 이 이야기는 끝난다.

프롤로그

세계가 색을 잃은 날

올려다본 하늘을 채운 것은 가련한 분홍색.

나는 꽃으로 뒤덮인 하늘 아래에 있었다.

별을 닮은 꽃들 사이로 오렌지빛이 내려와 내 머리카락과 어깨와 치맛자락에 걸렸다. 빛을 따라 시선을 더 아래로 보냈다.

내 흉내만 내는 장난꾸러기 그림자가 키득키득 웃는 것처럼 발밑에서 일렁거렸다.

쌍둥이 같은, 소꿉친구 같은 그녀는 머지않아 밤이라는 이름의 코트를 걸치고 세계의 색과 동화되어 보이지 않게 될 것이다. 그렇잖아?

이 한순간에도 밤은 진행되니까.

두꺼운 나무줄기에 등을 기대고 살며시 손을 내밀어 꽃잎을 만졌다.

건드리는 손길에 흔들려 떨어진 꽃잎은 대기 중에서 유성으로 바뀌었다.

반짝반짝, 반짝반짝, 황금색으로 빛나며.

그 광경은 몇 번을 봐도 아름답다.

1년 내내 시들지 않는, 내가 사는 이 슈쿠세이시를 상징하는 기적.

「미라크티어」.

세상에서 가장 아름답다고 칭해지는 신기한 꽃에는 진실인지 거짓인지 알 수 없는 전설이 하나 있다.

　「대가」를 지불하면 1년에 딱 한 번, 하얀 신이 단 한 명의 소원을 들어준다는 상냥하고 잔혹한 이야기.

　그건 나처럼 신에게 매달릴 수밖에 없는 인간에겐 참을 수 없이 감미로운 울림이었다. 소원하고, 바라고, 말도 안 되는 일이라며 반쯤 생각하면서도 기대를 완전히 버리지 못하는 나는 정말이지 어리석다고 가끔 괴로워지기도 하지만…….

　하아, 오늘도 틀렸나.

　한숨만이 봄 내음에 물들었다.

　앞머리가 살랑 떠오르자 빛줄기가 두 손을 펼치듯 내려와서 세계가 아주 조금 밝아졌다. 그때였다.

　새하얀 빛을 닮은 꽃잎 하나가 시야 끝에서 끝까지 가로질렀다.

　반짝임이 눈부셔서 반사적으로 눈을 가늘게 뜨고 말았다.

　어째서일까.

　수없이 흩날리는 꽃잎 속에서 그 하나만큼은 뭔가 다른 것 같았다.

　시선을 빼앗겼다.

　마음을 빼앗기고 말았다.

　교복의 가슴께를 꽉 움켜쥐자마자 내 몸은 크게 흠칫거렸다.

　저녁의 오렌지빛 속에 어느새 한 소녀가 서 있었기 때문이다.

새하얀 피부와 새하얀 머리카락.

옷도 새하얬다.

한눈에 압도될 만큼 그녀의 아름다움은 상궤를 벗어나 있었다. 아무것도 들어 있지 않은, 훌륭하게 장식된 바구니 같은 것을 섬세한 손으로 소중하게 껴안고 있었다.

그나저나 대체 언제부터 저기에?

전혀 눈치채지 못했다.

소리도 없고 기척도 없었으니까.

아니. 지금도 여전히 기척 같은 건 없었다.

손을 뻗으면 바로 사라져 버리는 신기루 같은 존재를 모호하게 느끼면서도 나는 그녀가 확실히 그곳에 있음을 감각적으로 알았다.

그녀가 무엇인지를 알았다.

"혹시 당신은─."

"안녕. 설명은, 으음. 필요 없지? 응. 그럼 정식으로. 오미토카 양. 너의 소원을 내게 가르쳐 줘."

말 한마디 한마디가 잔잔한 수면을 때리는 유성과 비슷했다. 내 안에 떨어져서, 울리고, 퍼져 나갔다.

파문의 끝자락이 내 안에 있는 가장 강한 감정을 건드리고 뒤흔들어 단 하나의 소원을 천천히 건져 올렸다.

"정말로, 정말로 들어주는 거야? 저기! 그럼, 내 소원은─."

가슴에 품은 소원을 그대로 입에 담자 그녀는 생긋 웃었다.

새하얀 신의, 그 모든 흰색과 균형을 잡는 듯한 새까맣고 커다란 눈. 놀라우리만큼 색소가 짙은 구체가 내 모든 것을 삼키는 것 같았다.

"네 「소원」은 확실하게 들었어. 하지만 「시련」을 하나 줄게. 「빛」을 알아차려. 네가 이 「시련」을 극복한다면 그 끝에서 네 소원은 분명 피어날 거야."

새하얀 신은 그렇게 말하며 내 곁으로 와서 왼손을 잡고 약지에 상냥하게 입을 맞췄다. 조금 차가운 입술이 닿은 곳은 간지럽다가 이내 뜨거워졌고 고동치듯 아파졌다.

"아파."

"힘내. 너라면 반드시 괜찮을 테니까."

중얼거린 목소리가 내 귀에 들렸을 때 그녀의 모습은 이미 어디에도 없었다.

백일몽이라는 단어가 떠올랐지만 왼손을 본 순간, 나는 방금 일어난 일이 현실이었음을 알았다.

내 손가락에는 증거가, 열이, 아픔이 확실하게 아직 남아 있었다.

약지의 통증에 반응하듯 소원과 비슷하게 뜨거워진 물방울이 눈에서 한 방울 흘러 뺨을 타고 내려간 순간—.

아아, 하고 나는 자신에게 주어진 「시련」을 이해했다.

아무래도 흘러나온 눈물에 내 세계의 색채가 담겨 있었던 모양이다.

흘러가 버려서 잃어버리고 말았다.

나는 그것을 되찾아야 한다.

올려다본 하늘에, 미라크티어의 꽃들에, 내 눈에 비치는 모
든 세계에는…….

—색이 없었다.

제1화

사계절로 물드는 꽃이 피는 마을

1

─있지, 토와 군.

토카 선배가 하늘을 가리키며 의기양양하게 내 이름을 불렀다.

"이런 하늘을 뭐라고 부르는지 알아?"

"어?"

그녀가 무슨 문제를 안고 있는지 아직 내가 아무것도 몰랐던 방과 후에 있었던 일이다.

"매직 아워라고 해. 세계가 우리에게 건 빛의 마법."

귀에 들린 ^{과거} 선배의 목소리에는 확실한 온도가 담겨 있었다. 불어오는 바람의 차가움. 맞잡았던 손의 감촉. 옆모습을 따뜻하게 덮었던 노을의 베일. 방과 후의 달콤한 공기.

언젠가의 광경이 손에 잡힐 듯 확실하게 현실과 중첩되어 보인 것은, 해안을 걷는 우리 앞에 그날과 똑같이 선명한 시간이 품에 다 안을 수 없을 만큼 크게, 무엇보다 아름답게 펼쳐져 있었기 때문이리라.

분홍색, 보라색, 흰색, 파란색.

물론 주황색도.

빛이 살아 있는 것처럼 일렁거렸다.

그런 환영의 감촉을 확인하고 있는데…….

―찰칵.

꿈의 끝을 알리는 자명종처럼 셔터를 누르는 소리가 나며 추억의 나날은 너무나도 허무하게 손이 닿지 않는 곳으로 녹아들었다.

대신 현실 세계가 토카 선배의 손에 있는 작은 기계로 수렴되었다.

바람이 불자 바다 내음이 한층 강해졌다.

나부끼는 머리카락을 누르는 토카 선배는 아주 예뻐서 가슴속의 무언가가 근질거렸다. 수평선과 똑같은 금빛이 그녀를 비추었다. 윤곽은 빛났고 얼굴 절반에 그림자가 드리워졌다. 아아, 그래.

그날, 여기서 똑같이 바다를 바라보며 나는 토카 선배의 비밀을 알았다.

그 비밀은 지금도 선배의 손가락에 감긴 반창고 밑에 있고, 그래서 우리는 함께 있었다.

"토와 군, 미안. 이거 잠깐만 들고 있어 줄래?"

갑자기 토카 선배가 마음이 다른 곳에 가 있는 모습으로 수중의 물건을 내게 떠넘겼다.

"뭐? 왜?"

"잔말 말고 얼른. 부탁해."

"어? 그래. 알았어."

남색 스쿨백. 스마트폰, 손목시계. 여자다운 귀여운 손수건. 그리고 아주 오래된 하프 카메라. 마지막으로 양말까지 벗어서 둥글게 말아 로퍼 안에 넣었다.

　이윽고 드러난 발에는 빨갛게 딱지가 진 찰과상 몇 개가 있었다.

　분위기에 압도되어 짐을 전부 맡자 토카 선배는 준비 운동도 하지 않고 바다로 뛰어갔다. 내가 할 수 있는 일은 「아」 하는 소리를 내는 것 정도였다. 멀어지는 발소리가 밑창이 내는 딱딱한 소리에서 맨발에 들러붙는 찰박찰박 소리로 바뀌어 귓가에 남았다.

　지면과 마찰되며 생긴 열 때문에 발이 아픈지 토카 선배는 이를 악물고 있었다.

　얕은 호흡을 반복하며 열심히 팔을 흔들고 발을 움직여 점점 작아지는 뒷모습은 절실하면서도 우스꽝스러웠다. 그런데 어째서일까.

『토와! 이리 와!』

　쏟아지는 빗속에서 나를 불렀던 그 사람의 모습이 겹쳐 보이는 것 같았다.

　토카 선배는 돌아보지도 않고 점차 속도를 높였다.

　조형물 옆을 지나 똑바로 방파제로. 그 너머로…….

　마지막에는 발에 잔뜩 힘을 주고서 세계를 향해 울부짖으며 조금도 속도를 줄이지 않고 자신의 모든 것을 하늘 높이 내던졌다.

"으아아아, 아아아아아아아아아아아아아아아아아아아—."

그 가뿐한 도약은 선배의 별명이 된 꽃처럼 아름다웠다.

황금빛 선이 소녀의 윤곽을 드러냈지만 보잘것없는 사람의 몸에 태양 전부를 담을 수 있을 리도 없어서, 흘러넘쳐 똑바로 뻗은 빛줄기가 선배의 새까만 실루엣에 오렌지색 날개를 달아 준 것처럼도 보였다.

하지만 그것은 당연하게도 이카로스의 날개였다.

한순간 공중을 유영한 후 지구의 핵에서 나온 투명한 중력의 손이 토카 선배의 발목을 붙잡아 바닷속으로 당겼다.

첨벙.

커다란 소리를 내며 세차게 물보라가 일었다. 튀어 오른 물방울은 쏟아지는 비처럼 해수면을 때리며 토카 선배의 뒤를 이어 위대한 어머니의 품으로 돌아갔다.

그렇게 30초가 지났을까.

파도가 부서지며 일갈하는 소리를 듣고 나서야 토카 선배가 올라올 기미가 없음을 깨달았다. 허둥지둥 방파제 너머로 가서 바닷속을 들여다보았다. 깊은 어둠 속에 사람의 모습은 보이지 않았다.

"토카 선배!"

이름을 불러 봤지만 대답 대신 기포가 떠올랐다가 사라질 뿐이었다.

"토카 선배. 내 말 안 들려? 토카 선배."

큰일이다. 등골이 오싹했다. 큰일이다.

짐을 내던지고 나도 바다로 뛰어들려고 상의를 잡은 순간—.

"푸하! 콜록! 콜록콜록. 으으, 입 안이 짜."

마침내 토카 선배가 바닷속에서 흠뻑 젖은 얼굴을 내밀었다.

나도 모르게 안도하여 숨을 내쉬었다.

"당신 뭐 하는 거야."

"바닷속이라면 찾을 수 있을지도 모른다는 생각이 문득 들었거든. 그 왜, 영화 같은 거 보면 빛이 하늘하늘 무늬를 만들잖아? 그 생각이 떠오르니까 몸이 멋대로 움직였어. 하지만 없었어. 못 찾았어."

"……아무튼 얼른 나오는 게 어때?"

"응. 고마워. 에취. 역시 아직 되게 춥다. 감기 걸리면 어쩌지?"

상체를 앞으로 빼서 손을 내밀고 어떻게든 끌어 올렸다.

젖어서 달라붙은 옷이 선배의 신체 윤곽을 드러내 어디다 시선을 둘지 조금 당황스러웠다. 긴 흑발은 무거워 보였고, 한없이 흘러내리는 바닷물이 마치 눈물처럼 뺨을 적시고 있었다.

"대체 어디 있는 걸까."

토카 선배는 그렇게 중얼거리고 으헤헤헤 웃었다.

슬픔을 억누르듯, 분한 마음을 그 가느다란 몸에 눌러 담듯, 무리해서 못생기게…….

그런 웃음이 버릇이 될 만큼 선배는 오랫동안 자신을 벌해 왔다.

나도 모르게 가슴이 아파서 찡그린 얼굴을 토카 선배가 알아차리고 말았다.

"아, 미안. 토와 군 앞에서는 웃지 않기로 약속했는데."

"그랬지. 그렇게 약속해서 나는 당신과 어울리고 있는 거야."

"응."

"그러니까 내 앞에서는 무리해서 웃지 마. 그게 제일 괴로워."

언젠가 했던 말을, 약속을, 한 번 더 되풀이했다.

매직 아워의 짧은 기적은 종언을 맞이했고 세계는 순식간에 어둠에 덮여 있었다. 가장 먼저 뜬 별이 반짝거리며 빛났다. 그 별을 향해 토카 선배가 손을 뻗었다. 젖은 손끝에 맺힌 물방울이 별빛을 담고 낙하하여 지면의 색이 동그랗게 짙어졌다. 밤이 그곳에 있었다.

선배의 손에서는 빛이 떨어지기만 했다.

그래도 떨어지는 것을 줍듯 나는 선배의 손을 굳게 잡고 있었다. 차게 식어 버린 손끝에 내 열이 조금쯤 옮으면 좋겠다고 바라며…….

"미안해. 그리고 고마워."

토카 선배는 웃음을 거두고 그 말만을 했다.

커다란 슬픔을 여전히 눈동자 안쪽에 간직한 채.

하지만 어쩌면 나도 마찬가지일지도 모른다.

이것은 그렇게 슬픔을 품고 살아갈 수밖에 없었던 우리의 이야기다.

그 시작은 약 한 달 전.

아직 벚꽃이 피어 있던 봄날까지 거슬러 올라간다.

2

여자 형제, 특히 누나가 있는 남자들이라면 깊이 공감하겠지만, 남자란 생물은 이래저래 여성의 부탁에 약하다. 다소 귀찮아도 부탁받으면 내 뜻과는 관계없이 몸이 멋대로 움직이고 만다.

그것은 Y 염색체에 새겨진 숙명 같은 게 아니라 영혼의 그릇인 육체에 배어 버린 슬픈 세월이 만들어 낸 업이다. 말해 두는데, 이건 패배자의 변명이 아니다.

……뭐.

현실만을 객관적으로 보면 나는 지금 소꿉친구의 부탁을 듣고 기나긴 돌계단을 오르고 있긴 하지만…….

왼손에 든 커다란 종이 쇼핑백의 손잡이가 피부를 파고들어 조금 아팠다.

이제 막 고등학교 2학년이 된 어느 맑은 날.

가는 방향에 태양이 있어서 오렌지빛이 얼얼하게 꽂히는지라 무심코 눈을 가늘게 뜨고 말았다. 눈가에서 빛의 윤곽이 부드럽게 흐려지며 시야를 채웠다.

어릴 때부터 수없이 본 풍경.

왼손의 통증을 견디며 허벅지에 힘을 줘서 2분쯤 걸려 계단을 다 오르자 마침내 카미시로 신사의 부지가 보였다.

"토와. 부탁이야. 지금 당장 이로하의 책장에서 만화 다음 권을 가져다줘. 빌렸던 만화가 딱 감질나는 부분에서 끝났어. 너무 궁금해서 저녁밥도 못 먹겠고 잠도 못 자겠어."

집에 돌아와 교복을 벗으려고 했을 때 방금 같이 하교한 카미시로 하쿠노에게서 전화가 오더니 그렇게 떼를 썼다. 노린 듯한 타이밍이라 넥타이를 풀려던 손을 내렸다. 하아, 무심코 쉰 한숨은 전화 건너편에 제대로 전달되었을까.

"네가 밥을 못 먹는다니 말도 안 되지."

"그럼 괜찮다는 거구나? 토와는 내가 저녁밥을 못 먹어서 굶어 죽어도 괜찮다는 거네?"

오래 알고 지냈을 텐데 전혀 맞물리지 않는 이 대화는 뭘까.

애초에 하루, 아니, 한 끼를 거른다고 해서 굶어 죽지는 않는다고 생각했지만 안타깝게도 이후 어떻게 될지는 경험으로 터득하여 알고 있었다. 하쿠노는 제 주장을 굽히지 않는다.

어쩔 수 없이 이것저것 속으로 삼키고 대신 다른 말을 꺼냈다.

"알겠어. 가져다줄게."

그래서 나는 지금 교복 차림으로 만화가 가득 든 커다란 쇼핑백을 들고서 저녁의 달콤한 공기 속에 있었다.

자박, 자갈을 밟는 소리가 났다. 자박자박.

걸을 때마다 소리가 났다.

그 소리도 금세 사라지고 말았다.

나는 발을 멈추고 숨을 들이쉰 뒤 크게 우뚝 자란 나무 한 그루를 조금 떨어진 곳에서 바라보았다.

분홍색 꽃잎은 얼핏 보면 시기적으로 벚꽃 같지만 애초에 꽃의 형태가 달랐다. 벚나무의 암술대와 꽃실처럼 중심에 위치한 톱니 모양이 프리즘과 비슷하게 빛났고, 에워싼 꽃잎이 둥글게 원을 그리는 덕분에 그 모습은 마치 별빛 같았다.

지구상에서 이곳에서만 발견된 나무는 이 마을에 옛날부터 있는 유명한 전설의 기원이었다.

카미시로 신사의 꽃은 세상에서 가장 아름다운 것을 보고 싶다고 외친 누군가의 소원이 형태를 이룬 것이다. 언제부터 인가 그런 식으로 이야기되었다. 그리고 전설은 다음과 같이 이어진다.

하지만 기적에는 「대가」가 필요해서 기적을 갈망한 누군가 는 이 마을에 영혼이 얽매였다.

긴 세월 속에 사로잡힌 영혼은 이윽고 신이 되어서 1년에 딱 한 번, 예전의 누군가처럼 「대가」를 지불한 단 한 명의 소원을 들어준다.

전설 대부분이 그렇듯 아무런 근거도 없고 진위도 불분명했다.

하지만 세상에서 가장 아름답다고 칭해지는 기적의 존재는 의심할 여지가 없이 내가 태어나기 전부터 이곳에 서 있었다.

분홍색으로 물든 꽃잎이 여전히 조금 쌀쌀한 봄바람에 흔들려 나뭇가지를 잡고 있던 손을 놓았다.

그러나 꽃잎이 허공에 날린 것은 몇 초밖에 안 될 것이다.

색이 옅은 가장자리부터 빛의 입자로 변하여 무산되고 바람에 쏴아 날아갔으니까.

반짝반짝 빛나는 금색 입자가 저녁때의 주황색으로 물든 대기 중에 녹아들었다.

흩날리는 꽃잎과 터지는 빛.

1년 내내 시들지 않는 이 꽃은 봄에는 벚꽃 같은 분홍색으로, 여름에는 하늘의 파란색으로, 가을에는 빨간색으로, 그리고 겨울에는 눈과 닮은 순백색으로, 사계절을 순환하며 꽃잎의 빛깔을 선명하게 물들였다. 그리고 가지에서 떨어진 꽃잎들은 하나같이 최후의 한순간을 아름답게 뽐내며 바람과 춤추다가 황금색 빛의 입자가 되어 사라졌다. 마치 유성처럼, 혹은 눈물처럼······.

세상에서 가장 아름다운 그 기적의 꽃을 「사계색 유성」이라고 한다.

영어명은 「미라크티어」.

미라클 미티어
기적과 유성.

티어
그리고 눈물의 뜻을 지닌, 이 꽃에 어울리는 아름다운 이름이다.

만개했다고 해도 지장이 없을 꽃들 속에 아직 봉오리인 채로 있는 가지 하나가 문득 눈에 띄었고, 내 속에 있는 누군가가 평소처럼 비명을 지르듯 떼를 쓰기 시작했다.

이미 늦은 일이었다.

포기했을 터였다.

그런데도 아주 시끄러웠다.

삐걱거리며 계속 내지르는 소리는 잦아들 기미가 없었다.

나는 왜 이렇게 멍청할까.

무심코 속으로 중얼거린 것이 실책임을 깨달은 것은 그 직후였다.

말이라는 윤곽을 줘 버렸기에 의미를 가지게 된 감정이 소화할 수 없을 만큼 크게 부풀었다.

"정말로 나는 바보인가."

어쩔 수 없이 제대로 중얼거리기로 했다.

뱉어 내서 아픔은 남지만 뱉어 낸 만큼 마음에 여유가 생기는 것도 분명했다.

입 밖으로 나온 감정은 공기를 진동시켜 소리로 바뀌었다. 하지만 시간 경과와 함께 미라크티어의 꽃잎처럼 녹아 누구에게도 전달되지 않는다. 그래야 했다. 그러나―.

"어?"

목소리가 울렸다.

물론 내 목소리는 아니었다.

그 안에 담긴 감정의 절실함은 비슷하지만 훨씬 소리가 높은 여성의 목소리였다.

목소리에 이끌린 것처럼 시선을 내렸다. 너무 내려가서 조금 올렸다. 흔들리는 실루엣에 점차 초점이 맞았다.

꽃으로 뒤덮인 하늘 아래.

한 여자가 동시에 이쪽을 돌아보고 있었다.

샴푸 광고에 그대로 나올 법한 윤기 흐르는 아름다운 흑발. 호리호리하면서도 탄탄하게 근육이 붙은 건강한 몸. 키는 여자의 평균 정도일까.

내가 다니는 고등학교의 교복을 입고 있었고, 리본 색이 선명한 주황색이라서 3학년^{선배}이라는 것만큼은 알 수 있었다.

"왜 울고 있어?"

무심코 그렇게 물은 것은 그녀의 뺨이 젖어 있었기 때문일까. 아니면 떠올라 있던 감정에 생각하는 바가 있었기 때문일까. 아니면, 아니면. 그 얼굴이 조금 낯익었기 때문일까.

나도 잘 모르겠다.

잠시 기다려 봤지만 대답이 없어서 한 번 더 물어봤다.

"무슨 일 있었어?"

그녀의 슬픔을 어루만지듯 황금빛이 눈물의 윤곽을 따라 반짝였다.

뺨을 타고 흘러내린 눈물방울이 공중에 흩날리던 꽃잎 한 조각에 떨어졌다. 눈물이 빛의 침식을 가속한 것처럼 절반 가까이 남아 있던 꽃잎이 단숨에 빛이 되어 터졌다. 파스스.

자잘하게 흩어진 빛을 삼킨 눈물만이 지면에 검은 반점을 남겼다.

"……딱히, 아무것도 아니야."

마침내 돌아온 말에는 경계의 색이 확실하게 배어나 있었다.

우는 모습을 보여서 부끄러운지 그녀는 눈가를 벅벅 문질렀다. 그래도 뺨에는 투명한 눈물 자국이 짙게 남아 있었다.

"하지만 울고 있었잖아."

뭔가에 이끌린 듯, 그녀가 만든 벽을 눈치채지 못한 척 천천히 다가갔다.

한편 그녀는 여전히 굳어 있었다.

젖은 눈은 줄곧 나를 보고 있었지만…….

"여자가 우는 이유를 묻다니, 섬세하지 못하네."

"그런가? 우리 누나는 여자가 울고 있으면 상냥하게 대하라고 했는데."

"상황에 따라 다르겠지. 네 손이 눈물을 닦아 줄 수 있을 때는 상냥하게 대해 줘. 하지만—."

"그럼 그럴게. 지금 내 손은 당신 눈물을 닦아 줄 수 있으니까."

말을 중간에 가로챘다.

왜냐하면 우리는 이미 손을 뻗으면 닿을 거리에 있었다.

"괜찮으면 이거 써."

주머니에서 손수건을 꺼내 그녀에게 내밀었다.

"……조금 낡았어."

"미안. 가지고 있는 게 이거밖에 없어."

장난스럽게 양손을 펼치고 순순히 사과하자 그녀는 얼떨떨한 얼굴로 눈을 깜박인 후에 표정을 풀었다. 목소리에 담겨 있던 경계심이 조금 풀어진 것을 알 수 있었다.

"아아, 그렇구나. 너는 아주 별난 아이네."

"가끔 듣는 말이야. 나는 나 자신을 선량하고 성실하고 재미없는 인간이라고 생각하지만."

"이렇게 처음 보는 누군가의 눈물을 닦아 줄 수 있는 남자는 흔하지 않을걸."

마침내 손수건이 내 손을 떠났다.

어느새 햇빛이 약해지고 밤이 우리 옆에 서 있었다.

"고마워. 그럼 감사히 쓸게."

"그래 줘. 여기서 모른 척하면 누나한테 혼나."

"……자상한 누나가 있구나."

"화나면 아주 무섭지만."

"하지만 멋진 사람이지?"

"어떻게 알았어?"

"누나 얘기를 할 때, 네 눈빛이 아주 다정해."

"……자랑스러운 누나거든."

"좋겠다. 정말 좋겠다."

이것이 나와 그녀가 처음으로 나눈 본심이었다.

그 말에 담긴 감정에 나는 희미하게 웃었다.

"그래, 맞아. 하나 물어봐도 돼?"

"뭔데?"

"우리, 어디서 만난 적 있어?"

그렇게 질문하자 그녀는 내 얼굴을 빤히 봤고 넉넉하게 간격을 두고서 고개를 가로저었다.

"아니. 아마도 초면일 거야. 하지만 그 교복, 나나키 고등학교의 교복이지? 어쩌면 어딘가에서 스쳐 지나간 적은 있을지도 몰라. 나는 오미 토카. 3학년이야."

처음 듣는 이름이었다.

그렇다면 그녀가 말한 대로 모르는 사이일 것이다. 노골적으로 그 얼굴을 마주 보자 하얀 뺨이 살짝 붉어졌다. 왜 그렇게 보냐며 어색하게 시선만 올려서 쳐다보는 눈길에 내 안의 무언가가 근질거렸다.

"아니, 어어, 미안."

"그래서 네 이름은?"

잠시 생각했다가 결국 이름을 밝히기로 했다.

"카자마츠리 토와. 나나고 2학년."

딱히 숨길 필요도 없지만 그래도 이름을 밝히기를 주저한 것에는 확실하게 이유가 있었다. 1년 전에 있었던 어떤 일 때문에 「카자마츠리 토와」라는 이름은 그런대로 유명해지고 말았으니까.

"카자마츠리 군이구나. 어라? 그 이름, 어딘가에서……."

역시 들어 본 적은 있는 모양이다.

생각에 잠긴 표정이 된 그녀가 그 이상 사고의 바다에 가라앉지 않도록 억지로 의식을 이쪽으로 끌기로 했다.

"그냥 토와라고 불러. 다들 그렇게 부르니까."

"그럼 토와 군이라고 부를게. 나도 토카라고 불러도 돼."

"토카 선배라고 하면 돼?"

"선배든, 누나든, 그냥 부르든 마음대로 해."

"흠. 그럼 토카."

때는 이때라는 듯 그렇게 부르자 모처럼 1밀리미터 줄어들었던 거리가 뺨을 찌르는 날카로운 시선과 함께 멀어지는 것이 느껴져서 말을 정정하기로 했다.

"하, 농담이야. 진짜로."

"정말?"

"평범하게 토카 선배라고 부를게."

본인이 뭐든 마음대로 부르라고 했으면서 그렇게 노려보는 것은 반칙이다.

"그럼 됐고. 그리고 또 하나. 선배에게 그 말투는 뭐야?"

"신경 쓰이면 존댓말 쓸게."

"너는 윗사람을 공경할 줄 모르는 것 같아."

토카 선배가 고개를 기울였다.

아름다운 흑발이 사르르 흔들렸다. 간지러웠는지 선배가 그 긴 손가락으로 머리카락을 귀에 거는 동작은 꽤 섹시했다.

"우는 여자에게 필요한 건 공경이 아니라 상냥함이잖아."

여유롭게 그리 말하자 토카 선배는 들으란 듯이 「하아」 하고 한숨을 쉬었다.

"토와 군은 조금, 아니, 아주 느끼한 남자구나."

"그렇진 않아."

"아니, 맞아. 뭐, 하지만 그야 그럴지도."

"뭐가?"

"너는 그 모습 그대로 괜찮다는 거야."

거기서 말이 끊기고 말았다.

토카 선배는 미라크티어 꽃을 올려다보고 눈을 가늘게 떴

다. 어째선지 그 옆모습을 보자 「아」와 「오」의 중간 같은 소리
가 목구멍에 걸려 나오지 않았다. 소리가 되지 못하고 사라진
다양한 감정 탓에 침묵만이 두 사람 사이에 내려앉았다.

"어~이. 토와. 가져왔구나. 고마워~."

그렇게 정적을 깬 것은 귀에 익은 목소리였다.

잘 아는 여자아이가 내 이름을 부르며 손을 흔들고 있었다.

이렇게 평가하는 건 굉장히 분하지만 토카 선배 못지않은
미소녀가 볼륨감 있는 갈색 머리카락을 흔들며 다가왔다.

저 녀석에게는 전혀 여자로서 매력을 느끼지 않지만……

"누구야? 토와 군의 여자 친구?"

"그런 거 아니야. 소꿉친구인 카미시로 하쿠노. 이 신사의
딸이야."

"만나기로 했었어?"

"그렇다고 할 수 있지."

"그렇구나. 그럼 나는 이만."

"아, 토카 선배."

성실하게 머리를 숙이고서 떠나려고 하는 선배를 나도 모
르게 불러 세웠다. 뒤돌아본 눈에서는 이제 눈물이 반짝이지
않았다. 그런데도—.

"응?"

나는 대체 무슨 말을 하려고 한 걸까.

"아니, 조심히 가라고."

"어?"

"밤이니까."

답은 나오지 않아서 겨우 꺼낸 말이 이거였다.

토카 선배는 아주 순순히 「응」 하고 고개를 끄덕인 후 「아, 맞다」 하고 연극하듯 말했다.

"눈물을 닦아 줘서 정말 기뻤어. 말을 걸어 줘서 정말 고마웠어. 고마워. 손수건은 나중에 돌려줄게."

그리고 선배는 도망치듯 얼굴을 돌려 다시 내게 등을 보였다.

이제 정말로 할 말이 아무것도 없었다.

선배의 발걸음은 어째선지 조금 위태로웠지만 시간과 함께 착실히 멀어졌다.

그런 토카 선배와 교대하듯 하쿠노가 어깨를 들썩이며 내 곁으로 왔다.

"어라? 토와 혼자야?"

덥수룩한 머리가 바람을 맞아 산발이 되어 있었다.

공기가 잔뜩 들어간 그 머리를 조금 거칠게 쓰다듬었다.

"아앗, 뭐 하는 거야?"

"그냥, 짜증나서."

"와, 너무해. 아니, 이러고 있을 때가 아니야. 빨리 와!"

그렇게 말한 하쿠노가 갑자기 내 손을 잡고 성큼성큼 걷기 시작했다. 갑자기 가해진 힘과 불시에 생각난 책의 무게 때문에 자세가 무너져서 황급히 추슬렀다.

"어디 가?"

"당연히 우리 집에 가지. 아빠랑 엄마랑 쿠로에도 기다리고 있어."

"아니, 잠깐, 잠깐. 나는 네가 부탁해서 만화를 가져왔을 뿐 인데?"

"어? 설마 정말로 눈치 못 챘어? 모르는 척해 주는 게 아니라?"

하쿠노의 움직임이 우뚝 멈췄다.

"왜 내가 새삼 널 배려해야 해?"

"그건 그러네. 그럼 문제입니다. 오늘은 무슨 날일까요? 힌 트는 케이크를 먹는 날입니다."

"너는 먹는 것밖에 모르는구나."

"뭐 어때. 먹는 건 중요한걸. 그래서 답은?"

즐겁게 후후후 웃은 하쿠노가 나를 돌아보았다.

조금도 쑥스러워하지 않고 내 눈을 똑바로 들여다보았다. 그 래서 그 커다란 두 눈에는 이제 막 고등학교 2학년이 된, 그리 고 오늘 나이를 한 살 더 먹은 남자의 모습만이 담겨 있었다.

"……내 생일인가."

"네. 정답~ 일 때문에 축하하지 못하니까 대신 축하해 달 라고 아주머니에게 부탁받았거든. 아, 거부권은 없어. 돈도 좀 받았고, 쿠로에도 기대하고 있으니까. 무엇보다 주역이 없 으면 케이크를 못 먹어."

내 입에서 나올 반론을 미리 원천 봉쇄한 하쿠노는 다시 거 리낌 없이 걸어가기 시작했다. 그래서 나도 체념하고 기분을 전환하기로 했다.

딱 한 번 뒤돌아보았지만 밤의 어둠 속에서 아까 만난 선배의 모습을 찾을 수는 없었다.

유성과 닮은 꽃의 잔재가 바람결에 반짝일 뿐이었다.

토카 선배의 목소리와 표정이 아주 조금 마음에 걸렸으나 더는 이야기할 일도 없을 것이다.

다음에 또 보자는 말은 작별할 때 상투적으로 쓰는 말이다.

다음에 밥이나 같이 먹자는 말에 정말로 데려가 달라고 뻔 뻔하게 조르는 인간은 내가 아는 사람 중에서 옆에 있는 하쿠노밖에 없다.

이 녀석

"조금만 천천히 걸어 줘. 주빈이 넘어져서 상처투성이로 등 장하면 멋없잖아."

"그건 그래."

푹신푹신한 머리를 가진 하쿠노가 푹신푹신한 목소리로 말 하며 옆으로 왔다.

완전히 밤으로 물든 세계에 깨알처럼 작으면서도 강한 빛이 떠올랐다. 그러나 결코 손이 닿는 일은 없고 머지않아 생각도 하지 않게 된다.

이것은 그런 만남 중 하나라고, 적어도 이때의 나는 생각했 었다.

3

아아, 하고 숨을 토했다.

숨을 토한 사람은 나일 텐데 어딘가 남의 일처럼 느껴져서 당황했다. 그럼에도 불구하고 실감이 안 드는 감각이 한층 더 확신을 굳히게 했다.

그나저나 이상한 느낌이었다.

꿈속이라는 걸 알다니.

자각몽이라고 하던가.

재생된 동영상을 보는 자신과 등장인물로서 이야기에 관여하는 자신. 자신이 둘 있는 기묘한 감각은 상반되는 것 같으면서 신기하게도 모순되지 않았다.

얼마 전에 TV에서 오른손과 왼손을 동시에 사용해 다른 글자를 쓰는 사람이 나왔는데 비슷한 것일지도 모른다. 사고와 동작이 깔끔하게 둘로 나뉘어 있었다. 뭐, 나는 그런 손재주가 없으니 어디까지나 상상일 뿐이지만…….

꿈속의 나는 동네를 걷고 있었다. 저녁때였다.

하루 중 세계가 색채로 가장 넘쳐 나는 시간대.

하늘만 봐도 그 표정은 너무나 풍부하다.

자애로운 어머니 같은 분홍색. 마음에 스며드는 쓸쓸함을 구현한 보라색. 모든 것을 강하게 비추는 주황색이 저물고, 먹을 닮은 밤의 청색이 가장자리부터 침식을 시작한다.

무겁고 단단한 검은색 기계와 연결된 벨트가 목에 걸려 있었고 손에 착 감겼다. 오랜만에 느끼는 질감이 기뻐서 영상을 보는 지금의 나는 몹시 당황스러웠다. 하지만 과거의 내게는 당연한 일이었기에 신경조차 쓰지 않았다.

지금보다 조금 어린 나는 공간을, 공기를, 세계의 색깔을 계속해서 사각으로 잘라 냈다.

찰칵, 찰칵, 몇 번이고 질리지도 않고……

슬쩍 곁눈질하고 지나가려고 했던 공원이 문득 신경 쓰인 것은 고등학생 누나들이 웃으며 나왔기 때문이었다.

당시 아직 중학생이었던 내게 고등학교 교복을 입은 예쁜 누나는, 뭐, 굉장히 매력적이었다.

이끌린 것처럼 공원에 들어가서 그대로 네모난 세계를 들여다보다가 한 여자아이가 벤치에 앉아 있는 것을 알아차렸다.

나도 모르게 시선이 못 박혔다.

분명 그녀의 옆모습이 너무 아름다웠던 탓이다.

오렌지빛에 젖어 있었다. 달 없는 밤과 닮은 짙은 검은색의 함초롬한 짧은 머리가 이마를 덮고 뺨을 어루만지고 있었다. 긴 속눈썹 아래 다정해 보이는 눈동자가 담고 있던 것은 무엇이었을까.

─찰칵.

무심코 숨을 멈추고 그녀의 감정을 포착했다.

손가락이 멋대로 움직였다.

작은 진동이 뭉클한 여운으로 바뀌어 갔다.

그러나 그런 한순간이 있었음을 열일곱의 나는 이제 기억하지 못한다.

눈을 뜨자 꿈의 윤곽이 모호해지며 의식 속으로 녹아들었다.

투명한 대기를 할퀴듯 손을 뻗었지만 당연히 잡히지 않았다.

그 결과, 어째서 손을 뻗고 있는지 자신의 행동에 의문조차 느끼고 말았다.

지금 사라진 것은 내게 그토록 소중한 것이었을까. 한순간 생긴 마음의 공백이 몹시 아팠으나 상체를 일으킬 즈음에는 그것조차 사라졌다.

열일곱 살의 아침은 천연덕스러운 얼굴로 어제와 전혀 다름 없이 찾아왔다.

딱히 뭔가를 기대하지는 않았지만······.

간단히 등교 준비를 하고 도시락 싸는 김에 많이 만들어 둔 반찬과 함께 흰쌀밥을 해치웠다.

평소라면 거실에 벗어 던진 타이츠가 있을 텐데 없는 걸 보면 엄마는 아직 야근에서 돌아오지 않았나 보다. 아빠는, 이불 속에 있으려나.

1년 전에 있었던 어떤 일 때문에 나와 아빠 사이에는 희미한 균열이 생긴 채였다.

애먼 상대에게 화내고 있다는 건 안다. 아빠에게는 잘못이 없다. 그래도 어쩌지 못하고 까칠하게 구는 것은 내가 여전히 어린애이기 때문이겠지.

나도 모르게 짜증과 화를 부딪쳐 버린다.

그러기 좋은 이유가 확실하게 있으니까.

양치하며 시계를 확인함과 동시에 초인종이 딩동 울렸다.

데리러 왔나 보다.

입을 헹구고 현관으로 향했다.

그러면서 지나친 복도를 세 걸음 돌아갔다.

그리고 조용한 방을 향해 말했다.

"그럼 다녀올게, 누나."

대답은 없었다.

냉랭한 복도에는 내 발소리만이 울렸다.

그걸 조금 쓸쓸하게 느끼며 문을 열자 어둑한 복도에 빛이 가득 찼다.

벚꽃 향이 섞인 바람이 코를 간질였다. 봄이 지척에 있었다.

그 앞에, 분홍색으로 물든 것 같다는 착각이 들 만큼 눈부신 빛 속에 두 여자아이가 서 있었다.

언니 하쿠노와 동생 쿠로에.

동네에서도 평판이 자자한 미인 자매였다.

"안녕, 하쿠노. 쿠로에."

"안녕, 토와."

"네, 안녕하세요. 토와 오빠."

토와 오빠라는 말에 무심코 헤벌쭉 웃고 말았다. 뺨의 근육이 헤실헤실 풀어져 있을 것은 안 봐도 뻔했다. 이런 얼굴은 가족 외에는 보여 줄 수 없다.

"오늘도 쿠로에는 귀엽구나."

"고마워요. 토와 오빠도 멋있어요."

천사처럼 방긋 웃은 쿠로에는 빨간 책가방의 어깨끈에서 손을 놓더니 살짝 까치발을 들고 두 팔을 내 앞에 활짝 벌렸다.

"토와 오빠, 늘 하는 거 해 주세요."

그 말을 따라 허리를 숙이고 쿠로에의 어린 몸을 꽉 끌어안았다.

부드러운 체온이, 강한 힘이 가슴속에 퍼졌다.

십여 초의 포옹은 쿠로에가 내 이마에 짧게 키스하며 끝난다. 나와 쿠로에의 매일 아침 약속. 1년 전까지는 다른 사람이 해 주는 인사였지만 지금은 쿠로에의 역할이었다.

"매일 아침 고마워."

"그건 쿠로가 할 말이에요. 쿠로는 외로움을 많이 타서, 토와 오빠가 꼭 안아 주면 안심이 돼요. 오늘 하루도 힘내자는 생각이 들어요."

"그렇구나. 요 어리광쟁이."

"꺄아~."

너무 귀여운 초등학생의 옆구리에 손을 넣어 작은 몸을 하늘 높이 안아 올렸다. 발이 지면에서 떨어진 쿠로에가 놀란 듯 눈을 크게 떴지만 그것도 잠깐이었다.

평소보다 조금 가까워진 벚꽃에 눈을 빼앗긴 모양이다. 아침 햇빛을 받아 반짝반짝 빛나는 벚꽃은 손으로 만질 수 있는 행복의 형태로 쿠로에의 눈에 보이는 것 같았다.

"굉장해요. 토와 오빠."

쿠로에가 까르르거리자 하쿠노도 싱글벙글했다.

나도 무심코 웃고 말았다.

하지만 역시 여전히 가시 같은 것이 박혀 있어서 따끔거렸다. 그리고 그 아픔이 가슴속에 있음에 나는 안심했다.

쿠로에와는 초등학교 앞에서 헤어졌다.

"그럼 하쿠노 언니, 토와 오빠. 다녀오겠습니다."

가냘픈 손을 힘껏 흔들며 뛰어간 빨간 책가방이 똑같은 빨간 책가방을 향해 인사하는 모습을 지켜보고 나서 우리도 벚꽃으로 물든 봄 속을 걷기 시작했다.

매일 이렇게 함께 등하교하지만 나와 하쿠노는 그다지 이야기를 나누지 않는다. 둘이 있어도 익숙하고 침묵이 어색해지지도 않으니까.

뭐, 대체로 하쿠노가 뭔가를 먹고 있다는 게 가장 큰 이유이긴 하지만……

오늘도 하쿠노는 편의점에서 파는 것보다도 한층 큰 주먹밥 두 개를 들고 있었다. 하나는 매실이고 하나는 가다랑어포. 걸어가며 행복하게 우걱우걱 먹고 있었다.

저 가느다란 몸 어디에 들어가는 건가 싶을 만큼 하쿠노는 잘 먹었다.

빵빵하게 부푼 하얀 뺨에 아까부터 밥알 하나가 붙어 있지만 언제쯤 눈치챌까 궁금해서 말하지 않았다. 적어도 다 먹을 때까지는 모르겠지. 그렇게 생각하고 있으니 유난히 상쾌한 아침 인사와 함께 누군가가 내 등을 퍽 때렸다.

"하이루~."

아프지는 않지만 조금 깜짝 놀랐다.

목소리 주인도, 이런 일을 할 상대도, 짐작 가는 사람은 한 명뿐이었다. 굳이 확인할 필요도 없어서 거침없이 찌릿 노려보며 나답게 삐뚤어진 대꾸를 하기로 했다.

"안녕. 그나저나 하이루는 너무 옛날 말 아니야?"

돌아보니 예상대로 내 얼마 없는 친구인 후루카와 에이시가 서 있었다.

학생회 소속으로 공부도 아주 잘하는 에이시와는 취미나 취향이 비슷하지도 않은데 중학생 때부터 어울려 지내고 있었다. 소위 말하는 지긋지긋한 악우일지도 모른다.

"인사에 옛날 말 요즘 말이 어디 있어?"

"그런가?"

햇빛 때문인지 토종 일본인인데도 머리카락과 눈 색이 조금 밝아 보였다. 그게 또 잘 어울려서 왠지 분했다. 여성에게, 특히 후배에게 인기가 많은 것도 분했다. 무엇보다도 인기 많은 것이 이해가 가서 분했다.

남자의 하찮기 짝이 없는 질투였다.

멈춰 서는 일도 없이 물 흐르듯 자연스럽게 두 명은 세 명이 되었다.

"카미시로도 안녕. 오늘도 잔뜩 먹고 있네."

하쿠노가 우물우물 입을 움직여 입 안 가득 채우고 있던 주먹밥을 꿀꺽 삼키기까지 약 5초. 에이시는 줄곧 웃으며 보고 있었다.

"안녕. 에이시도 늘 그렇듯 빛나네."

"하하. 그런 말을 들으니 쑥스럽지만 고마워. 그리고 뺨에 도시락 묻었어."

"어? 도시락? 어디에?"

눈을 반짝이며 주위를 둘러보는 하쿠노의 머리에 춉을 선사했다.

"바보. 밥풀 묻었다는 소리야."

"아아, 그런 거였구나."

그렇게 말하며 하쿠노는 뺨에 묻은 밥알을 뗐다.

"응응? 토와. 알면서 말 안 했던 거지?"

"딱히 그걸 부끄러워하는 성격도 아니잖아?"

"뭐, 그렇지."

"그럼 됐잖아."

"그러네."

그리고 하쿠노는 손끝의 밥알을 입에 쏙 넣었다.

"너희는 정말로 사이가 좋네."

"아니, 좋지는 않지?"

"응응. 보통이야."

"나쁜 것도 아니라고 하네."

"충분하다고 생각하는데."

"질투해? 친구?"

"그런 거 아니야, 친구."

아침 통학로의 평범한 한때였다.

누구도 우리의 대화를 신경 쓰지 않고 뒤쪽을 걷거나 앞질렀다.

하지만 그런 평소의 통학로에서 평소와 다른 것을 발견했다. 최근 들어 또 많아진, 어딘가 절실해 보이는 사람들.

전부 모르는 사람들일 텐데, 1년 전까지 거울에 비쳤던 소년^{자신}의 얼굴과 겹쳐 보였다. 정말이지 진저리가 났다.

"최근에 또 많아졌어."

"이쪽보다 카미시로네 집 쪽이 많지 않아?"

"응. 굉장해. 아빠랑 엄마도 아주 바빠."

"「별의 행혼(幸魂)」인가."

우리가 사는 마을의 상징이라고 불리기까지 하는 신기한 나무, 미라크티어.

결코 시들지 않는 그 꽃이 소원을 들어주는 운 좋은 한 사람을 우리는 「별의 행혼」이라고 불렀다.

참고로 행혼이란 일령사혼(一靈四魂)의 가르침에 나오는 개념인 신과 인간에게 내재되어 있다는 네 가지 혼— 용기의 황혼(荒魂), 친함의 화혼(和魂), 지혜의 기혼(奇魂), 그리고 사랑의 행혼 중 하나이자 사람에게 행복을 주는 신령의 영능이라는 모양이다.

하얀 신의 사랑을 받아 행복해지니까 언제부터인가 그렇게 부르게 되었다고 한다.

근처에 있던 돌을 발로 툭 찼다.

발끝이 저릿했다. 하지만 아프지는 않았고 그저 발로 찼다는 실감이 남을 뿐이었다. 소원을 가진 사람들이 우리 곁을 하나둘 지나쳐 보이지 않게 되었다.

뭔가가 부글부글 끓는 감각만이 강해졌다.

"소원을 들어주는 신 같은 건 없는데 말이지."

결국 나는 참지 못하고 토해 내듯 중얼거렸다.

"어라? 토와는 무신론자야?"

"아니. 신은 있을 거야. 하지만 무슨 소원이든 들어준다는 건 거짓말이야. 소원은 들어주지 않아. 나는 그걸 알아."

어딘가 먼 곳을 보며 말했다.

그것만큼은 알고 있다고.

손을 더욱 세게 움켜쥐자 손톱이 피부를 파고들어서 아픔으로 얼굴이 일그러졌다.

그 일그러진 얼굴에서 짝 소리가 났다.

하쿠노가 양손으로 내 양쪽 뺨을 누른 것이다.

찡하게 퍼지는 열이 손의 아픔을 웃도는 감각에 눈을 끔뻑거렸다.

"왜 그런 말을 해? 신은 어떤 소원이든 들어주~거~든~요~."

아무것도 모르면서 단언하는 말이 연료가 되었다. 감정이 울컥 북받쳐서 의도치 않게 말투가 사나워지고 말았다.

"무리겠지. 단순한 전설이잖아."

"우우. 들어준단 말이야."

"증거는?"

"……그건, 으음. 그 왜, 「소원의 꽃망울」이라든가."

소원의 꽃망울이란 미라크티어 나무에 어느새 생겨나는 가지를 말했다.

모든 꽃이 사계절 내내 피어 있는데 유일하게 그 가지의 꽃만이 꽃봉오리인 채로 있어서 새로 생겨났음을 알 수 있었다.

꽃잎의 색깔도 개화한 꽃과는 달리 월백색이었고, 꽃이 피는 순간에 계절의 색으로 물들었다.

그 꽃봉오리가 필 때 이 마을에 있는 누군가의 소원이 이루어진다는 설도 있었다. 만개한 미라크티어 꽃은 많은 소원이 이루어졌다는 기적의 증거이고 그렇기에 그토록 아름답다는 비과학적인 말을 했던 게 어느 유명한 대학교수였나.

꽃봉오리가 피는 시기는 제각각이고, 꽃이 만개하고 얼마 뒤에 가지가 새로 생긴다고 한다. 대체로 1년에 한 번이 주기인 것 같기는 하지만.

"하지만 그 꽃망울, 작년에는 안 피었잖아?"

"으, 그건."

하쿠노의 말문이 막혔다.

그랬다. 작년에 그 꽃망울은 피지 않았다.

무엇이 원인이었을까.

전설이 사실이라면 누군가의 소원은 이루어지지 않았다는 것인데……. 뭐, 말도 안 되는 일이다. 시답잖다.

고개를 흔들어 사고를 떨쳐 냈다.

"그, 그럼, 「성관문(星冠紋)」은?"

"성관문이 뭐야?"

이건 처음 듣는 단어였다.

의문에 대답한 사람은 하쿠노가 아니라 에이시였다.

"어라, 몰라? 별의 행혼으로 선택받은 사람에게는 몸 어딘가에 미라크티어 꽃을 닮은 반점이 있대."

"반점 말이지. 에이시 넌 그거 본 적 있어?"

"안타깝게도 못 봤어. 본 사람이 있다는 얘기는 들은 적 있지만, 결국은 소문이지."

"하쿠노는?"

물어보자 하쿠노는 분한 듯 입술만 깨물 뿐, 봤는지 못 봤는지 답하지 않았다.

즉, 그런 거겠지.

"거봐, 역시나. 결국은 소문이야."

"아니거든. 소원은 분명하게 이루어진단 말이야."

그런데도 소꿉친구가 어린애처럼 계속 우겨 대니 짜증이 났고, 토라진 하쿠노의 목소리를 뒤로한 채 학교로 가는 발걸음에 힘을 줬다.

4

점심시간이 시작된 직후, 도시락을 먹기 전에 화장실에 다녀오기로 했다.

그게 문제였다.

뭐, 반성은 한다. 똑같은 전철을 밟지 않기 위해서…….

하지만 변명을 좀 하자면 누가 이런 일을 예측할 수 있었겠는가.

고작 몇 분 자리를 비운 사이에 수제 도시락이 500엔 동전으로 바뀌다니.

덧붙여 말하자면 마법이나 마술은 아니었고, 물론 기적도 아니었다. 범행 현장을 확실하게 내 눈으로 확인했다.

교실 문을 열자 오늘의 메인 반찬인 전갱이 튀김의 꼬리가 누군가의 입속으로 미끄러져 들어가고 있었다. 범인은 말할 것도 없이 소꿉친구 여자아이. 카미시로 하쿠노였다.

"아, 하쿠노. 너 뭐 먹는 거야."

"토와의 도시락 먹는데?"

전혀, 조금도, 1밀리미터도 악의가 담기지 않은 순도 100퍼센트의 의문. 어리둥절한 얼굴이었다. 그런 당연한 걸 왜 물어? 보면 알잖아. 그렇게 얼굴에 써 붙인 채 하쿠노는 마지막 계란말이를 입에 넣었다. 냠냠, 꿀꺽.

"아아, 멋대로 먹지 마. 그거 도둑이나 하는 짓이야."

"도둑 아닌데요~ 대신 500엔 뒀거든요~."

아침에 뾰족한 대화를 나누고 나서 줄곧 기분이 언짢아 보이는 하쿠노가 반성하는 기색도 없이 태연하게 말했다.

"아니지. 돈 내면 다 되는 문제가 아니잖아."

"토와의 도시락이 맛있는 게 문제야."

"말도 안 되는 그 변명은 뭐야."

"특히 달달한 계란말이가 끝내줬어. 잘 먹었습니다."

으스대며 감상을 말한 하쿠노는 텅 빈 도시락통을 앞에 두고서 양손을 맞댔고, 결국 내게 남은 것은 책상 위에서 반짝거리는 500엔짜리 동전뿐이었다.

동전을 움켜쥐니 태양열을 잔뜩 흡수한 상태라 굉장히 뜨거웠다.

멍하니 선 내 어깨를 친구가 툭 두드렸다. 이 500엔 줄 테니까 네 도시락 주면 안 될까? 싫어. 눈으로 대화하길 약 2초.

한 가닥 희망을 건 교섭이었으나 순식간에 결렬되고 말았다.

"어쩔 수 없지. 마음을 굳게 먹고 매점에서 뭔가 사 올까."

필사적으로 긁어모은 결의가 무뎌지지 않도록 소리 내어 말하고 방금 막 들어온 문을 지나 다시 복도에 발을 들인 순간, 주위의 공기가 바뀌어서 눈썹을 찌푸렸다. 뭐지?

와아 하고 복도의 소란이 넘실넘실 흘러갔다.

전원의 흔들리는 벼 이삭이 바람의 행방을 가르쳐 주듯, 급우들의 표정을 보면 포화된 감정의 파도가 오른쪽에서 왼쪽으로 퍼지는 것을 알 수 있었다. 움직이는 것을 포착하는 눈의 습성을 따라 멀리 달려가는 감정들이 향하는 곳을 나도 확실하게 눈으로 좇았다.

그 끝에서 아는 뒷모습을 발견했다.

어제, 밤의 어둠 속에 녹아들어 보이지 않게 되었던 것.

헤어지며 그녀가 했던 말이 갑자기 떠올랐다.

『손수건은 나중에 돌려줄게.』

약속이라면 약속일 것이다.

『알겠어? 토와. 약속은 제대로 지키는 거야. 특히 여자와 한 약속은.』

이어서 누나의 목소리가 되살아난 이상 어쩔 수 없었다.

"어이, 토카 선배."

이름을 부르자 그녀가 돌아보았다. 머리카락이 나부꼈다. 치마가 부풀었다. 하얀 창문으로 들어오는 봄바람 속에서 선배는 머리카락을 손으로 누르고 있었다. 나를 보고 눈을 크게 뜨더니 후후 웃었다.

"아아, 안녕, 토와 군. 다행이다. 널 찾고 있었어."

그 순간, 먼저 내 머릿속에 떠오른 것은 「이 사람은 누구지」 하는 생각이었다.

위화감이 마음에 안개처럼 끼었다.

외관상으로 어제와 다른 점은 긴 머리를 하나로 묶은 것 정도였다.

그 탓인지 인상도 뭐, 조금 달랐다.

야무지고 기합이 들어간 느낌이었다.

하지만 위화감의 정체는 그게 아니었다.

내가 어제 만난 오미 토카라는 여성은 이렇게 웃는 여자가 아니었다. 아니, 말은 바로 해야겠지. 이 사람은 지금 웃고 있지 않았다. 그저 웃는 얼굴을 만들고 있을 뿐이다.

나는 그걸 안다.

왜냐하면 똑같은 표정을 짓던 사람 곁에 줄곧 있었으니까.

"당신 누구야?"

나도 모르게 말했다.

"방금 직접 내 이름을 불렀잖아. 오미 토카『선배』야."

그건, 뭐, 그렇지만. 『선배』를 강조하는 걸 보면 어제 만난 인물이 틀림없을 것이다.

"그리고 너는 『카자마츠리 토와』 군."

응? 뭔가 지금 내 이름도 강조해서 말한 것 같은데?

고개를 끄덕이자 토카 선배는 「역시나」라고 작게 중얼거렸다.

언제 소란스러웠냐는 듯 복도는 고요했기에 그 작은 목소리도 들을 수 있었다. 아아, 복도뿐만이 아니었다. 옆 반과 그 맞은편 반의 녀석들까지 문밖으로 얼굴을 내밀고 입을 헤벌리고서 아무 말도 꺼내지 않았다. 다들 나와 토카 선배를 보고 있었다. 꽤 이상한 광경이었다.

수업 중에도 이것보다는 소란스럽다.

"당신 뭘 한 거야? 엄청나게 주목받고 있는데."

"아무것도 안 했을걸? 2학년 층에 3학년이 있어서 놀란 거 아닐까?"

아무리 봐도 그런 느낌은 아니었다.

그리고 시선이 귀찮은 종류였다. 토카 선배를 보는 시선에서는 동경이나 호의 같은 것이 흘러넘치는데 나를 향한 시선에 담긴 것은 순도 100퍼센트의 질투였다.

　"그보다도 어제는 고마웠어. 이거 돌려주려고 왔어. 표정이 왜 그래?"

　"평범하게 놀랐으니까 이게 올바른 반응이겠지. 그건 아예 줬다고 생각했었고, 정말로 돌려주러 올 줄은 몰랐어."

　"헤어지면서 나중에 돌려주겠다고 분명 말했을 텐데."

　토카 선배가 뾰로통하게 입술을 삐죽였다.

　"……분명 말했지."

　고개를 끄덕이며, 선배가 내민 손수건을 이번에는 내가 받았다. 확실하게 다림질된 손수건에는 주름 하나 없었고 왠지 달콤한 향기가 날 것 같았다.

　나도 그런대로 비싼 섬유 유연제를 쓰지만 그것과는 조금 달랐다. 인상의 문제일까.

　남자가 가지고 있는 것보다도 여자가 가지고 있던 물건 쪽이 더 달콤한 느낌이 든다.

　"일부러 가져와 줘서 고마워."

　"나야말로. 정말로 고마워."

　"……."

　"……."

　"그럼 이만."

　토카 선배의 반응이 없는 것을 볼일이 끝났다는 의미로 인식하고 이번에야말로 매점에 가려고 한 내 학생복 자락이 갑자기 잡아당겨졌다. 상체만 뒤로 끌려갔다.

"이봐, 위험하잖아. 아직 볼일이 남았어?"

"어디 가?"

"매점에 가는데. 하쿠노가 내 도시락을 먹어서 점심 사러 가야 해."

"하쿠노라면 어제 봤던 예쁜 여자애?"

"인정하기 분하지만 아마도 걔."

"흐응. 그렇구나."

옷자락을 잡은 힘이 갑자기 세졌다.

"있지, 나도 같이 가도 돼?"

"안 돼."

"왜?"

이유는 딱 하나.

나는 지금 이 사람의 표정이 싫다. 이런 미소를 보는 건 이제 질색이다. 하지만 그렇게 말하면 무슨 일을 당할지 알 수 없는 분위기가 주위에 충만했다.

어쩔 수 없이 침묵으로 거절을 고했으나 토카 선배는 물러나지 않았다. 미소의 성질을 꼬마 악마 같은 느낌으로 바꾸고 폭탄을 떨어뜨렸다.

"어젯밤에는 그렇게 다정했으면서. 그래서 나는 너한테 소중한 것까지 줬는데."

작지만 또렷한 목소리였다.

잠잠히 얼어붙어 있던 복도의 침묵이 더욱 깊어졌다.

"……뭐? 이봐, 당신. 느닷없이 무슨 소리를."

하지만 뒤늦게 중얼거린 내 말이 착화제가 되었다. 다들 침을 삼키기 위해 한 박자를 쉰 뒤, 복도의 술렁거림이 더욱 크게 되살아났다.

야, 들었어? 오미 선배랑 거사를 치른 남자(용사)가 있대. 아아아아아, 거짓말이야아아. 상대는 누군데? 그 텐구 군이라던데. 오오. 그런 웅성거림으로 학교가 흔들리더니 순식간에 내 손이 닿지 않는 곳까지 이야기가 퍼져 나갔다.

여자들은 꺅꺅거렸고 남자들은 하나같이 절망이 담긴 비명을 질렀다.

최악이었다. 선배가 말한 소중한 것이란 눈물일 것이다. 하지만 아무것도 모르는 사람에게는 다른 것을 받은 것처럼 들릴지도 모른다.

이런 소문을 좋아하는 여학생이 복도를 달려 나간 시점에 승패는 결정되었으나 나는 「젠장!」 하며 도망을 시도했고 토카 선배는 추격타를 날렸다.

"저기, 오미 선배, 방금 그 얘기는."

한 여학생이 토카 선배에게 달려와 물어보자 선배는 나를 보고서 더 짙게 웃었다.

"딱히 대단한 일은 아니야. 그저."

토카 선배는 나를 힐끗 보고 말을 이었다.

"나의 가장 부끄러운 모습을 토와 군에게 보였을 뿐이야."

그러니까, 그것도 그저 우는 모습을 보였다는 말이잖아.

하지만 이제 내 말은 누구의 귀에도 들리지 않았다. 방금 그 소문 진짜래. 언질 받았어. 사용 금지일 터인 휴대전화를 당당히 꺼낸 바보가 그렇게 말하자 1분도 채 되지 않아 위층과 아래층까지 술렁거리기 시작했다. 너울이 학교 전체를 삼켜 나갔다.

거기서 퍼뜩 깨달았다.

이건 즉 협박인가.

이대로 자신을 두고 가면 계속 날조하겠다는 거다. 그렇게 되면 지금도 있기 불편한 공간이 더 불편해질 것이 뻔했다.

"당신, 진짜 뭘 하고 싶은 거야."

"미안해. 하지만 나도 양보할 수 없는 게 있어."

그 목소리는, 아니, 목소리만큼은 분명 선배의 본심이었다. 그래서 나는 옷자락을 잡은 선배의 손을 뿌리치지 않았다.

"하아, 그냥 마음대로 해."

"응. 그럴게."

호기심 어린 많은 시선을 받으며 우리는 복도를 걷기 시작했다.

매점은 본관이 아니라 별관 1층에 있었다.

연결 복도에 깔린 나무 발판을 따각따각 밟으며 걷다가 바람에 이끌린 듯 내 시선이 안뜰로 향했다.

따뜻한 봄기운, 파란 하늘에 흰 구름.

늘어서 있는 벚나무들.

점심시간의 이완된 분위기는 한가로워서 기분이 좋다.

그래, 점심시간은 원래 이래야지. 아까 그게 이상한 거다.

휴식 시간에 하품한다고 혼나지는 않으므로 남의 눈치 보지 않고 마음껏 크게 입을 벌렸다. 흐아아아암, 한가로운 분위기가 더 한가로워졌다.

"봄이네."

몸 안쪽에서 재차 하품이 올라오려고 하는 나른함에 몸을 맡기며 가만히 중얼거렸다.

"그러게."

토카 선배도 가만히 고개를 끄덕였다.

"그런데 토카 선배."

"응?"

"언제까지 내 교복 자락을 잡고 있을 거야?"

선배는 교실을 나서서 계단을 내려가는 동안에도, 어둑한 복도를 걷는 동안에도, 연결 복도에 멈춰 선 지금도 손을 놓지 않았다.

"이제 안 도망가니까 걱정하지 마."

"싫을지도 모르지만, 가능하다면 이대로 있고 싶어. 아직 익숙하지 않아서 무서워."

"무섭다고?"

"응, 무서워. 아하하하. 한심하지. 정말 한심해. 확실하게 각오했을 텐데. 어제까지와는 다른 세계가 펼쳐지는 게 이렇게 무서울 줄 몰랐어."

이건 제대로 된 대답이었을까? 판정하자면 미묘했다.

다만 토카 선배도 알면서 일부러 이렇게 말했을 테니 굳이 파고들지는 않았다.

"흐응. 잘 모르겠지만. 토카 선배가 편해진다면 잡고 있어."

곤경에 처한 여성이 있으면 도와주라고 누나가 그랬고……

"토와 군은 역시 상냥한 아이네."

"그렇지 않아."

바람이 불면 사라질 듯한 시답잖은 대화를 나누다 보니 순식간에 매점에 도착했다. 상상했던 광경이 그대로 펼쳐져 있어서 기운이 빠졌다.

이래서 내키지 않았단 말이지.

일찌감치 도시락을 먹어 치운 운동부의 광전사들이 눈이 벌게져서 고칼로리 식량을 노리고 몰려드는 모습은 사바나나 다름없었다. 뭐, 사바나에 가 본 적은 없지만…….

"나는 빵을 사 올 건데, 토카 선배는 어떡할래? 이미 밥 먹었어?"

"아직. 하지만 난 오늘은……."

"그럼 적당히 대충 사 올까. 인기 없는 거 가져와도 불평하지 마."

"어? 아, 잠깐만. 토와 군."

당황한 목소리로 부르는 토카 선배를 복도에 혼자 남기고 나는 육식 동물이 와글거리는 전장에 몸을 던졌다. 일본인은 예의 바르게 순서를 지킨다고 외국에서 평가받는 모양이지만 그건 일본 국내 한정이다. 학교 매점은 치외 법권이다. 배고픈 짐승 앞에서 지켜야 할 법 따위 존재하지 않는다.

자세를 낮추고 사람들 틈을 빠져나가며 전진했다.

도중에 누군가의 팔꿈치가 내 이마를 몇 번 찍었고, 누군지도 모를 여학생의 과하게 짧은 치마가 코에 닿아서 마른침을 삼키기도 했으나 어떻게든 기어오르듯 전선의 맨 앞줄에 도달했다.

이미 동난 상품이 몇 개 있는 듯했다. 돈가스 샌드위치이나 크로켓 샌드위치 같은 것들. 아, 하지만 야키소바빵은 남아 있었다. 당연히 바로 확보했다.

거기에 달걀 샌드위치를 추가하고, 토카 선배한테는 뭘 사줄까 물색하다가 매대 끄트머리 쪽에서 그걸 발견했다.

봄 한정이라는 글자가 박스 조각에 매직으로 크게 적혀 있었다.

『잘 들어, 토와. 여자는 한정이라는 말과 달콤한 것과 분홍색에 약해. 이건 절대적이야.』

언젠가 누나가 했던 말을 따라 나는 그 빵을 집어 들었다.

같은 여성인 누나의 말이라면 틀림없겠지.

이 빵은 그 세 가지 조건을 확실하게 만족하니까.

전리품을 안고 토카 선배 곁으로 돌아가니 선배는 벽에 등을 기대고 어둠 속에 서 있었다. 실내화 앞에 빛이 내리쬐고 있으나 거리가 아주 조금 부족했다.

양지에 도달하려면 앞으로 한두 걸음.

더 나와야 했다.

"어서 와."

고개를 들고 그렇게 말한 토카 선배는 그 이상 다가오지 않았다. 어둠 속에 있는 선배의 표정은 몹시 알기 어려웠고 그 눈동자에 담겨 있는 것도 여기서는 잘 보이지 않았다.

어쩔 수 없이 내 쪽에서 다가가 손에 든 종이봉투 하나를 건넸다.

"이건?"

"여자가 좋아하는 요소를 세 가지나 겸비한 궁극의 일품이라고 할까."

무슨 말이냐며 고개를 갸웃한 토카 선배는 오른손으로 내게서 빵을 받았고 반대편 손으로 역시나 내 교복 자락을 슬며시 다시 잡았다. 아마도 아까 잡았던 곳. 선배의 손힘이 만든 주름이 강하고 깊게 교복에 새겨져서 쭈글쭈글해졌을 터다.

선배가 안도의 숨을 내쉬는 것이 이어진 부분으로 전달되었다.

"이건 대체 언제까지 계속되는 거야?"

"이거?"

"개를 산책시키는 것 같은 이 스타일 말이야."

"그렇게 말하니까 얼간이 같아. 다르게 표현하는 게 어때?"

"예를 들면?"

"음~ 그래. 자상한 누나와 살짝 반항기에 들어간 어리광쟁이 동생."

"누가 자상한 누나고 누가 어리광쟁이 동생이라고?"

"나랑 토와 군이."

"그럴 경우 관계는 반대지. 어리광쟁이는 옷자락을 잡고 안 놓는 토카 선배야."

"그럼 친구 이상 연인 미만의 새콤달콤한 관계는 어때? 멋지지 않아? 손도 잡지 못하는데 떨어지고 싶지 않아서. 같이 있지 않으면 밥도 안 넘어가고 잠도 못 자는 거야."

최근 어딘가에서 들은 말이었다. 뭐, 만화의 다음 내용을 읽고 싶다고 아우성치는 것보다는 그래도 귀여우니 이쪽이 낫나.

하지만 그것도 우리에게는 해당되지 않았다.

"만난 지 하루 만에 거기까지 관계가 발전하진 않겠지."

실제로 토카 선배가 퍼뜨린 헛소문처럼 그런 행위를 한 것도 아니고……

"토와 군은 제멋대로네."

"토카 선배만큼은 아니야."

"그건 그래."

그 말에 맥이 빠지고 말았다.

다시 너스레로 받아칠 줄 알았으니까.

"나는 정말 제멋대로야. 너는 과연 그런 내 부탁을 들어줄까?"

"토카 선배?"

이름을 부르자 선배는 바로 장난스러운 태도를 보였다.

아까와 똑같은 가짜 미소.

"농담이야. 이왕 먹는 거 안뜰에 있는 벚나무 아래에서 먹지 않을래?"

분명 아직 늦지 않았다.

뭔가를 묻는다면 뭔가가 시작될 것이다.

토카 선배의 목소리에도 기대가 살짝 배어 있었다.

하지만 굳이 내가 그렇게까지 해야 할까? 책임질 수 있을까?

내 배려가 틀렸을지도 모르는데.

항상 틀리기만 했는데.

『있지, 토와.』

쇠사슬처럼, 대못처럼, 지금도 내 마음에 들러붙어 있는 말.

똑, 새빨간 말이 떨어지고 퍼져서 마음의 오랜 상처가 아팠다.

『나는 지금껏 한 번도 그런 사진을 바란 적 없었어.』

내 앞에서는 절대 눈물을 보이지 않았던 사람이 처음으로 보였던 약한 모습.

떨리는 목소리.

찾아오는 정적과 점차 강해지는 빗소리.

머릿속에 줄곧 있는 눈물을 참으며 웃는 얼굴이 눈앞에 있는 여자아이의 얼굴과 겹쳐졌다.

"그래. 그럼 밖에서 먹을까."

결국 도망치듯 그렇게 말했다.

선배가 내비치던 미묘한 낌새를 눈치채지 못한 척했다.

토카 선배도 「응」 하고 작게 고개를 끄덕이고 그 이상은 아무런 말도 하지 않았다.

안뜰에는 바로 도착했다.

아무도 없는 듯했다.

흔들리는 벚꽃을 멍하니 보고 있으니 선배가 말했다.

"안 가?"

"실내화잖아."

"토와 군은 의외로 사소한 일을 신경 쓰는 타입이구나."

"사소한 일이 아니라 당연한 일이라고 생각하는데."

"하지만 오늘은 내 장단에 맞춰 줘. 나중에 씻으면 되지."

뭐라고 대답하기도 전에 선배가 「에잇」 하고 귀여운 소리를 내며 등을 밀었다. 실내화를 신고 밟은 흙의 감촉은 뭔가 느낌이 이상했다. 패덕적이라고 하기에는 너무나도 작은 규칙 위반이지만……

내 뒤를 이어 토카 선배도 실내화를 신은 채 흙을 밟았다.

첫걸음을 떼자 다음은 간단했다. 두 걸음, 세 걸음 나아갔다. 대충 열 걸음 정도 전진하니 가장 가까운 벚나무가 있어서 우리는 뿌리 쪽에 앉았다.

나란히 앉아 동시에 「잘 먹겠습니다」라고 말한 뒤 전리품을 베어 물었다.

바람이 불어 벚꽃이 쏴아 흔들렸다.

토카 선배의 흰 뺨 위에서 새하얀 빛과 새까만 그림자가 사이좋은 쌍둥이처럼 하늘하늘 춤췄다. 좌우로 흔들리다 한 바퀴 돌고 다시 원래 장소로 돌아갔다.

하얀빛에 젖은 피부가 눈부셨다.

내가 야키소바빵과 달걀 샌드위치를 다 먹어 치웠는데도 토카 선배의 식사는 진전이 없었다. 겨우 3분의 1을 먹은 정도였다. 식욕이 없는 건지, 취향이 아닌 건지.

잘 먹었습니다. 다시 합장한 후 물어봤다.

"그거 무슨 맛이 나? 역시 벚꽃 같은 맛?"

입에 안 맞는다면 사 온 내 책임이다.

"응? 이거 평범한 멜론빵 아니야?"

토카 선배가 먹던 빵을 입에서 떼고 응시했다. 그렇게 응시할 만큼 알기 어렵지도 않을 텐데.

"보면 알잖아? 봄 한정 벚꽃 멜론빵이야."

"벚꽃 멜론빵이라면 혹시 분홍색이야?"

"고민할 것도 없이 확실한 분홍색이라고 생각하는데."

흐응, 하고 중얼거리며 토카 선배는 냄새를 맡고 빵의 표면에 살며시 이를 박았다. 표면의 쿠키 부분이 작게 바삭 소리를 내며 떨어져 나왔다. 우물우물우물.

입을 닫고 확실하게 씹기를 10초. 선배의 목에서 꿀꺽 소리
가 났다.

"듣고 보니 살짝 벚꽃 같아. 아니, 하지만 진짜 그런 걸까?
그렇게 생각해서 벚꽃 같다고 느끼는 걸지도 모르고. 으음."

꿍 소리를 내며 한 입 더.

결국 토카 선배는 눈썹을 팔자 모양으로 만들고 생각에 잠
겨 남은 빵을 전부 먹었다.

"잘 먹었습니다. 응. 맛있었어."

"어? 맛있었어?"

"달콤한 걸 맛있게 못 먹는 여자는 없어."

아니, 역시 없진 않겠지.

"그럼 왜 복잡한 표정으로 먹었던 거야?"

"내 표정이 그랬어?"

"그랬어."

"그건 내 태도가 나빴네. 모처럼 토와 군이 사 줬는데, 미안."

"아니, 사 준 거 아니야. 나중에 제대로 청구할 거야."

"그래?"

"당연하지."

그렇게 너스레를 떨자 토카 선배가 정말로 주머니에서 지갑
을 꺼내려고 하길래 다음에 주스나 사 달라고 했다.

"그럼 그러기로 할까. 고마워."

토카 선배는 그렇게 말하면서 봄기운을 폐 속에 가득 담으
려는 듯 몸을 쭈욱 폈다. 그리고서 힘을 빼고 하품했다. 눈도

초점이 맞지 않았다.

어라? 하고 고개를 갸웃거렸다.

"왜 이러지? 되게 졸려."

"배불러서 그런가?"

"그럴, 지도. 어제, 못 잤고. 아아, 진짜 잘 것 같아. 있지, 토와 군. 점심시간 얼마나 남았어?"

"으음, 30분 정도."

"아직 느긋하게 있어도 되겠네. 미안. 잠깐 잘게. 어깨, 빌려도 돼?"

"뭐? 어, 어이."

자기 할 말만 하고서 토카 선배는 갑자기 새근새근 잠들었다. 순식간이었다. 적당히 살이 붙은 뺨이 내 어깨에 올려져 있었다. 목에서 가슴으로 내려가는 여성적인 곡선은 도자기처럼 매끄러워서, 뭐랄까, 훌륭했다.

완전히 토카 선배의 페이스에 휘말린 것 같다.

바람이 불자 선배의 앞머리가 흔들렸다. 달콤한, 벚꽃보다 달콤한 냄새가 코를 간질였다.

치마가 가볍게 펄럭이며 날씬한 허벅지가 잠깐 나타났다. 매끄럽고 부드러워 보이는 하얀 라인에 나도 모르게 심장이 뛰었다.

이런저런 갈등과 싸우며 시선을 움직여 2초에 한 번꼴로 허벅지를 바라보면서 옆에서 자는 여자의 존재를 온몸으로 느꼈다.

반드르르 윤기가 흐르는 검은 머리.

오똑한 콧날.

자면서도 내 옷자락을 놓지 않은 왼손 손가락에는 반창고가 감겨 있었다.

잠시 후 「응, 으응」 하고 색정적인 목소리가 빨간 입술에서 새어 나와 일어났나 싶어서 얼굴을 들여다봤지만 아직 자고 있는 듯했다. 다시 새근새근 고른 숨소리가 돌아왔다.

그렇게 시간이 지나 점심시간도 후반전에 돌입했을 때, 분주한 발소리가 들려왔다. 낯익은 얼굴 둘이 시선 끝에서 연결복도를 달려갔다.

아아, 그리고 보니 이 고등학교에 입학했다고 얼마 전에 에이시가 말했었지.

그 옆모습을 멍하니 바라보고 있는데 앞서 달리던 아이가 눈치 빠르게 나를 알아차리고 「아」 하는 소리를 냈다. 달리고 있었기 때문인지 뺨은 건강한 붉은빛을 띠었다.

"카자 선배, 드디어 찾았다~!"

나나키 고등학교 1학년임을 나타내는 산뜻한 하늘색 리본을 매고, 결코 안 어울리는 것은 아니지만 아직 어색해 보이는 새 교복을 입은 그 아이는 같은 중학교 후배였던 타카미네 루리였다.

황급히 멈췄기 때문에 뒤따라 달리던 작은 아이가 타카미네의 등에 부딪쳐서 「우붑」 하고 비명을 지르며 코를 움켜잡았다. 이쪽도 마찬가지로 중학교 후배였던 미야노 아오이.

미야노의 가슴께에는 그녀의 작은 몸과 어울리지 않는 DSLR이 있었다. 조금. 그래, 아주 조금 내 안에서 뭔가가 흔들렸다.

"왜 이런 데 있어요? 아~ 힘들다."

그렇게 말하며 두 사람은 실내화를 신은 채 주저 없이 내쪽으로 왔다.

"날 찾았어?"

"네. 또 선배가 귀찮은 일에 휘말릴 것 같다며 아오가 걱정해서요."

"미야노가? 그건 거짓말이겠지."

싫어하는 건 아니겠지만 미야노는 나를 불편하게 여기고 있을 터다.

"루리, 나는 그런 말 안 했어."

"아하하하. 확실히 말은 안 했지만 생각했잖아?"

"아, 아니거든."

"아하하하. 그럼 그렇다고 해 두자."

"그렇다고 해 두는 게 아니라 그런 거야. 선배도 착각하지 마세요."

"착각 안 하니까 걱정하지 마."

"……그럼 됐고요."

타카미네 루리(瑠璃)와 미야노 아오이(碧)는 두 사람의 이름을 합체시킨 「푸른색(碧瑠璃)」을 의미하는 「Azure」라는 통칭으로 불리는 신문부 콤비였다.

두 사람이 작성한 교내 신문은 전국적으로 권위가 있는 콘테스트에서 3년 연속으로 가장 좋은 상을 받은 모양이라, 내가 졸업한 중학교에서는 귀여운 외모도 어우러져 그런대로 유명했다. 타카미네가 기사를 쓰고 미야노가 사진을 찍는다는 것 같았다.

그런 두 사람이 이 타이밍에 나를 찾아왔다면 짚이는 안건은 하나뿐이다. 이것도 전부 옆에서 태평하게 자고 있는 누군가가 초래한 일이었다.

"너희, 이 학교에서도 신문부야?"

"아하하하. 물론이죠. 아오는 사진부에도 들어갔지만요."

"루, 루리, 쓸데없는 말은 안 해도 돼."

"그래그래. 점심시간도 얼마 안 남았으니 그럼 바로 본론으로 들어갈게요."

"루리, 쓸데없는 일은 안 물어봐도 돼."

미야노 흉내를 내며 그렇게 견제하자 타카미네가 아닌 미야노가 얼굴이 빨개져서 내 정강이를 걷어찼다. 비교적 진심을 담아 연속으로. 게다가 공격과 공격 사이의 간격이 매우 짧았다. 퍼버버벅! 하는 느낌이었다. 은근히 대미지가 축적되었다.

"아파. 야, 아프다니까. 그만해."

"선배가 나빴어요."

"알았어. 내가 나빴어. 그렇다고 할 테니까. 토카 선배가 깨겠어."

그렇게 말하자 미야노의 움직임이 뚝 멈췄다. 뭔가 말하고 싶은 것처럼 나를 노려봤으나 입 안에서만 맴돌 뿐 소리가 되어 나오지 않았다. 그러자 이번에는 타카미네가 웃었다.

"그래요, 그래~ 저야 두 사람의 사랑싸움을 보는 게 싫지는 않지만 취재해도 될까요? 확실하게 진실을 전달할 테니 협력해 주세요. 뭐, 말은 이렇게 했지만 현재 상황만 보면 아까 그 소문은 사실인 것 같은데요?"

타카미네가 내 어깨에 얹어진 하얀 얼굴을 의미심장하게 보았다. 미야노는 사랑싸움 같은 거 아니라며 타카미네의 농담에 진심으로 쩔쩔맸다.

"소문 말이지. 어떤 소문인지 모르겠지만 전부 헛소문이야."

"그런가요?"

"그래."

"그럼 카자 선배가 억지로 덮쳤다든다, 다 즐기고 버렸다든가, 울렸다든가, 그런 것도 전부 헛소문인가요? 그리고 「오렌지 프린스」의 낯부끄러운 사진을 인터넷에 유출했다던데. 멍청한 남자들이 바로 협력해서 게시판을 샅샅이 뒤지고 있어요."

"그럴 리가 없잖아. 근데 오렌지 프린스는 누구야?"

"누구냐니, 선배를 말하는 건데요."

"나?"

"아하하하. 아니에요. 카자 선배는 왕자님 같은 느낌도 아니고. 오미 선배를 말하는 거예요. 설명해 드릴 수 있지만 지금은 시간이 없으니, 궁금하면 후루카와 선배한테 물어보세요. 아무튼 실제로 두 사람은 어떤 관계인가요?"

"관계라고 할 것도 없어. 어제 막 만난 사이라 잘 몰라."

"하지만 서로 성이 아닌 이름으로 부르고, 손수건을 빌려주고, 점심을 함께 먹으며 사이좋게 점심시간을 보내는 사이잖아요?"

"너, 거의 다 알고 있잖아."

내가 어이없다는 목소리로 중얼거리자 미야노가 기분이 좀 언짢은 것 같은 어조로, 더 구체적으로 말하자면 시비조로 말했다.

"이만하면 되지 않았어? 선배도 아주 싫지만은 않은 눈치고, 내버려 두자."

왜 이 녀석의 기분이 언짢아지는 건지 모르겠는데…….

곤란을 겪고 있는 사람도, 화내고 싶은 사람도 나였다.

"야, 이래 봬도 꽤 난처한 상황이야."

대체 무엇이 지뢰였을까.

두 손을 꽉 움켜쥐고 지면을 노려보며―.

보기 드물게 미야노가 진심으로 소리쳤다.

"좀 더 진지하게 부정해요. 지금도 안 깨우려고 조심하고. 바보 같잖아요. 「잔잔한 마을에서 노래해」 때도 그랬어. 선배가 제대로 부정했다면, 좀 더 우리를 의지해 줬다면, 그런 말은 절대로 못 하게 했을 거야. 힘이 되었을 텐데. 되고 싶었는데. 선배가 그 모양이니까 지금도 「텐구 군」이라는 소리를―."

"아오."

점점 열을 올리던 미야노를 타카미네가 강하게 이름을 불러서 타일렀다. 아오. 고개를 젓고 처음과는 반대로 조용히 상냥하게 불렀다.

"그건 하면 안 되는 말이야."

타카미네의 말에 미야노는 마침내 얼굴을 들었다. 나를 보고, 타카미네를 보고, 나를 봤다. 그리고 자신이 무슨 말을 했는지 이해한 것처럼 「아」 하고 작게 말한 뒤 얼굴을 확 일그러뜨렸다.

"미야노, 너 울어?"

"안 울어요. ……선배는 바보야."

그 말만을 남기고서 미야노는 달려갔다.

고개를 돌린 순간, 미야노가 교복 소매로 눈가를 닦은 것처럼 보였다. 하지만 그게 뭐였을까. 미야노의 말을 믿어야 할까, 내가 느낀 것을 믿어야 할까.

나는 알 수 없었고 토카 선배가 있어서 확인할 수도 없었다.

그때 내 어깨가 흠칫 움직였다.

정확히는 어깨 위에 있는 것이 움직였다.

"아, 잠깐 아오. 정말. 죄송해요, 선배."

"됐어. 딱히 신경 안 써."

뭐, 사실은 조금 가슴이 아프지만 그 말을 한다고 뭐가 바뀌는 것도 아니고.

"그보다 빨리 미야노를 쫓아가 줘."

"네. 정말로 죄송해요."

한 번 더 고개를 숙이고 타카미네가 미야노를 쫓아갔다. 실내화에 묻은 진흙을 털지도 않아서 갈색 발자국 두 개가 이어졌다. 두 사람의 뒷모습이 완전히 안 보이게 된 후에 나는 물었다.

"토카 선배. 일어났지?"

물은 순간, 한 번 더 어깨가 흠칫거렸다. 1초, 2초, 3초. 체념한 것처럼 어깨를 누르던 무게가, 부드러움이, 따뜻함이 멀어졌다.

긴 속눈썹 아래 자리한 커다란 눈이 뜨이며 그 안에 세계가 담겼다.

"미안해."

"언제부터?"

깨어 있었나. 그런 질문이었다.

"텐구 군 부분부터."

"그래."

「잔잔한 마을에서 노래해」, 지금 엄청나게 잘 팔리는 소설 제목이지?"

그건 그다지 건드리지 않으면 하는 내 상처였다. 후회였다.

어떻게 얼버무리고 도망칠까 고민하고 있는데 예비종이 울리며 나를 도왔다. 딩—동—댕—동—.

평소에는 점심시간 종료를 알리는 어딘가 맥 빠지는 종소리가 싫었지만 지금은 복음처럼 들렸다.

"미안. 다음 시간 체육이라서. 얼른 돌아가야 해."

더 무슨 말을 하기 전에 일어났다.

하지만 선배는 아직 내 옷자락을 잡고 있었다.

"토카 선배, 놔 줘."

"……."

"토카 선배."

"학교 끝나고 나서도 나랑 어울려 준다면 놔 줄게."

"어울리는 건 점심시간으로 끝이야."

"그럼 안 놔."

그렇게 말한 토카 선배는 생긋 웃었다.

또 이 미소였다.

혐오감으로 심장이 사납게 술렁거렸다.

내 옷자락을 잡은 손에는 강한 힘이 담겨 있어서 손끝이 조금 빨갰다. 그럼에도 불구하고 선배의 손은 떨리고 있었다. 아무리 힘을 줘도 그 떨림은 멎을 것 같지 않았다.

"제발."

표정과 맞지 않는 연약한 목소리였다.

아아, 젠장. 나는 왜 이렇게 멍청할까. 왜 이런 한마디에 꺾이고 마는 것일까. 하지만 슬프게도 그런 멍청이가 바로 카자마츠리 토와라는 남자였다.

"하아. 알겠어. 단, 내 앞에서는 그렇게 못생기게 웃지 마."

"못생겼다는 말 처음 들었어."

"웃고 싶지도 않으면서 웃는 얼굴은 누구든 못생겼어. 제발 무리해서 웃지 마. 나한테는, 그게 제일 괴로워."

그건 대체 누구에게 하는 말이었을까.

눈앞에 있는 선배일까, 나를 남기고 간 그 사람일까.

어느새 힘이 빠진 토카 선배의 손은 내가 한 발자국 앞으로 내딛자 간단히 떨어졌다. 마지막 순간에 손톱이 살짝 옷자락을 흔들고 갔다.

"수업 끝나고 정문에서 기다릴게."

해방된 나는 그 말에 대답하지 않고 안뜰에서 연결 복도로 돌아갔다. 흙이 잔뜩 묻은 밑창을 신경 쓰지 않고 갈색 발자국을 남겼다.

마지막에 힐끔 본 토카 선배는 마치 기도하듯 눈을 감고 줄곧 벚나무 아래에 서 있었다.

5

"조금 더 내려. 그래그래. 그리고 왼쪽. 거기. 거기면 돼. 좋아, 잘하네."

3학급 합동 체육 수업.

반의 중심적인 그룹이 야구 시합을 시작한 것을 힐끔 보면서 나는 운동장 끄트머리에서 에이시와 캐치볼을 하며 나른한 시간을 보내고 있었다. 에이시가 공을 던졌다. 잡았다. 되돌려줬다.

"어~이, 토와~."

조금 떨어진 곳에 있는 테니스 코트에서 하쿠노가 라켓을 한 손에 들고 나를 불렀다. 잘 봐~. 그렇게 말하고 힘껏 휘두른 라켓이 황록색 공을 하늘 높이 쳐올렸다. 마침 에이시의 글러브에 공이 들어갔을 때였다.

"저거, 홈런인가?"

"아니, 기껏해야 포수 플라이 아닐까?"

"아웃인가."

대화가 끝날 때쯤, 하쿠노의 머리 위로 공이 떨어졌다. 아으, 작게 중얼거린 목소리에 같은 반 여자들이 곁으로 몰려와 하쿠노를 위로했다.

공은 지면을 굴러가고 있으니 세이프인 듯했다.

"카미시로, 인기 많네. 토와 너는 안 가도 돼?"

"내가 왜? 그보다 빨리 공 던져."

"그래그래. 아, 그러고 보니 토와, 어제 생일이었던가?"

공과 함께 그런 목소리가 날아왔다. 우연히 글러브의 중심으로 잘 포구해서 듣기 좋은 소리가 울렸다. 팡. 손이 저릿저릿했다.

"뭐, 그렇지."

이번에는 내가 공을 던졌다. 공이 에이시의 글러브 속으로 빨려 들어갔다. 다시 좋은 소리가 났다.

"축하해."

"이제야?"

공에 실은 말이 두 사람 사이를 계속 오갔다.

"아아, 어제는 카미시로가 입막음을 했거든. 밤에 서프라이즈 파티를 할 예정이니까 일단은 조용히 있어 달라고 해서.

사랑받고 있네. 토~와~."

"진짜 하지 마."

진심으로 싫다는 듯 얼굴을 찡그리자 에이시는 소리 내어 아하하하 웃었다.

"그나저나 열일곱 살인가. 좋겠다. 세븐틴은 특별한 느낌이 들어."

"아무것도 안 변하지만 말이지. 오늘도 내일도. 시시하리만큼 똑같아."

"그렇지는 않겠지."

"무슨 소리야?"

웃음의 종류를 의미심장하게 바꾼 친구의 표정을 파악할 수 없어서 손을 치켜들긴 했지만 공을 던지지 못했다. 팔을 내리고 공의 실밥을 손으로 덧그렸다.

"점심시간에 났던 소문 말이야. 카미시로가 있으면서 어느새 3학년에게 손을 댄 거야? 그것도 상대는 그 유명한 오렌지 프린스라니. 눈도 높으셔."

즐거워하는 목소리였기에 진지하게 대꾸하지 않기로 했다.

"야, 그 오렌지 프린스라는 건 뭐야?"

"아아, 오미 선배의 별명이야. 선배의 이름, 등잔 등(燈)자에 꽃 화(華)자를 쓰잖아. 그걸 비틀어 오렌지(橙)꽃이라고 해서 오렌지 프린스."

"그랬군. 근데 어차피 오렌지꽃이라면 오렌지 프린세스여도 되지 않아? 그쪽은 튤립이고, 유명하잖아."

여성에게 붙이는 별명이라면 더더욱 왕자보다 왕녀가 적당한 것 같은데.

"원래 오미 선배의 여성 팬들이 붙인 별명이니까. 오미 선배는 중학생 때 유명한 농구 선수였거든. 시합 중에는 남자보다도 멋있었고, 특히 리바운드 모습은 날갯짓하는 새처럼 아름다웠다고 해."

"흐응. 그래서 스트렐리치아인가."

오렌지 프린스는 극락조화, 즉 스트렐리치아 레지네의 대표종이다. 타오르는 불꽃 같은, 혹은 새가 날갯짓하는 한순간을 잘라 낸 듯한 오렌지색 꽃은 매우 고상하고 아름답다.

꽃말 중 하나인 「멋 부린 사랑」은 스트렐리치아의 아름다운 꽃을 본 사람들의 들뜬 모습에서 나왔다는 설도 있을 정도다.

"응? 잠깐만. 과거형이라는 건 이제 그만둔 거야?"

"농구는 중학생 때 그만뒀다나 봐. 유명한 선수였으니까, 누군가처럼 당시에는 이런저런 소문이 났었대. 하지만 선배는 늘 생글생글 웃으며 신사적인 태도를 보였고, 불명예스러운 소문은 잠잠해졌지. 남은 건 오렌지 프린스라는 영예뿐이야. 지금도 교내에는 남녀 불문하고 팬이 많아. 조심하지 않으면 괴롭힘 한두 개쯤 받을지도 몰라."

"귀가 따가운 얘기네."

"그래서 나는 네가 그런 위험 부담을 지면서까지 여자에게 손을 대다니 웬일인가 싶은데."

"그런 거 아니야."

"그럼 어떤 건데?"

"……."

"어? 뭐라고? 안 들려."

내가 작게 중얼거림과 동시에 통쾌한 깡 소리가 울렸다.

이번에는 틀림없는 홈런이었다.

소리가 난 곳으로 얼굴을 돌리자 비행기구름 같이 하얀 공이 푸른 하늘을 비스듬히 가르고 있었다.

예이~ 하고 기뻐하며 타자가 달렸다. 딱히 진지한 승부는 아니었을 것이다. 홈런을 맞은 투수도 즐거워 보였고, 공을 주우러 가는 외야수도 웃으며 터벅터벅 걷고 있었다.

모두가 즐거워 보였다. 그곳에 슬픔 같은 것은 하나도 없었다.

그러니 분명 내 목소리를 들은 사람은 아무도 없을 것이다.

그 사람의 감정을 눈치챈 사람도 없다.

나만이 눈치챈 것은 아마도 가장 가까이 있었으니까.

몸도, 무엇보다 감정조차^{마음}…….

"어제 그 사람. 혼자 울고 있었어."

던지지 못한 공이 줄곧 손안에 남아 있었다.

6

종례가 끝남과 동시에 기지개를 켰다.

뭉친 목과 어깨를 주무르고 어수선한 교실을 둘러보았다. 에이시는 학생회 일이 바쁜 모양이라 가볍게 손만 들어 인사하고 빠르게 교실을 나갔다.

동아리에 든 학생들은 화기애애하게 어깨를 맞댔고, 여자 그룹은 세 개쯤 무리를 지어 저마다 이야기꽃을 피우고 있었다. 그 그룹 중 하나에서 여자 한 명이 빠져나와 내게 다가왔다.

"토와. 집에 가자."

완전히 기분이 풀린 하쿠노가 말을 걸어왔다. 몸을 살짝 숙이고 들여다보는 커다란 눈 속에 조금 나른해 보이는 소년의 얼굴이 있었다.

"나 오늘 볼일 있어."

"흐응. 그럼 나, 애들이랑 좀 더 얘기하고 와도 돼?"

"딱히 나한테 허락받을 일도 아니잖아?"

"알겠어. 그럼 내일 봐."

"그래."

하쿠노가 고개를 끄덕인 후 원래 있던 그룹으로 돌아갔다. 오늘은 얘기 더 해도 된대. 진짜? 남편도 역시 오늘은 비위를 맞추는 건가. 토와는 그런 거 아니야. 소꿉친구야. 어허, 거기, 놀리지 마. 모처럼 생긴 기회니까 어디 놀러 가자. 좋지, 좋지. 하쿠노랑 노는 거 오랜만이고. 있지, 손을 든 하쿠노에게 시선이 모였다. 나 아이스크림 먹고 싶어.

그 한마디에 「그걸로 결정」 하고 모두가 한목소리로 말했다.

나는 신나게 이야기하는 여학생들을 흘깃 보고서 가방을 어깨에 메고 일단 신발장에 가기로 했다.

"바다에 가자."

정문에 도착하자 나를 기다리던 토카 선배가 그렇게 말했다. 딱히 가고 싶은 곳도 없고, 나는 그저 토카 선배의 장단에 맞춰 주는 것이기에 고개를 끄덕였다.

해안까지는 대충 걸어서 30분쯤 걸린다.

걷기 시작하자 토카 선배는 역시 내 교복 자락을 잡았다.

하쿠노와 단둘이 있을 때와는 달리 침묵을 견딜 수 없어서 질문했다.

"이건 데이트야?"

"아니요. 그런 게 아닙니다."

영어 교과서를 번역한 듯한 딱딱한 말로 NO라는 소리를 듣고 말았다.

"그렇게 딱 잘라 부정하지 않아도 되잖아."

"데이트였으면 좋겠어?"

"가능하다면. 나도 고등학생일 때 이성과 데이트 정도는 해 보고 싶으니까."

"데이트는 사귀는 두 사람이 하는 거야. 애초에 너는 나를 싫어하잖아?"

"싫어한다고 한 적 없고, 미인이라고는 생각해."

"못생겼다고 했으면서."

목소리가 뾰족한 걸 보니 아무래도 조금 마음에 담아 두고 있는 듯했다.

"그거야 선배의 웃는 얼굴을 보면 짜증나니까 그렇지."

"그게 싫어하는 거 아니야?"

골목에 들어서고 한동안 걸어 주택가를 빠져나왔다. 조금 트인 곳으로 나와서 똑바로 걸어가 교차점에서 왼쪽으로 꺾었다. 바다가 보이기 시작했다.

눈앞을 가로지르는 국도를 그대로 건너려고 했지만 토카 선배가 「그럼 안 되지」 하고 굉장히 험악한 얼굴로 잡아당겨 신호등 쪽으로 데려갔다. 차는 다니지 않으나 신호는 빨간불이었다. 빨간불에는 멈춘다. 초등학생도 아는 사실이다.

신호가 바뀔 때까지 둘이서 나란히 서 있었다.

오늘 하루, 라고 해도 기껏해야 몇 시간이지만 토카 선배와 함께 있으면서 눈치챈 것이 있었다. 그 의혹은 지금 바다로 가면서 더욱 커졌다. 조금 확인해 볼까.

타이밍 좋게도 차 한 대가 우리 앞을 지나갔다.

이곳은 전망이 좋아서 다른 차가 오는지 안 오는지 잘 알 수 있었다.

눈에 보이는 범위에는 그 차밖에 없었다.

"방금 지나간 **분홍색** 차 말이야."

"응."

"취향 괴상하지 않아?"

"그런가? 평범하게 귀엽다고 생각하는데."

선배는 그렇게 말한 뒤 「아, 신호 바뀌었다. 가자」 하고 의기 양양하게 걷기 시작했다. 나도 똑같이 횡단보도를 건넜다. 벌써 한참 멀어진 자동차의 뒷모습을 바라보며…….

노란색 차였다.

분홍색 차 같은 건 어디에도 없었다.

해안에 천천히 발을 들이자마자 코를 간질이는 바다 내음이 훨씬 진해졌다. 바람이 부니 더욱 물씬 풍겼다.

조금 떨어진 곳에 삼각형 조형물이 있었고, 옆에서 연인으로 보이는 두 사람이 서로 어깨를 껴안고 바다를 가만히 보고 있었다.

아직 날씨가 쌀쌀한데 바닷속에 들어가 있는 사람도 있었다. 첨벙첨벙 튄 물방울이 허공에 떠올랐다. 중력에 붙잡히기까지 몇 초간 투명한 원에 선명한 세계를 담은 채……. 주황색, 분홍색, 파란색. 물속에 빛이 스몄다.

우리의 발자국이 모래사장에 하나둘 새겨질수록 바다가 가까워졌다.

너무 다가가면 파도가 발을 덮치므로 어느 정도 거리까지 간 다음에는 진행 방향을 90도 수정했다. 파도가 밀려오는 한계선을 판별하여 바다 가장자리를 덧그리듯 걸었다.

바람이 불 때마다 토카 선배의 머리카락이 펼쳐졌다가 오므라들었다. 묶었던 머리는 학교를 나선 뒤에 풀어서 자유로워져 있었다. 마치 새가 날개를 펼치고 퍼덕거리려는 것 같았다.

하지만 선배는 어디로도 날아오르지 못한다.

닿을 수 없는 하늘을 선배가 손으로 가리켰다.

"있지, 토와 군. 이런 하늘을 뭐라고 부르는지 알아?"

"어?"

토카 선배는 의기양양하게 말했다.

"매직 아워라고 해. 세계가 우리에게 건 빛의 마법."

어느새 태양이 능선 뒤로 숨고, 선배가 말한 것처럼 세계는 매직 아워에 들어가 있었다. 일몰 직후 몇 분은 낮과 밤의 경계선이라고 불린다. 하루 중 아주 짧은 시간 동안만 세계가 보여 주는 부드러운 금빛 표정이 우리를 비추고 있었다.

"알아."

촬영 용어였다.

"그래? 역시 알고 있었나."

납득한 듯한, 만족스러운 듯한 목소리였다.

"이 시기에는 역시 아직 쌀쌀하네."

"토와 군은 추위를 많이 타는구나."

"추운 것보다 더운 게 더 좋아."

"그건 나도 그래. 나도 겨울보다 여름에 더 기운이 나. 불타오른다고 할까."

"뭐가? 지방이?"

"의, 욕, 이. 물론 지방도 불타겠지만."

"토카 선배는 날씬하니까 신경 안 써도 되지 않아?"

"방심하면 배 주변에 금세 살이 붙어."

"흐응, 어디 한번 볼까."

옆구리로 손을 뻗으려고 하자 찰싹 때렸다. 소리는 커도 그다지 아프지 않게 때렸지만 일단 손등을 문질렀다.

"그거 성희롱이야."

"으음, 미안."

"다음번엔 안 봐줄 거니까 조심해."

토카 선배는 아이를 꾸짖듯 다정하게 말했으나 가늘어진 눈은 전혀 웃고 있지 않았다. 뭔가 수라 같은 위압감이 있어서 결국 나는 화제를 전환하기로 했다. 아니, 틀렸나. 되돌렸을 뿐이다.

이곳에는 이 이야기를 하러 왔다.

누구도 듣지 못하는 곳에서 두 사람만의 비밀 이야기를……

분명 이곳이 종착점이다.

어느새 발을 멈추고 선배와 나란히 일몰을 보고 있었다. 주황빛이 가늘고 길게 해수면 위로 뻗어 우리 쪽으로 왔다.

마치 바다에 걸린 빛의 다리 같았다.

하지만 저건 가짜다.

발을 내딛는 순간 떨어져서 물에 빠질 것이다.

그런데도 발을 디딜 용기가 있는지 알 수 없었다. 알지 못하면서, 각오도 되지 않았으면서 물었다.

"결국 토카 선배는 나한테 무슨 용건이 있는 거야?"

"고백이라고 하면 어쩔래?"

"먼저 행동하는 사람이 이긴다고 하니까 내가 먼저 할게. I love you."

"발음이 별로 안 좋네."

"시끄러워."

"그리고 마음이 전혀 안 담겨 있어. 30점. 장난칠 거면 전력으로 해."

너무한 말이었다.

어쩔 거냐고 물어봐서 대답했을 뿐인데.

"그리고 나는 사랑 고백이라고 안 했어."

"그럼 토카 선배는 뭘 고백하려고?"

"직접 보는 게 빠를까. 이게 뭔지 알아?"

어느새 토카 선배는 내 옷자락을 놓고 있었다.

반창고 끝을 손톱으로 긁어서 떼어 냈다.

마치 약혼반지를 과시하듯 선배는 드러난 다섯 손가락을 가지런히 정렬했다. 어째서 약혼반지라는 말이 떠올랐느냐면.

길게 뻗은 가느다란 손가락.

그중 하나에 잘 아는 꽃 형태의 오렌지색 반점이 있었기 때문이다.

그것은 꽃에 반한 증거 같아서, 저주 같아서 매우 아름다웠다.

오늘 에이시에게 들었던 이야기가 답이 되어 내 입으로 나왔다.

처음 봤는데도 알 수 있었다.

별 모양을 한 왕의 관.^{증거}

"성관문?"

"정답. 따라서."

선배의 입술에서 이런 말이 흘러나왔다.

─나는 『별의 행혼』이야.

석양이 토카 선배의 절반을 물들이고 있었다. 강한 빛이기에 그림자가 깊고 짙어졌다.

목이 타서 천천히 침을 삼켰다. 커다란 소리가 났다. 그래도 갈증은 심해지기만 했다. 결코 해소되지 않는다.

"……거짓말이지?"

"거짓말 아니야. 어떤 소원이든 이루어 주는 하얀 신. 얼굴은 뿌예져서 생각나지 않지만, 나는 그 신을 만나고 「시련」을 받았어. 시련을 극복하면 소원을 들어준다는 조건으로 나는 시련을 받아들였어. 꼭, 무슨 짓을 해서든 이루고 싶은 소원이. 아니, 이루어야만 하는 소원이 내게는 있었으니까."

신은 「대가」를 요구한다고 알려져 있을 텐데. 혹시 이 「시련」이라는 것이 「대가」가 되는 걸까? 아니면 소문이 틀렸나?

아니, 그런 건 어찌 되든 좋다.

등으로 땀이 흐르는 게 느껴졌다.

피부보다도 뼈보다도 더 깊은 곳에서 추악한 감정이 날뛰었다. 시샘이었다. 긴장을 풀면 순식간에 살을 찢고 겉에 나타나 내 이성을 집어삼킬 것이다.

사실은 줄곧 별의 행혼이 되기를 바랐었다. 하지만 되지 못했다. 늦어 버려서 포기하고 눈을 돌렸었다.

진정해, 진정해.

후우, 후우, 얕은 호흡을 반복하다가 토카 선배와 눈이 마주쳤다.

"그 시련으로 나는 색을 잃어버렸어. 지금 내게는 세계의 모든 것이 흑백으로 보여."

벚꽃색 멜론빵을 보고 고개를 갸웃하던 선배가 떠올랐다. 존재하지 않는 분홍색 자동차가 귀엽다고 했다.

색을 잃고 회색으로 재구성된 세계에 당황한 선배는 누군가의 보조에 맞춰 걷는 것이 무서워서 나와 있을 때 옷자락을 잡은 것이다.

"신은 빛을 알아차리라고 했어. 분명 색을 되찾으라는 말일 거야. 그걸 조사하는 과정에서 너도 알게 됐어. 인터넷은 참 편리하지. 많은 정보가 실려 있으니까. 흑백 사진이 색을 띤 것처럼 보인다고 칭찬받으며, 빛을 붙잡았다는 말까지 들었던 사진가에 관한 정보 같은 게 말이야. 깜짝 놀랐어. 불과 몇 시간 전에 들었던 이름이 거기에 있었는걸. 그래도 반신반의해서 단순한 우연일지도 모른다고 생각했지만, 점심시간에 나눈 대화를 듣고 확신했어. 매직 아워라는 단어도 알고 있었던 모양이고. 그거 촬영 용어지?"

토카 선배가 공기를 들이마시자 그녀의 가슴이 조금 부풀었다가 꺼졌다.

"카자마츠리 토와 군. 「잔잔한 마을에서 노래해」의 표지 사진을 찍은 사람이 너 맞지?"

나는 침묵했다.

침묵이야말로 무엇보다 확실한 대답이었다.

"……역시. 그래서 부탁이 있어. 흑백 세계에 색을 칠할 수 있는 사람. 네가 사진을 찍어 줬으면 좋겠어."

그게 선배가 내게 접근한 진짜 이유였다.

"신은 극복할 수 있는 시련만을 준다지."

"어?"

"누나의 말버릇이야. 무슨 일만 생기면 항상 말했어. 자신에게도, 나한테도. 그러니까 괜찮을 거라고. 극복할 수 있다고."

지금은 그 말이 그저 허세였음을 안다.

하지만 아무것도 몰랐던 그때는 누나라면 어떤 허들도 뛰어넘을 거라고 굳게 믿었다. 무거운 짐이 되었을 것이다.

너무너무 무거워서 물에 빠져 버릴 만큼 어깨를 짓눌렀을 터다.

그런 내가 새삼 뭘 할 수 있겠는가.

"토카 선배."

눈앞에 있는 소녀의 이름이 잔잔한 공기를 진동시켰다.

우리는 바다 가장자리에 서 있었다.

소원을 이루기 위해 목소리를 잃은 인어 공주가 표류한 곳도 의외로 이런 해변이었을지도 모른다. 그렇게 생각한 것은 비슷한 각오를 한 사람이 앞에 서 있기 때문일까.

목소리가 아니라 색을 잃은 토카 선배는 내게 구원을 바라고 있었다. 하지만, 미안.

눈동자 속에서 흔들리는 기대에 나는 부응할 수 없다.

"카메라는 그만뒀어. 조사했다면 알 텐데? 무슨 말들을 들었는지도. Azure 콤비도 텐구 군이라는 말을 했었잖아. 그거, 내가 거만하다고 붙은 별명이야. 너무하지. 뭐, 그 밖에도. 압박감 때문에 사진을 못 찍게 됐다든가."

알고 있다며 선배는 고개를 끄덕였다.

하지만, 하고 필사적으로 물고 늘어졌다.

"나도 간단히 포기할 수는 없어. 조금 생각해 줄 수 없을까? 답례는 물론 할 거야. 내가 할 수 있는 일이라면 무엇이든."

"어디까지 가능한데? 데이트나 키스도 돼?"

"말했잖아? 내가 할 수 있는 일이라면 무엇이든."

조금 분위기를 풀어 보려고 꺼낸 실없는 질문에 선배는 진지하게 대답했다. 아아, 그렇다면. 나도 제대로 마주해야 한다.

"남고생에게는 아주 매력적인 얘기지만. 도저히 무리야. 미안."

"……이유를 들을 수 있을까?"

1년 전에 있었던 일이다.

내 사진이 어떤 소설의 표지로 쓰였고 그 타이밍에 나는 카메라를 그만뒀다.

거만하다든가, 원래 별로 없었던 재능이 고갈됐다든가, 아무것도 모르는 사람들이 이런저런 말을 하게 된 건 어쩔 수 없는 일이다.

실제로 비슷한 이유고 나도 자신과 상관이 없었다면 그렇게 생각했을지도 모르니까.

무엇보다 그 무렵의 내게는 부정할 만한 힘도 없었다.

들이마신 공기에는 역시나 바다 내음이 듬뿍 담겨 있었다.

내뱉은 공기는 어떨까. 바다 내음으로 물들어 있을까.

"일단 말해 두는데, 내가 카메라를 그만둔 것과 유명해진 건 관계없어."

"그래?"

"그 표지는 인터넷으로 공모했었어. 아니, 그랬던 것 같다고 해야 정확하려나. 당시 중학생이었던 작가의 데뷔작에 걸맞은 표지를 함께 만들자는 출판사의 기획이었지. 거기에 누나가 응모해서 당선됐고 멋대로 이야기를 진행했어. 아빠도 거기에 한몫 거들어서, 아아, 그건 됐나. 아무튼 그래서. 애초에 나는 사진을 안 보냈어. 내가 찍은 사진은 전부 누나에게 보여 주기 위한 거였으니까. 내 뜻은 끼어 있지 않으니까 관계없어."

"그럼 어째서 너는 카메라를 그만둔 거야?"

관자놀이가 지끈거렸다.

문득 올려다본 먼 하늘에서 가장 먼저 뜬 별을 찾았다. 사람이 죽으면 그 영혼은 별이 된다는 이야기가 있지만 그게 사실인지 아닌지는 아직 살아 있는 인간인 나는 알 수 없다.

만약 그걸 알 수 있다면—.

"누나는, 시련을 극복하지 못했어. 넘어지고 나서, 일어나지 못했어."

바싹 메마른 입술을 혀로 핥아 적셨다.

그리고 토카 선배의 눈동자 속에 담긴 슬퍼 보이는 소년을 향해 말을 칼날처럼 치켜들어 휘둘렀다.

그것은 시시각각 깊어지는 어둠에 더 깊은 절망을 녹였다.

―1년 전에, 누나가 죽었어.

그날 정했다.

"그러니까 나는 사진을 찍지 않아."

설령 카메라를 들더라도 예전 같은 사진은 찍지 못할 것이다.

누나가 없는 세계는 어쩌면 토카 선배가 보는 세상과 비슷할지도 모른다.

내 세계에는 이제 빛이 깃들어 있지 않았다.

제2화

그의 사정, 그녀의 이유

1

"다녀왔습니다."

문을 열고 그렇게 말했지만 적막한 집에 내 목소리만 허무하게 울렸다. 문을 닫자 뒤에서 들어오던 석양빛이 가늘어지다가 이윽고 주황색 선으로 바뀌어 사라졌다.

한 줄기 빛조차 들지 않는 집은 어두웠고 인기척도 느껴지지 않았다.

평소처럼 신발을 벗고 복도를 걸었다.

짐을 계단 앞에 던지고 어떤 방 앞에 멈춰 섰다.

작은 틈으로 익숙한 얼굴이 보였으나 어슴푸레한 어둠 너머에 아무도 없음을 나는 잘 알고 있었다. 그곳에는 집을 나설 때도 인사했던 누나의 사진만이 있을 뿐이다.

즐겁게 웃는 누나에게 다시 한 번 인사했다.

"다녀왔어, 누나."

어서 와, 라는 대답이 돌아올 리도 없었고…….

그저 사진에 찍힌 웃는 얼굴이 눈동자 표면을 덧그릴 뿐이었다.

그 얼굴은 마지막으로 본 누나의 표정과는 정반대라서 눈에 보이지 않는 눈물이 지금도 마음을 적시고 있었다. 줄곧, 줄곧, 줄곧.

1년 전의 빗소리가 귓가를 떠나지 않는다.

이건 아직 내가 매일 누나의 병실에 다닐 적의 이야기다.

내 누나인 카자마츠리 이로하는 어떤 어려운 이름의 병에 걸려서 오랫동안 입원해 있었다. 관심이 없지 않았는데 내가 그 병명을 마지막까지 외우지 않은 것은 분명 누나가 병에 걸린 것을 완전히 인정하기 싫었기 때문이리라.

혹은 기적의 현실 가능성을 아는 게 무서웠거나.

남자와 싸워서 이길 만큼 개구쟁이지만 누구보다도 상냥하고 태양 같았던 누나의 빛에 그늘이 드리우기 시작한 것은 누나가 중학생이 된 해였다.

그 후 열일곱 번째 봄날까지 누나는 한 번도 학교에 등교하지 못했다.

병실이라는 모형 정원에 갇힌 빛은 시간 경과와 함께 약해지고 희미해졌다.

그러나 세계는 변화를 잊지 않아서 봄이 오고, 여름이 지나고, 가을과 겯고, 겨울을 났다.

순환하는 계절의 색으로 미라크티어 꽃이 계속 물들며 맞이한 어느 날—.

"있지, 토와. 이것 좀 볼래? 마침내 완성됐어."

평소처럼 병실에 가니 드물게도 기분이 좋아 보이는 누나가 책 한 권을 건넸다.

반질반질하게 빛을 반사하는 새 책의 커버를 보자마자 온몸의 세포가 제어 불능 상태가 된 것처럼 날뛰었다. 오싹하게 소름이 돋았다. 혐오감이 몸 구석구석까지 가득 퍼졌다.

치밀어 오르는 메스꺼움을 필사적으로 참으며 물었다.

"누나, 이건 뭐야?"

저자의 이름은 「소라우미」.

책 제목은 「잔잔한 마을에서 노래해」.

둘 다 지금 처음 본 것이었다.

그런데 책의 하드커버 표지에는 잘 아는 흑백 사진이 쓰여 있었다.

커다란 태양과 거기서 나오는 빛.

역광이라 까맣게 칠해진 마을의 윤곽이 매우 뚜렷했다. 소녀가 손을 흔들며 육교 위를 걷고 있었다. 아빠인지, 오빠인지, 연인인지 알 수 없는 남자의 그림자가 소녀를 지켜보듯 뒤따랐다. 그런 두 사람에게 빛이 닿아서 조금 어슴푸레했다. 그 어슴푸레함이야말로 세계의 상냥함 같았고 달콤한 저녁 공기를 물씬 풍기고 있었다.

아아, 그래.

이 사진만큼은 잘 알고 있었다.

다른 누구도 아닌 내가 찍은 사진이니까.

매일매일 병실 창문으로 똑같은 풍경만을 보는 누나가 조금이라도 기뻐하길 바랐다. 조금이라도 기운 내길 바랐다.

상냥함이라고 부를 수도 없는 그런 무언가를 자랑스럽게 내세우고 있었던 나는 할아버지에게 물려받은 NIKON F3를 들^{필름 카메라}

고 마을의 풍경을 잘라 내어 누나에게 가져갔었다.

　이 사진도 그중 하나.

　내가 누나만을 위해 찍고, 현상하고, 인화한 것이었다.

　그 사진이 나도 모르는 사이에 책 표지가 되어 있었다. 확인하니 표지 구석에 「카자마츠리 토와」라는 이름이 확실하게 적혀 있었다.

　대답하지 않는 누나에게 화가 나서 소리쳤다.

　"이건 뭐냐고 묻잖아!"

　누나는 눈을 한 번 크게 뜬 후 기쁨을 감추고 슬픈 기색으로 연약하게 미소 지었다. 그리고 창밖을 바라보았다. 나도 시선을 좇았다. 당장에라도 비가 내릴 듯한 흐린 하늘만이 이어지고 있었다.

　이 슬픔은 어쩌면 땅끝까지 전달될지도 모른다.

　"이건, 이건 말이지. 이것뿐만이 아니라, 내 사진은 전부 누나만을 위해 찍은 거지 이딴 걸 위해 찍은 게 아니야."

　아아, 나는 어리석게도 누나에게 바랐다.

　평소처럼 다정하게 말해 줄 거라고 믿었다.

　시간이 얼마나 흘렀을까. 이윽고 누나의 어깨가 조금 흔들렸다.

　"있지, 토와. 나는 지금껏 한 번도 그런 사진을 바란 적 없었어."

　창밖을 바라보며 누나가 마음을[본심] 툭 떨어뜨렸다.

　열이 가슴을 불사르고 머릿속이 새하얘졌다.

정신 차리고 보니 나는 내리기 시작한 빗속으로 우산도 쓰지 않은 채 뛰쳐나가고 있었다.

그걸 개시로 빗발이 점점 강해지고 거세졌다. 뺨과 어깨를 때렸다. 굵은 빗방울에 체온을 빼앗겼다. 몸이 무거웠다. 마치 죽으러 가는 것 같다고 생각했다.

하지만 살아 있음을 가르쳐 준 것은 얄궂게도 몸을 때리는 빗방울이었다. 아팠다. 그저 아팠다. 그 아픔이야말로 내가 아직 이 세계에 있다는 무엇보다 확실한 증거였다.

"젠장! 젠장! 젠장젠장젠장젠장젠장젠장—."

차곡차곡 쌓인 목소리가 비에 먹혀 사라졌다. 숨이 차고 폐가 아팠다. 목이 아팠다. 무엇보다 마음이 아팠다.

스읍, 숨을 들이쉬고 자신을 향해 한층 크게 외쳤다.

"멍청한 놈."

그것을 긍정하는 것처럼, 연신 내리는 빗소리가 누나의 목소리와 함께 한없이 메아리쳤다.

『있지, 토와. 나는 지금껏 한 번도 그런 사진을 바란 적 없었어.』

그것이 마지막 말이 되었음을 안 것은 쫄딱 젖어서 집에 도착한 후였다. 문을 열자마자 아빠와 엄마가 동시에 외쳤다.

"어디 갔었던 거야!"

심사가 꼬인 상태로 대꾸하려고 했지만 두 사람이 지은 표정 때문에 그러지 못했다. 화내고 있는 것이 아니었다. 짜증내고 있는 것이 아니었다.

사람의 몸에 품기에는 너무나도 강대한 감정 앞에서 그래도 어른으로서, 부모로서, 내게 눈물을 보일 수 없다며 고집을 부리고 있는 것처럼 보였다.

"왜 그러는데?"

무심코 따져 들었지만 대답은 돌아오지 않았다.

그러나 내 안의 무언가는 확실하게 답을 고하고 있었다.

"누나한테 무슨 일 생겼어?"

응? 뭐라고 말 좀 해 줘. 제발. 아빠.

매달리듯 아빠의 멱살을 잡은 손 위에 커다란 물방울이 뚝 떨어졌다. 그것이 대답이었다. 손 위에 일그러진 형태로 작은 물웅덩이가 만들어졌다. 빗물이 아니라는 것은 바로 알았다.

왜냐하면 그건 비라고 하기에는 너무 뜨거웠다.

태어나 처음 보는 아빠의 눈물이었다.

아빠가, 엄마가 입을 열려고 할 때마다 말 대신 눈물이 두 사람의 뺨을 타고 내려갔다. 그 뒤로는 단편적으로만 기억난다.

버티고 견뎌도 계속 흘러나오는 부모님의 눈물을 따라간 곳에서 누나는 영원한 잠에 빠져 있었다. 내 사진이 쓰인 책을 머리맡에 두고 만족스럽게 웃고 있는 얼굴 위에서 부모님의 눈물이 세차게 튀었다. 마치 누나가 흘린 눈물처럼 흰 뺨 위를 미끄러졌다.

나는 부모님처럼 달려갈 수조차 없었고 입구 옆에서 가만히 눈앞의 광경을 볼 뿐이었다.

　머리맡으로 몸을 숙인 엄마가 누나의 뺨을 닦고 자상하게 쓰다듬으며 말했다.

　"수고했어, 이로하. 애썼어. 정말로, 정말로. 장하다. 장, 해. 으아, 아아아아."

　한계는 거기서 찾아왔다.

　영혼의 절반이 갑자기 사라지며 몸 한가운데에 생긴 공동에 얼음장처럼 차가운 바람이 분 것이다. 있잖아. 아파, 나 아파, 누나. 필사적으로 자신의 몸을 끌어안았다. 다리가 후들거려서 서 있을 수도 없었다. 목소리를 어떻게 내는지 숨을 어떻게 쉬는지도 잊어버린 것 같았다. 떨어진 눈물에 담긴 열기가 그리워서 황급히 손을 뻗었으나 그 녀석은 손가락 틈으로 빠져나갈 뿐 붙잡을 수 없었다.

　—모든 것이 빠져나갔다.

　절망이라는 말의 진정한 의미를 이날 나는 마침내 알았다.

　결국 「잔잔한 마을에서 노래해」에 관해서는 누나와 헤어지고 며칠 후에 사정을 아는 아빠가 전부 이야기해 줬다.

　유명한 문예 신인상을 받은 여중생의 데뷔작인 「잔잔한 마을에서 노래해」.

　그 표지를 인터넷으로 공모했다는 것. 맛보기를 읽어 본 누나가 내 사진에 딱 맞는 이야기라고 생각해 응모했다는 것. 그것이 그랑프리를 타며 채용되었다는 것.

　깜짝 놀라게 해 주려고 내게는 비밀로 아빠의 협력하에 누나가 이야기를 진행했다는 것.

그 후 많은 돈이 들어왔고 그와 맞바꾸듯 내 이름은 유명해졌다.

「잔잔한 마을에서 노래해」는 발매 직후 증쇄를 거듭하여 반년도 채 지나지 않아 30만 부를 돌파했기 때문이다.

물론 내용도 주목을 모은 요인이었으나 표지 사진의 힘이 컸다는 말을 들었다.

사진을 찍은 당시에 아직 중학생이었던 소년의 흑백 사진은 마치 색을 띤 것처럼 보인다고 칭찬받았다. 검정과 하양으로 구현된 세계에 태양의 주황빛이 확실하게 깃들어 있는 사진이라고.

TV에서 소개되자 기세는 더 거세졌다.

당연한 일처럼 잇달아 새로운 의뢰가 들어왔으나 전부 거절했다.

누나만을 위해서 찍은 사진이었다.

그렇기에 누나가 없는 지금, 사진 따위 찍어 봤자 아무런 의미도 없었다. 늘 목에 걸고 있던 카메라의 무게도 잊은 지 오래였다.

그런 내 태도에 세간은 손바닥을 뒤집고 재미있게 떠들어 댔다.

언제부터인가 유명해진 것을 야유하듯 「텐구 군[#1]」이라는 별명이 붙었다. 사진을 그만뒀다는 것이 알려진 뒤로는 재능이

#1 텐구 군 코가 크고 길쭉한 전설 속 요괴인 텐구에 빗대어 콧대가 높다며 비꼬는 의미.

고갈됐다든가, 한 번뿐인 럭키 펀치였다는 험담을 듣고 싶지도 않은데 듣게 되었다. 그래도 그건 어떻게든 견딜 수 있었다.

견딜 수 없었던 것은 단 하나.

작별 인사도, 미안하다는 말도 하지 못한 채 누나와 헤어진 것만이 미련으로 남았다.

이제 와서 그날들을 분명하게 떠올린 것은 분명 누나가 억지로 지었던 미소와 누군가의 미소가 닮아 보인 탓이리라.

2

그래서, 왜 일이 이렇게 됐더라?

완전히 익숙해진 발걸음으로 안뜰에 가며 기억을 더듬었다.

바다에 간 이후로 며칠이 지났다.

변함없을 터였던, 에이시 말로는 특별한 내 열일곱 살 나날에 한 여성이 억지로 끼어들게 되었다. 말할 것도 없이 토카 선배였다.

사진을 찍지는 않았다.

그저 점심시간에 같이 밥을 먹는 정도의 사이였다.

그것조차 처음에는 계속 거절했지만 선배는 내 사정 따위 신경 쓰지 않고 교실에 찾아와 함께 책상에 둘러앉으려고 하는 폭거를 저질렀고, 최소한 장소라도 옮기자는 생각에 어느새 반대로 내가 부탁하는 형태가 되었다. 그날 퍼진 소문은 지금도 뿌리 깊게 남아 있었다.

3교시가 끝나고 도착했던 메시지를 따라 점심시간이 되자마자 바로 신발로 갈아 신고 약속 장소로 가니, 벚나무 아래에 있던 토카 선배가 「여어」 하는 느낌으로 손을 흔들었다.

"사진, 찍고 싶어졌어?"

"아니."

이 대화도 이제 익숙해지고 말았다.

안녕. 좋은 하루. 잘 가.

인사 감각으로 우리는 똑같은 말을 숱하게 자아냈다.

"그래? 아쉽네."

입술을 삐죽 내민 토카 선배가 옆자리를 툭툭 두드렸다. 거기 앉으라는 뜻이겠지. 준비성 좋게도 둘이 빠듯하게 앉을 수 있을 만한 돗자리가 깔려 있었다. 선배의 발치에는 작은 편의점 비닐봉지가 있었는데 삼각김밥 하나와 차 음료수 두 개가 들어 있었다.

하나는 아마도 내 거다.

자기가 선배고, 점심시간을 같이 보내 주는 답례라며 매번 준비해 주었다.

"점심밥은 그게 다야?"

"식욕이 별로 없어서."

식사는 먹음직스러운 외양, 즉 색채도 중요한 요소다. 역시 흰색과 검은색뿐이면 맛있게 느껴지지 않는 걸까. 흰밥과 검은 김으로 이루어진 주먹밥이면 외양이 별로 다르지 않으니까 먹기 편한 걸지도 모른다. 과한 생각일지도 모르지만.

"그러면 체력 떨어져. 내 반찬, 먹을 수 있을 것 같으면 먹어도 돼."

"진짜? 그럼 고맙게 먹기로 할까. 토와 군의 도시락은 맛있는걸."

반쯤 동정하여 도시락을 내밀자 토카 선배는 집기 편한 계란말이나 닭튀김 같은 걸 도시락 뚜껑에 하나씩 올렸다. 아스파라거스 베이컨말이만큼은 두 개 집는 것이 빈틈없었다.

"굉장하단 말이지. 이거 직접 만든 거지?"

"뭐, 그렇지."

"아, 답례로 차 줄게."

"고마워."

잘 먹겠습니다, 합장하고서 토카 선배는 닭튀김부터 먹었다. 닭튀김은 맛있게 만들어졌다고 자부한다. 여러 가지 시행착오를 거듭한 결과, 내 닭튀김은 식어도 겉은 바삭하고 속은 촉촉한 지고한 일품으로 승화해 있었다.

"응. 마시써. 이만큼 요리를 잘하려면 어떻게 해야 해?"

"필요해서 했더니 능숙해졌을 뿐이야. 뭐, 요리는 싫어하지 않지만."

원래부터 맞벌이라 바빴던 부모님은 누나가 입원한 뒤로 한층 더 시간을 내기 어려워졌다. 시간은 유한하여 뭔가에 썼다면 어딘가에서 깎아 내야 했다.

그래서 나는 몇몇 집안일을 소화하게 되었다.

조금이라도 누나가 부모님과 시간을 보냈으면 좋겠다고 기특한 생각을 했던 것이다.

그런 이야기를 해 봤자 괜히 마음만 쓸 테니 굳이 말하지 않겠지만…….

"어떤 일에 능숙해지는 비결은 그 일을 좋아하는 건가."

"바로 그거지."

좋아했던 것은 요리였을까, 누나의 미소였을까.

"덕분에 맛있게 먹고 있습니다."

하지만 토카 선배의 말을 들으니 어찌 되든 좋아졌다.

이유가 무엇이었든 간에 요리를 잘하게 되고 그걸 좋아해 주는 사람이 있다면 나쁜 일은 아닐 것이다. 아아, 그래. 나쁘지 않다.

"토카 선배는 사람을 참 잘 꼬드겨."

"그래? 그럼 사진 찍어 줄래?"

"그거랑 이건 얘기가 달라."

"꼬드김에 전혀 안 넘어오잖아."

식욕이 없다고 했으면서 토카 선배는 하나만 더 달라며 차례차례 내 반찬을 뺏어 갔다. 결국 반절 정도는 뺏기지 않았을까.

내일부터는 조금 많이 만들어 와야겠다.

그렇게 밥을 다 먹고 도시락을 정리하고 있으니 토카 선배가 옆에 벌러덩 누웠다. 몸을 꼼지락꼼지락 움직여 「토와 군, 잠깐 다리 좀 뻗어 봐」라고 말한 뒤 내 허벅지 높이를 조절하여 멋대로 베개로 삼았다. 나는 그냥 얌전히 따랐다.

"극락이네, 극락이야."

조금 휑해지기 시작한 벚꽃이 또 하나 가지를 놓고 허공에서 춤췄다.

토카 선배의 눈이 좌우로 움직였다. 내게는 연분홍색으로 보이는 조각이 토카 선배에게는 그저 흰색으로 보일 터다. 혹은 회색으로······.

선배가 눈을 깜박이자 긴 속눈썹에 내려앉은 빛이 눈꺼풀 아래쪽에 짙은 그림자를 만들었다.

어라? 하고 토카 선배가 고개를 갸웃한 것은 벚꽃 조각을 놓쳤기 때문이리라.

미미한 무게밖에 없는 꽃잎은 선배의 코 위에 떨어져 기적적으로 균형을 잡고서 흔들리고 있으니 눈치채지 못한 듯했다.

"밥 먹고 바로 누우면 소 돼."

"뭐~? 툭하면 그런 소리 한다니까."

"봐, 살짝 징조가 보이잖아. 음머~ 하고 울었어."

토카 선배의 몸이 조금 흔들려서 꽃잎도 흔들렸다. 나는 그걸 살며시 잡아 손바닥 위에 올렸다. 바람이 불자 이곳은 내가 있을 곳이 아니라며 바로 날아갔다. 아무래도 남자의 손바닥보다 미소녀의 코가 더 좋았나 보다.

그렇게 떠나는 모습을 토카 선배도 바라보고 있었다.

"이런 걸 극락이라고 하는 걸까. 손수 만든 도시락을 먹고, 편하게 무릎베개를 하고."

"보통은 남녀가 반대라고 생각하는데."

"그건 너무 고정 관념에 사로잡힌 소리 아니야? 남자가 도시락을 싸 와도 되고, 무릎을 빌려줘도 돼."

"조금은 보답을 요구하고 싶은데."

"흠. 그럼 카자마츠리 토와 군. 발언을 허락하지. 말해 보게."

토카 선배가 잔뜩 빼기면서 그렇게 말했다.

나도 모르게 선배의 얼굴을 들여다보자 내 그림자가 얼굴 절반 정도를 어둡게 덮었다.

이윽고 쑥 뻗어 나온 긴 손가락이 내 뺨에 닿았고 엄지가 뺨을 문질렀다.

심장이 평소보다 세 단계쯤 빠르고 강하게 뛰는 것 같았다.

그렇게 의식이 그리로 기울었을 때, 볼이 옆으로 쭉 잡아당겨졌다. 아프지는 않지만 입을 제대로 벌릴 수 없어서 말하기 어려웠다.

"어 하느 거야."

뭐 하는 거야.

"뭐라는지 모르겠네."

"그어 하이 마."

그럼 하지 마.

"네, 10초 남았습니다. 10~ 9~ 8~ 7~."

아, 이 사람, 발언을 허락할 생각이 전혀 없구나. 그걸 깨달은 나는 제한 시간을 지옥으로 가는 카운트다운으로 변환하기로 했다. 남심을 가지고 논 벌을 조금은 받으라지.

"3~ 2~ 1~ 땡. 종~료~."

손이 떨어지자 이번에는 내가 반대로 토카 선배의 얼굴을 양손으로 덥석 잡아 고정했다. 토카 선배가 당황한 얼굴로 나를 올려다보았다.

"어? 토와 군?"

악마처럼 씩 웃었다.

"쓸데없는 대화는 필요 없겠지. 먼저 싸움을 건 사람은 그쪽이니까."

"어? 어?"

"통감하도록."

"어? 뭐, 뭔데?"

1초간 정적 후, 토카 선배의 의문은 비통한 외침으로 바뀌었다.

"무슨, 이거, 잠깐, 기다려. 아파, 아파, 아파. 아~프~다~고~."

정명혈이라고 불리는 눈의 혈자리.

눈구석 조금 위쪽을 엄지로 꾹꾹 내리눌렀다. 눈이 피곤할 때 좋다고 한다.

"그만해. 죽겠어. 나 죽어. 그만~."

아무래도 피로가 상당히 쌓였는지 별로 세게 누르지도 않는데 토카 선배는 눈물을 글썽거리고 손발을 버둥거리며 아우성쳤다. 그래도 역시 여자라고 해야 할까.

치마가 뒤집히려 한다는 것을 눈치챈 이후로는 손으로 계속 누르고 있었다. 덕분에 손발의 자유가 완전히 제한되고 말았지만……

"흐으으으. 끄으으으으. 하으으으."

통증을 견디듯 목소리를 억누르며 발끝에 힘을 준 모습은 어딘가 색정적이었다. 아니, 조금 야했다. 뺨도 살짝 홍조를 띠고 있고…….

그 힘도 점차 빠졌다.

끙끙대는 소리도 사라지며 표정이 편안해졌다.

뭉친 게 풀린 것이리라.

"처음에는 뭐 하는 건가 싶었는데 이거 좋다. 눈이 되게 가벼워졌어."

"서비스 요금을 받고 싶을 정도지만, 토카 선배는 여자니까 봐줄게."

"그런가. 신경 써 준 거구나."

사실은 한참 전부터 이렇게 눈썹 사이의 주름을 펴 주고 싶었다.

그날, 무리해서 웃지 말라고 한 날부터 토카 선배는 내 앞에서 한 번도 웃지 않았다. 그건 즉, 평소 보이는 웃는 얼굴은 전부 진심이 아니라는 뜻이었고, 대신 보여 준 선배의 민낯은 깊은 슬픔의 색으로 물들어 있었다.

그건 이 순간에도 변함없었다.

"선배."

"응?"

"그러고 보니 당신 소원은 뭐야?"

방금 생각났다는 것처럼 물어봤지만 사실은 미리 준비한 질문이었다. 선배가 슬퍼하는 이유는 분명 거기에 있을 테니까.

토카 선배는 감고 있던 눈을 뜨고 나를 올려다보았다. 나도 선배를 보았다. 시선이 얽혔다. 아마도 1초쯤.

"비밀."

이윽고 토카 선배는 다시 눈을 감았다.

앞으로 1분도 지나지 않아 선배가 잠들어 버릴 것을 막연히 알 수 있었다. 맞닿은 부분의 체온이 높아지고 있었다. 몸을 지탱하는 힘이 사라지며 무거워졌다.

평온한 호흡이 한낮의 이완된 공기 속으로 얇게 뻗어 나갔다.

"뭐, 좋아. 근데 선배, 매일 이러고 있어도 되는 거야? 빛을 찾아야 하잖아?"

"이것도, 중요한, 일, 이야. 그리고 점심시간은, 나한테 약간, 휴, 식."

목소리가 점점 작아져서 잘 알아들을 수 없었다. 토카 선배의 의식이 녹아내려 새근새근 작은 숨소리로 바뀌어 갈 즈음에 나는 마사지하던 손을 멈췄다.

선배는 요 며칠간 매일 이렇게 나를 베개 삼아 잠들었다.

며칠 전에 종이봉투가 바람에 날아가 주우려고 일어났더니 토카 선배는 바로 깨어나서 겁먹은 얼굴로 주위를 둘러봤었다. 마치 미아처럼 뭔가를 찾았다. 그러다 나를 발견하고 곧장 표정을 꾸몄다.

조금 무서운 꿈을 꿨어.

그렇게 말하면서……

그 순간 선배가 지었던 표정이 머릿속을 떠나지 않기에 나는 이렇게 어깨와 무릎을 빌려주는 거겠지. 이마에 흘러내린 토카 선배의 머리카락을 살며시 넘겼다.

열을 흡수한 검은 머리는 뜨겁고, 부드럽고, 살짝 간지러웠다.

"으응. 흐음, 으뮤우."

토카 선배의 이상한 잠꼬대에 웃음이 터지려는 것을 참았다. 이럴 때 코를 잡거나 이마에 낙서하는 게 만화 같은 창작물의 정석이고, 해 보고 싶다는 마음도 들었지만 그만뒀다.

선배의 자는 얼굴은 평상시 표정보다 다소 평온했다.

봄바람이 엄마의 자장가처럼 선배의 잠을 자상하게 지키고 있었다.

지금은 조금이나마 즐거운 꿈을 꿨으면 좋겠다. 꿈속에서만큼은 제대로 웃었으면 좋겠다. 무심코 그렇게 바라는 나는 이미 선배에게 완전히 코가 꿰인 거겠지.

"잘 자, 토카 선배."

잠든 선배에게는 들리지 않겠지만 최대한 상냥한 목소리로 중얼거렸다.

3

이건 어쩌면 아주 아름다운 광경일지도 모른다.

어떤 이에게는 한 방울 눈물과 함께 평생의 추억이 될 만한 감동을 줄지도 모른다. 다만 지금 내게는 결코 그렇게 보이지

않았다.

눈앞에 펼쳐진 하늘의 색이 주황색인지, 노란색인지, 분홍색인지, 보라색인지도 판별할 수 없었다.

조금 기대했는데.

나는 뒷산의 노출된 암반 위에서 무릎을 끌어안은 채 저무는 하루를 바라보고 있었다. 정보 수집을 겸해 빛을 찾다가 이곳에서 아주 아름다운 노을을 볼 수 있다고 듣고 온 것이었다.

출입 금지 구역이라 길도 정비되어 있지 않아서 찾아오는 것조차 그런대로 힘들었다. 여기저기 긁혔고 다리는 막대기 같았다.

그러나 그런 모험의 대가는 내가 바란 경치가 아니었다.

내가 정말로 잘하고 있는 걸까.

계속 성과가 없으니 불안해졌다.

신은 빛을 알아차리라고 했지만 구체적으로 뭘 하면 좋을지 전혀 알 수 없었다. 생각나는 가능성을 닥치는 대로 시도해 볼 수밖에 없는 것은 매우 힘들었다.

옆에 굴러다니던 돌을 집어 멀리 던졌다.

『기다릴 테니까.』

돌이 바위에 부딪치는 소리 속에서 문득 아까 헤어진 같은 반 아이의 말이 메아리쳤다. 그래, 그 아이는 이제 그저 같은 반 친구다.

마음이 약해진 탓일까.

흑백 노을에는 움직이지 않았던 마음이 아주 조금 삐걱거렸다.

그 아이와 그런 식으로 이야기한 것은 굉장히 오랜만이었다.

◇

선생님이 부탁한 프린트 정리를 끝내고 신발장으로 가다가 한 여학생과 만났다.

창틀 때문에 사각으로 잘린 빛은 하얬고 그 아이는 그 속에 있었다.

반면 나는 어둠 속이었다.

복도에 번갈아 배치된 빛과 그림자는 마치 횡단보도 같았다. 하지만 나는 방과 후 교내에 생긴 횡단보도 위를 걷지 못하고 멈춰 섰다. 빨간불은 어디에도 없는데.

설령 있었더라도 지금의 나는 그걸 빨간색이라고 인식조차 할 수 없다.

이렇게 마주하는 것은 오랜만이라 잠시 어색한 분위기가 흐르고 말았다. 그런 분위기를 불식하듯, 당찬 그녀 쪽에서 먼저 장난스럽게 말을 걸어왔다. 어라, 왕자님, 하고.

하지만 그 시절 같은 막역한 느낌은 그 목소리에 담겨 있지 않았다.

"이제 집에 가?"

"아아, 응. 그보다 그 별명으로 부르지 말라니까."

"확실히 토카, 머리 많이 길었지."

그녀가 이름으로 부르니 과거로 돌아간 듯한 착각이 들었다. 지금은 그저 같은 반 친구지만 예전에는 매일같이 함께 있는 절친이었고, 농구 시합 중에는 반쪽이라고 해도 될 만한 파트너였다. 서로에 관해 뭐든 알았고 우리가 짝을 이루면 무적이었다.

그랬던 우리의 길이 어긋난 지 벌써 3년이다.

그 말은 즉, 내가 농구를 그만두고 그만큼 세월이 흘렀다는 뜻이었다.

그녀는 아직 농구를 계속하고 있었다.

지금도 연습복을 입고 손에는 조금 낡은 운동화를 들고 있었다.

"농구부였을 때는 남자처럼 짧았는데. 다른 사람 같아."

"이제 왕자님이라고 못 부를걸."

"아주 싫어하지도 않았으면서."

"안 그랬어."

실없는 대화에 몸을 맡기고 후후 웃자 서로의 긴장감이 풀리는 게 느껴졌다. 감정을 감추기 위한 거짓된 가면. 3년에 걸쳐 단련했기에 기술은 완벽해서 이렇게 옛 절친조차 속일 수 있었다.

아아, 하지만 단 한 명의 남자아이만큼은 달랐던가.

내 웃는 얼굴을 못생겼다고 야유하며 멀리했다. 전 세계에서 그 아이만이 내 슬픔을 눈치채고 말았다. 눈물을 보았다.

그래서 그 아이 앞에서는 이제 가면을 쓸 수 없다.

"—카. 잠깐, 토카. 듣고 있어?"

"어? 미안. 뭐라고?"

"됐어."

그리고서 그녀는 최대한 스스럼없이 말했다.

"있지. 농구, 다시 한 번 해 보지 않을래?"

그게 배려라는 것은 아프도록 알았다. 하지만, 나는……

"안 해. 할 자격도 없어."

"어째서? 그렇게나 농구를 좋아했잖아. 그리고 그 사고는 네 탓이 아니야. 시합에서 진 것도. ……네가 농구를 그만둬도 아무도 기뻐하지 않아."

"그런 말 듣고 싶지 않아."

북받치는 감정을 삼키고 억눌렀다. 웃어, 웃어, 웃어. 이건 내게 내려진 벌이다.

다시 한 번 농구를 하고 싶다고 생각해서는 안 된다.

이 아이와 하이파이브하고 싶다고 생각해서는 안 된다.

"이만 가도 될까? 가야 할 곳이 있거든."

"기다려, 토카."

"안 기다릴래."

"이 고집불통."

옛 친구의 목소리가 아팠다.

떨리고 있었기에 더더욱.

얼굴을 돌리고 떨어질 뻔한 가면을 고쳐 썼다. 눈가를 훔쳤다. 빛을 찾자. 그것만 생각해야 한다.

두 사람의 거리가 많이 벌어져 목소리가 작아졌을 때.

"기다릴 테니까."

그런 말이 들렸다.

그녀는 빛 속에 있었다.

나는 어둠 속에 있었다.

결국 아무 대답도 하지 못한 채 학교를 뒤로했다.

능선을 덧그리던 하얀 선이 얇아지다 사라지자 순식간에 세계의 윤곽이 어둠 속에 녹아들었다. 빛의 천이 내려앉았던 손끝도, 나뭇잎에 반사되던 석양볕도, 전부 새까맸다. 별빛이 땅에 떨어져 퍼진 것처럼 밝아지는 집들의 불빛을 향해 손을 뻗어 봤지만 그건 우주와 비슷하게 멀리 있어서 닿지 않았다.

마찬가지로 친구의 목소리도 사라져 버렸다.

나는 외톨이였다.

갑자기 몸이 부르르 떨렸다.

어째서 잊고 있었을까. 산의 밤은 마을의 밤보다 훨씬 깊다. 그리고 지금 나는 무엇보다도 그 어둠이 무서웠다. 가차 없이 마음을 엉망으로 만들어 버리는 그 감각. 사람들이 절망이라고 부르는 감정의 괴물. 그것이 마음에 이빨을 세우고 있었다.

"어, 어라?"

갑자기 산소를 제대로 들이마실 수 없었고 의식이 몸에서 떨어져 나가는 감각과 함께 온몸이 마비되었다. 등골이 오싹한데 땀이 났다. 다리에 힘이 들어가지 않아 암반에서 미끄러져 떨어졌다.

"커헉!"

등을 세게 부딪쳤다. 어떻게든 제동을 걸려고 뻗은 손바닥이 크게 까져서 아팠다. 몸은 물론이고 마음도 너덜너덜했다.

올려다본 하늘에 번진 빛이 아주 멀었다. 역시 상처투성이 손으로는 잡을 수 없을 듯했다.

그래도 나는 일어나야 했다.

설령 지금은 잡을 수 없더라도 일어난 만큼 하늘과 가까워질 수 있을 테니까.

울고 싶은 마음을 몸 안쪽에 꾹꾹 밀어 넣고 몇 년간 만들어 온 미소를 지었다. 조금이라도 가능성이 있다면 나는 모든 것을 걸고 맞선다. 땅에 손톱을 박고 몸을 일으켰다.

그렇게 살아왔다.

선행이 행운을 불러온다고 해서 한없이 착한 사람이 되었다.

좋아하는 것을 끊으면 소원이 이루어진다고 해서 전부 버렸다. 청춘을 바쳤던 농구도, 사랑하던 친구도. 전부.

웃는 얼굴이 행복을 가져온다면 슬퍼도 외로워도, 남자 후배가 뭐라고 하든 억지로라도 웃자.

그러니 제발 부탁드려요.

단 하나의 소원을 들어주세요.

어둠 속에서 수없이 외쳤다.

그래도 세계에 빛은 조금도 채워지지 않았다.

나의, 아니, 우리의 아침은 아직 매우 먼 곳에 있었다.

4

"토와~ 잠깐 시간 있어?"

과제를 해치우고 있는데 엄마가 나를 불렀다.

얼굴을 들자 아까까지 당당한 주역이었던 저녁의 오렌지빛이 무대 밖으로 이동하고, 커튼콜조차 없이 밤의 장막이 내려와 있었다.

노트의 줄을 따라 전개하던 수식을 멈추고 샤프를 던졌다. 가느다란 파란 샤프는 노트 위를 구르다가 클립이 브레이크가 되어 금방 멈춰 버렸다.

집중력?

그런 건 물론 이름을 불린 시점에 완전히 끊겨 버렸지.

"토와~ 없니?"

"바로 내려갈 테니까 잠깐 기다려 줘."

대답하고 의자에서 일어났다.

1년 전까지 이 시간에 내가 집에 있는 일은 거의 없었다. 그건 부모님도 마찬가지라, 우리는 이 집에서 함께 살기는 했지만 굳이 따지자면 누나가 있는 병원에서 얼굴을 마주하는 일이 많았다.

그랬던 생활이 돌아온 것은 누나가 떠나고 나서였다.

하지만 누나가 떠나 버렸기에 우리의 당연한 생활은 이제 돌아오지 않는다.

옆에 있는 누나방 앞에서 발을 멈췄다.

가끔 엄마가 청소하기 때문에 얼핏 보면 누나가 있을 때 그대로 시간이 멈춰 있는 것 같았다. 하지만 방은 사람을 잊어버린다. 주인의 호흡도, 목소리도, 발소리도 들리지 않는 고요한 방은 휑한 사당이나 마찬가지다.

초등학교 수업으로 내가 만들었던 「누나방」이라는 팻말을 손으로 건드리자 살짝 흔들리며 덜그럭하는 딱딱한 소리가 복도에 울렸다.

누나의 목소리가 함께 들린 것 같았다.

『고마워, 토와. 쭉 소중히 쓸게.』

사실은 「이로하」라고 적어야 하는 것을 「누나」라고 적어 버린 변변찮은 팻말을 누나는 약속한 대로 줄곧 사용했다.

나와 싸웠을 때도 팻말을 언제나 문손잡이에 걸려 있었다. 그래서 우리는 몇 번이나 화해할 수 있었다. 사과할 기회를 몇 번이나 받았다. 남매라는 이름의 면죄부가 그곳에 있었다.

이제는 머리를 숙일 수도 없지만…….

화해의 말은 전해지지 않는다.

계단을 내려가자 작은 냄비를 든 엄마가 나를 기다리고 있었다.

"이게 뭐야?"

"소고기 감자조림. 많이 만들었으니까 할아버지 댁에 가져다주지 않을래?"

"응, 좋아. 가끔은 할아버지한테 효도해야지."

"어머나, 멋진 말을 하네."

냄비를 받고 밖에 나갔다.

혼자 사는 할아버지 댁까지는 걸어서 대충 20분 정도 걸린다. 다녀오라는 소리를 듣고 한 발자국 뗐다. 주택가를 빠져나가 길을 따라 걸어갔다. 예전에는 1초도 아깝다고 생각하며 달려갔던 길이지만 지금은 더 이상 서두를 필요가 없어서 천천히 걸었다.

얼마 전까지 하나같이 분홍색이었던 벚나무들이 초록색으로 물들기 시작한 상태였다.

계절은 이렇게 당연하게 흘러갔다. 좋은 일도 나쁜 일도 평등하게 품고서. 걷지 못하는 인간만을 남겨 두고…….

나는 과연 어느 쪽일까.

멈춰 선 채로 있을까.

일어나 걷고 있을까.

스쳐 지나간 바람이 낮보다 조금 차가웠다.

서점에서 왼쪽으로 꺾어 하천 부지를 걸었다.

밤하늘을 투영한 하천 표면에 마을의 불빛이 드리워져 있었다. 옆 동네까지 이어지는 다리 위로 자동차가 지나갈 때마다 빛이 일렁거렸다. 그 모습을 멍하니 바라보다가 아주 익숙해져 버린 음색이 내 이름을 불러서 발을 멈췄다.

"어라? 토와 군이잖아. 뭐 해?"

공간에 퍼진 그녀의 목소리가 어디서 들렸는지 알 수 없어서 고개를 획획 돌렸다. 찾는 인물의 모습은 어디에도 없었다.

"토카 선배야? 어디 있어?"

"여기야, 여기."

그제야 선배를 발견했다.

하천 부지에 무성한 풀 속에서 손이 쑥 나왔고, 이어서 「영차」 하는 귀여운 구호와 함께 여자가 나타났다. 경사면에서 갑자기 일어선 탓에 몸이 기우뚱했지만 양손을 빙글빙글 휘저어서 필사적으로 버텼다. 내가 무심코 그쪽으로 달려가려고 하자 선배는 괜찮다며 손을 앞으로 내밀어 제지했다.

앞뒤로 흔들리던 선배의 몸은 선배가 말한 대로 마지막에는 균형을 잡았다.

"내 말 맞지?"

"왜 그렇게 의기양양해?"

"굉장하지 않아? 애썼으니까 칭찬해도 돼."

"우와~ 토카 선배 대단해~."

"응. 완전 국어책 읽기네."

사복 차림인 토카 선배가 치마에 묻은 흙과 풀을 탁탁 털고 천천히 내 쪽으로 다가왔다. 밤의 어둠 속에서 윤곽이 점점 드러나며 선배의 형태가 눈동자 속에 현현했다.

하이넥 블라우스와 하늘색 플레어스커트를 입은 선배는 평소 학생복 차림과는 달랐다. 소녀의 달콤함과 거기에 한 방울 떨어진 성인 여성 같은 분위기가 있어서 어리석게도 가슴이 뛰었다.

"이런 데서 뭐 해?"

"할아버지 댁에 심부름 가는 중이야. 그쪽은?"

손에 든 냄비를 가볍게 들어서 보여 주고 반문했다.

"아아, 자기가 말해 놓고 잊어버렸네. 빛을 찾아야 해서 나도 이렇게 노력하고 있어. 오늘은 예쁜 석양을 볼 수 있는 곳이 있다고 들어서 보고 오는 길이야. 빛이 확 퍼져 있다는 건 알 수 있었지만 세계에 색이 칠해지진 않았어. 그래서 분한 마음에 별하늘을 보고 있었어. 역시 하얀 점이 보일 뿐이었지만."

그랬더니 아는 옆모습이 지나가길래 허둥지둥 불렀다며 선배는 덧붙였다. 여러 말들이 내 귓가를 스쳐 지나갔다. 단 하나의 단어만이 귓속을 가득 채워서 그 녀석이 이어지는 말들의 진입을 방해했다. 선배는 「오늘은」이라고 했다.

즉, 그게 의미하는 바는—.

"확실히 그런 말을 했지만. 설마 매일 이렇게 해가 저문 뒤에도 돌아다니는 거야?"

"응."

토카 선배는 태연하게 대답했다.

"혹시 점심시간에 자는 것도……."

"아아, 들켜 버렸나. 요즘 밤에 잠이 안 와서. 이유는, 뭐, 여러 가지 있지만. 귀중한 시간을 부질없이 보내는 건 아깝잖아?"

무엇보다 시간이 없고. 마지막에 작게 중얼거린 말은 너무 가냘파서 알아들을 수 없었다.

"아니, 잠깐 기다려. 그렇다면 혹시 밤새 그러는 거야?"

어디까지나 상상일 뿐이지만 흑백 세계는 밤이 되면 거의 아무것도 안 보이지 않을까? 게다가……

내 의문이 무엇인지 이해한 듯 토카 선배는 「아아」 하고 말했다.

"……혹시 걱정하는 거야?"

"당연히 걱정하지."

"토와 군은 어째서인지 그런 부분만큼은 올곧구나. 당황스러워라."

"얼버무리지 마. 사고라도 당하면 웃어넘길 수 없어."

"괜찮아. 사고는 안 당하니까."

토카 선배답지 않은 강한 부정의 말이 밤공기를 고아하게 진동시켰다. 절대로, 절대로. 계속 중얼거리는 선배의 모습은 어딘가 절실했고 사고에 대한 강한 혐오감 같은 것조차 느껴졌다.

내 시선을 알아차리고 감정을 무산시켜 평소와 같은 토카 선배로 돌아왔지만—

"토와 군은 밤엔 거의 아무것도 안 보일 것 같다고 생각하는 거지? 하지만 그건 틀렸어. 빛이 있으면 윤곽은 알 수 있어. 흑백 세계에서도 농담으로 여러 가지 판별이 돼. 신호 같은 거, 굉장히 궁리해서 만들었다는 걸 이렇게 되고 처음 알

앉아. 뭐, 그런고로 조금 불편한 점도 있지만 생활은 평범하게 할 수 있어."

아무래도 걱정거리 하나는 괜한 걱정이었던 모양이다.

그러나 또 다른 근본적인 문제는 해결되지 않았다.

"하지만 그건 여자 혼자 밤에 돌아다니는 걸 걱정하지 않아도 되는 이유가 되지는 않잖아."

냄비를 한쪽 손으로 옮기고 자유로워진 손으로 토카 선배의 손을 잡았다.

줄곧 잡히는 쪽이었던 내가 이때 처음으로 자신의 의지로 손을 잡았다.

"데려다줄 테니까 돌아가자."

"아야!"

"어? 아, 미안. 너무 세게 잡았어?"

"아, 아니. 그게 아니라, 어라?"

그 순간, 선배의 눈에서 눈물이 흘러내렸다. 내리기 시작한 비처럼 한 방울이 떨어지자 점차 기세가 거세졌다.

"왜 울어?"

"모르겠어. 모르겠지만, 어라. 어라라. 뭐지. 눈물이 안 멈춰."

잡히지 않은 손으로 계속 눈가를 훔치는 선배에게 나는 무슨 말을 해야 했을까.

"으음. 아~ 그게. 그, 그래. 소고기 감자조림, 먹을래?"

순간적으로 말을 꺼냈다가 1초도 지나지 않아 「다른 건 다 괜찮더라도 이건 아니지」 하고 후회했다. 상대는 하쿠노가 아

그럼, 사이에 마지막 잠을 1.

©Aya Hazuki 2019
Illustration by
KADOKAWA CORPORATION
[NOT FOR SALE]

니니까.

하지만 세계는 정말로 신기하다.

당황해서 던진 말이 의외로 중요한 부분에 안착하기도 한다.

토카 선배의 배에서 작게 꼬르륵 소리가 났다.

"먹을래."

어린아이처럼 고개를 끄덕인 선배는 빨개진 코를 훌쩍였다.

어느새 눈물은 멎어 있었다.

우리는 여전히 손을 잡은 채였다.

할아버지 댁 방향과는 조금 벗어난 작은 공원에 가게 되었다. 놀이 기구는 미끄럼틀과 그네뿐이었다. 우리를 제외하면 아무도 없어서 공원 전체가 정지된 것 같았다.

뭐, 하지만 이 공원의 경관은 그런대로 괜찮았다. 살짝 고지대에 있어서 마을의 모습이 잘 보였다.

도중에 있던 자판기에서 생수를 하나 사고 각자 그네에 앉았다. 나는 마을 경치가 보이게 앉았지만 토카 선배는 반대로 공원이 보이게 앉았다.

쇠사슬이 끼익 비명을 지르며 흔들흔들 움직이기 시작했다.

"할아버지의 저녁밥이니까 조금만 줄 거야."

뚜껑을 열자 아직 따뜻한 냄새가 코를 간질였다.

내 배도 꼬르륵거릴 뻔했다.

"그거 내가 먹어도 되는 거야?"

"걱정 안 해도 돼. 어차피 내가 할아버지 댁에서 밥 먹고 올 거라고 생각해서 조금 많이 만들었을 테니까."

"그렇구나. 그럼 토와 군의 저녁밥을 내가 먹는 거네."

"마음 깊이 새기고 먹어."

"응."

생수로 손을 가볍게 씻고 큼직한 감자를 집었다.

"그럼 자, 입 벌려."

"어? 아니, 됐어. 알아서 먹을게."

토카 선배가 손과 고개를 휘휘 흔들어 거절했다. 하지만 손을 잡은 나는 알고 있었다. 선배의 손은 엉망으로 다쳤고, 손톱 틈에는 흙이 말라붙어 있다는 것을……. 그건 페트병 생수 따위로는 절대 씻을 수 없다.

"잔말 말고."

"하, 하지만. 남자 후배가 먹여 주는 건 꼴사납잖아."

"새삼 뭘 신경 쓰는 거야. 나는 이미 꼴사나운 모습을 많이 봤고 알고 있어."

애초에 만남 단계에서 우는 얼굴을 봤다.

"그, 그래? 그런가. 그럴지도."

"그러니까, 자. 아~ 해."

"아, 아~."

부끄러운 듯 작게 벌린 입에 감자를 갖다 대자 새하얀 치아가 감자를 물었다. 점차 가해지는 힘이 세지며 감자 형태가 무너지기 전에 전부 입에 들어갔다. 다문 입을 손으로 가리고 우물우물 씹다가 이윽고 삼켰다.

"무, 무슨 맛인지 잘 모르겠어."

"확실하게 맛보라고 했을 텐데."

"토와 군 때문이잖아. 쑤, 쑥스러워."

"왜? 무릎베개 쪽이 훨씬 더 부끄러운 일 아니야?"

"내, 내가 먼저 하는 건 괜찮아. 하지만. 상대방 쪽에서 해 주는 건, 허락받은 느낌이 들어서."

―기쁜 것도 같고, 부끄러운 것도 같고. ……으으, 곤란해.

기어드는 듯한 작은 목소리였다.

"뭔 말인지 모르겠네. 자, 다음."

당근. 강낭콩. 소고기. 양파는 집기 어려워서 그만뒀다.

애완동물에게 먹이를 주는 듯한 감각으로 천천히 토카 선배에게 소고기 감자조림을 대접했다. 토카 선배는 얼굴을 빨갛게 물들이면서도 음식이 사라지면 순순히 입을 벌렸다. 계속, 계속.

그럴 때마다 음식을 날랐다.

"자, 잘 먹었습니다."

선배가 합장한 것은 냄비의 내용물을 4분의 1쯤 먹고 나서였다.

"변변치 않은 음식이었습니다."

내가 만들지는 않았으나 냄비 뚜껑을 덮으며 일단 그렇게 응수했다.

그대로 둘이서 멍하니 있었다.

마을의 빛이 여러 동그라미가 되어 부예져 있었다.

옆에 앉은 토카 선배는 다리를 뻗어 까딱까딱 흔들었다.

선배의 신발코는 흙이 좀 묻고 상해 있었다. 신발만 그런 게 아니었다. 토카 선배 자신도 엉망이었다. 산에 올랐을 때 넘어지기라도 했는지 등에는 진흙이 묻어 있었다. 손을 잡은 순간 느꼈던 까진 피부와 마른 피의 딱딱한 감촉을 나는 잊지 않을 것이다.

냄비를 옆에 두고 목제 가로대 위에 서서 그네를 타 보았다. 전방으로 갈 때 무릎을 세워 속도를 붙이는 것이 요령이었다.

밤바람을 가르듯 몸이 앞뒤로 흔들렸다.

쇠사슬이 삐걱거리는 소리가 강해졌다.

"있지."

토카 선배가 나를 불렀다.

그네를 타며 선배를 보았다. 작았던 선배가 커졌다가, 안 보이게 됐다가, 또 나타났다가 작아졌다. 선배가 짊어진 동그란 달도 똑같이 가까워졌다가 멀어졌다.

"토와 군의 눈에는 지금 어떤 경치가 보여? 별의 색이라든가, 마을의 색이라든가. 이 그네의 색이라도. 괜찮으면 가르쳐 줄래?"

"……으음. 전체적으로 마을의 빛은 백은색일까."

"응."

토카 선배는 무릎을 굽혔다 폈다 하고 있었다. 내 그네와는 달리 작게 흔들렸다.

"자동차의 전조등이 이룬 줄은 주황색이고, 빌딩의 불빛은 빨간색이거나 노란색이거나 흰색이거나. 분홍색으로 보이는 저건 아마 미라크티어일 거야. 참고로 토카 선배의 그네는 빨간색. 내 거는 파란색."

이렇게 세계를 내려다보니 마치 장난감 같았다.

신호등 색깔.

생활 불빛.

자동차 전조등이 줄지어 움직이는 모습은 굉장히 하찮았다.

희미한 빛으로 공원을, 아니, 우리를 비추는 하나뿐인 가로 등이 지금은 훨씬 리얼했다.

영차, 작게 말하고 토카 선배가 그네에서 뛰어내렸다. 나는 더 이상 반동을 주지 않고 그네의 흔들림이 진정되기를 기다렸다. 뒤에서 토카 선배의 목소리가 들려왔다.

"그렇구나. 나한테는 마을의 불빛도 별빛도 똑같이 보인단 말이지. 빛은 하얗고 어둠은 까매. 명암 차이는 있지만 그게 다야. 아까는 별로 불편하지 않다고 했지만. 왜일까. 지금은 조금 외로울지도."

"외로워?"

"토와 군과 똑같은 세계를 볼 수 없어서 외로운 것 같아."

토카 선배는 내 반대쪽으로 몸을 돌린 채 하늘을 올려다보고 있었다. 나는 선배를 등지고 마을을 보고 있었다. 같은 곳에서 둘이 이야기하고 있는데 보는 것은 달랐다. 왠지 선배의 외로움을 이해할 수 있을 것 같았다. 선배의 고독을 접한 기분이었다.

"얍."

조금 전의 토카 선배를 흉내 내어 그네에서 뛰어내렸다. 어느 정도 속도가 붙어 있었기에 착지가 꽤 어려워서 나도 모르게 손으로 지면을 짚었다. 진흙이 묻었다. 선배처럼.

"토카 선배는 별의 궤적 사진 본 적 있어?"

일어나 별을 올려다보며 물었다.

봄의 밤하늘에는 당연히 봄의 별이 펼쳐져 있다. 북두칠성에서 이어지는 봄의 대곡선을 따라가면 스피카와 만난다. 처녀가 든 보리 이삭의 빛. 하늘에서 열다섯 번째로 밝다고 한다.

보통 우리가 보는 별은 저런 작은 점이다. 하지만 지구의 자전으로 하늘은 돈다. 즉, 카메라를 고정해서 촬영하면 점은 호를 그린 궤적^{기적}이 된다.

내가 아는 곡선 중에 그보다 더 아름다운 곡선은 없다.

"아니."

"누나가 보고 싶다고 해서. 도전해 본 적이 있어."

정말 드물게도 누나가 먼저 꺼낸 부탁이었다. 찍어 줄래? 그 말을 듣자 기쁘고 자랑스러워서 나는 곧장 카메라를 들고 사진을 찍으러 갔다. 정신없이 셔터를 눌러 댔다.

"하지만 잘 찍히지 않았어. 애초에 찍는 방식이 틀렸었다고 할까. 제대로 조사도 안 하고 덤볐으니까."

정말로 그 무렵에는 아무것도 몰랐다.

초점을 맞추는 법, 촬영 환경. 필름 감도를 고르는 법. 하나 하나 조사하고, 배우고, 개선하고, 전진했다. 트라이 & 에러를 계속 반복했다.

특히 고생한 것이 노출 시간이었다.

천체 사진은 카메라를 고정하고 셔터 속도를 벌브 모드라는 것으로 설정하여 셔터가 계속 열려 있도록 해야 한다. 셔터를 열어 두는 이 시간이 만만치 않은 요소라서 경험을 쌓아 감각을 익혀야 했다.

내가 쓰던 카메라는 필름 카메라라서 디지털카메라와 달리 현상하기 전까지 어떤 사진이 찍혔는지 알 수 없기에 요령을 잡기까지 더더욱 시간이 걸리고 말았었지.

"토와 군한테도 어려워?"

"당연하지. 뭐, 그래도 어떻게든 됐어."

"잘 찍었나 보네."

"잘 찍었는지는 모르겠지만 말이지. 그러니까 토카 선배도 괜찮아."

내가 생각하기에도 정말이지 무책임한 말이었다.

선배를 위해 사진 한 장 찍어 주지 않는 남자가 무슨 말을 하는 걸까. 하지만 그래도……

"위로해 주는 거구나."

토카 선배가 뒤로 손을 깍지 끼고서 얼굴을 들여다보려고 했다. 고개를 돌리긴 했지만 잘 숨겼을까. 살짝 뜨거운 뺨의 색깔을 지금의 선배가 알 수 없다는 사실에 안도하다니, 성격이 너무 나쁠지도 모른다.

"그냥 잡담이야. 그리고 여기서부터가 그 잡담의 본론."

"토와 군이 쑥스러워하는 포인트를 잘 모르겠어."

선배가 내 등을 툭 쳤다. 뭐 하는 거냐며 돌아보자 나를 빤히 보고 있었다. 나를 제대로 보고 말하라는 눈빛이었다.

어쩔 수 없이 손을 내밀었다. 선배도 천천히 손바닥을 겹쳤다. 살짝 힘을 주자 토카 선배도 마주 잡았다. 이어질 말을 선배도 알고 있을 터다.

"별 사진, 보여 줄게. 조금만 더 나랑 같이 있어 주지 않을래?"

"글쎄 어쩔까. 토와 군이 얼른 집에 가라고 했는데."

"아니, 뭐, 그랬지만."

"농담이야. 좋아. 단, 조건이 하나 있어."

"말씀하시죠."

"언젠가, 내가 시련을 극복하여 색을 되찾으면. 또 여기서 이렇게 야경을 보자."

난 또 뭐라고. 그 정도라면 딱히 조건으로 붙이지 않아도 같이 볼 텐데.

하지만 그렇게 말하는 게 멋없는 짓이라는 건 아무리 나라도 알았다.

여자는 약속을 좋아하니까.

누나가 말했었다.

"새끼손가락이라도 걸까?"

"아니."

토카 선배가 고개를 가로저었다.

그리고 맞잡은 손을 과시하듯 들었다.

"이거면 충분해."

5

"할아버지, 있어?"

양손을 쓸 수 없기에 토카 선배에게 문을 열어 달라고 하고 현관에서 할아버지를 불렀다. 할아버지 댁에 오는 것은 일주일 만이었다.

잠시 기다려도 대답은 없었다.

"들어갈게."

그래도 할아버지가 애용하는 '샌들이 현관에 있는 것을 확인해서 일단 인사하고 적막한 단층집에 들어갔다. 시, 실례합니다, 하고 토카 선배가 얌전히 따라 들어왔다.

벽에는 빛바랜 전대물 히어로 스티커와 여자아이가 좋아할 법한 마법소녀 스티커 몇 개가 붙어 있었다. 마법소녀 스티커가 조금 더 높은 위치에 있었다. 지금은 둘 다 내 허리 아래쪽에 있는 것을 보니 쓸쓸함이 가슴을 두드렸다.

거실 불은 켜져 있었지만 평소라면 들려왔을 터인 TV 소리가 들리지 않았다. 그렇다면 할아버지가 있을 곳은 하나뿐이다.

"어쩌면 별 사진 말고도 희한한 걸 보여 줄 수 있을지도 모르겠어."

"무슨 말이야?"

"뭐, 기대해."

평범한 사람이라면 들어갈 일도 없을, 애초에 있는지도 모를 곳이었다.

먼저 부엌에 가 냄비를 놓고, 익숙한 발걸음으로 가장 안쪽에 있는 방으로 향했다. 역시나. 갈색 문이 굳게 닫혀 있었다. 가볍게 똑똑 노크했다.

"토와인데. 엄마가 반찬을 줘서 가져왔어."

여기서도 대답을 듣지 못한 채 1분을 기다렸다.

문손잡이를 돌려 봐도 됐겠지만 그러지 않은 것에는 분명한 이유가 있었다. 이곳이 어떤 방인지를 잘 알고 있었기 때문이다.

3분이 더 지났을 때, 문손잡이가 소리를 내며 돌아갔다. 그리고 안에서 폴로셔츠를 입은 할아버지가 얼굴을 내밀었다. 현상에 쓰이는 약품이 가장자리에 묻기라도 하면 갈색 얼룩이 생기겠지만 역시 익숙한지 할아버지의 셔츠는 자랑거리인 머리카락만큼 새하얬다.

"오오. 토와인가. 미안, 미안. 기다리게 했구나."

할아버지는 확실하게 관리된 틀니를 반짝이며 기쁘게 웃었다.

"아니, 괜찮아. 사진 인화 중이었어?"

"뭐, 그렇지. 응? 그런데 이 아가씨는 누구야?"

웃음의 종류가 바뀌었다. 어딘가 상스럽게…….

오해라도 한 거겠지.

시정을 겸하여 양쪽을 소개하기로 했다.

"이쪽은 같은 학교에 다니는 토카 선배."

"처, 처음 뵙겠습니다. 오미 토카입니다. 토와 군에게는 늘 신세 지고 있어요."

토카 선배가 고개를 숙였다.

"그리고 우리 할아버지. 내 카메라 스승이기도 해."

"손자와 함께 잘 부탁해. 아가씨."

"앗, 네. 잘 부탁드려요."

"손자와 함께 잘 부탁한다니, 그게 무슨 말이야. 할아버지, 이상한 오해하고 있지?"

"딱히 오해가 아닐 텐데."

할아버지는 턱을 매만지며 이리저리 굴리던 시선을 나와 토카 선배의 딱 한가운데에서 멈췄다. 씨익, 얼굴의 주름이 한 층 더 깊어졌다.

당황해서 손을 났다.

"할아버지 집에 한 번도 친구를 데려오지 않았던 손자가, 이런 시간에, 손을 잡고, 여자아이를 데려왔지."

"아니, 그러니까."

"틀린 부분이 있나?"

대꾸할 수 없었다.

사실만을 나열하면 확실히 할아버지의 말이 옳았기 때문이다.

아무래도 내 패배인 것 같았다.

젠장, 내심 혀를 차며 오기를 부렸다.

"그저 토카 선배에게 사진을 보여 주고 싶었을 뿐이야. 겸사

겸사 암실에도 들어가고 싶은데 그래도 돼?"

그러자 할아버지는 손자의 패배가 그렇게 기쁜가 싶을 만큼 즐거워하며 안으로 들어오라고 손짓했다.

"오오. 들어와라."

굉장히 오랜만에 들어가는 것이었다.

예전에는 매일같이 드나들었던 곳.

카메라를 그만둔 뒤로 거의 1년 만인가.

이곳은 사진을 인화하기 위한 캄캄한 방이다.

통칭 암실.

사진은 인화지라는 특수한 종이에 빛을 쏘여 필름의 상을 새겨서 완성되는데, 만약 빛이 있는 곳에서 꺼내면 인화지 표면이 빛에 반응해서 현상했을 때 새까매진다. 그래서 사진을 인화할 때는 불을 끈 방에서 작업해야 했다. 아까 내가 조심성 없이 문을 열지 않은 것도 그래서였다. 인화지는 꽤 비싸니까.

할아버지는 나나 누나가 태어나기 훨씬 전부터 사진이 취미여서 이 집을 지을 때 할머니에게 부탁하여 암실을 만들었다고 한다.

암실 안에서는 아세트산 냄새, 즉 식초 냄새가 진동했다.

긴 책상 위에 늘어선 인화지를 담그는 세 가지 약품 중 정지액의 정체가 산이기 때문이다.

"있지, 토와 군. 이건 뭐야?"

토카 선배가 내 옷자락을 잡아당기며 물었다.

수도꼭지에서 꼴꼴 흐르는 물 아래에 사진 몇 장이 있었다.

그중 하나. 왼쪽 사진은 새까매서 뭐가 찍혀 있는지 알 수 없었지만 오른쪽으로 갈수록 색이 옅어지며 상도 확실했다. 그러나 제일 끝에 있는 것은 반대로 너무 옅어서 새하였다. 노광 시간에 따라 달라지는 것이다.

"시험 인화야. 인화지에 빛을 얼마나 쏘여야 하는지 적정 시간을 조사하는 거야."

할아버지가 물속에 손을 넣어 사진을 건졌다. 살짝 살이 처진 할아버지의 팔에서 물방울이 떨어져 차오르는 수면에 작은 파문을 만들었다.

토카 선배와 둘이서 들여다본 시험 인화용 인화지에는 여름 하늘과 해바라기가 찍혀 있었다.

"이거, 내가 찍은 사진이잖아."

"그야 그렇지. 내 F3는 너한테 줬으니까. 나는 이제 카메라가 없는걸."

"……돌려줬잖아?"

"아니. 맡았을 뿐이야. 그건 너한테 줬으니 말이얌."

"얌이라니. 할아버지 몇 살이야."

"올해로 일흔여덟이었나."

"치매가 온 건 아닌가 보네."

"이제 실전이야. 이걸로 인화하려고 하는데."

할아버지가 그러데이션 중에서 조금 짙은 편인 사진을 가리켰다.

"흐응. 괜찮지 않을까."

나는 이렇게 안 된다. 아니, 인화하지 않는다. 할아버지의 버릇, 성격, 취향이 반영된 인화 방식이니까. 처음에는 흉내 내려고 했지만 이제는 내 방식으로 인화하게 되었다.

하지만 이 방식이 틀린 것도 아니고 싫어하지도 않았다.

정말 진심으로 좋은 사진이 될 거라고 생각했다.

사진이 다시 차가운 물속으로 돌아가자 여름의 한때가 천천히 바닥으로 가라앉았다.

"좋아. 그럼 이걸로 인화해야겠어. 자, 아가씨."

"앗, 네."

암실에 있는 여러 물건을 두리번두리번 둘러보던 토카 선배가 갑작스러운 할아버지의 부름에 차렷 자세를 취했다.

"잠깐 이리 와 봐."

할아버지는 손짓하여 토카 선배를 옆으로 부르고 확대기 앞에 있는 의자에 앉혔다. 있지, 할아버지, 뭐 하려고? 허허, 잘 보렴. 어렸을 적 광경이 떠올랐다. 예전에는 나도 이렇게 사진의 매력을 배웠다.

인화지를 세팅한 할아버지는 토카 선배에게 확대기의 버튼을 누르라고 했다.

그러자 어둠 속에서 사각으로 잘린 빛이 반들반들한 인화지 위로 떨어졌다.

와아, 눈을 크게 뜬 토카 선배의 옆얼굴을 새하얀 빛이 비췄다.

"하나, 둘, 셋."

할아버지가 숫자를 세자 세팅해 둔 시간이 지나 불빛이 꺼졌다. 인화지는 여전히 새하얬다. 하지만 사진은 여기서부터가 재미있다.

"토카 선배. 약품이 튀어서 옷에 묻으면 얼룩이 지니까 조금 떨어지는 편이 좋아."

"내가 그런 실수를 할까 봐 그러냐? 몇 년을 했는데."

"만일의 경우도 있잖아."

토카 선배와 교대하듯 내가 할아버지에게 다가갔다. 토카 선배는 내 어깨 너머로 인화지를 들여다보았다.

"잘 보려무나."

그렇게 웃고서 할아버지가 현상액 속에 새하얀 인화지를 담갔다. 우선 빛을 쬔 면을 균등하게 적셔 나갔다. 30초쯤 지나 뒤집었다. 그러자—.

"와, 굉장하다."

점점 흑백 그림이 떠올랐다.

여름 하늘, 흔들리는 해바라기.

이 계절에는 볼 수 없는 광경이 그곳에 확실히 존재했다. 분명 지금, 나와 토카 선배가 보는 것은 똑같을 터다. 조금은 그녀의 외로움을 달래 줬으면 좋겠다.

"마법 같아."

토카 선배는 깊은 한숨과 함께 작게 중얼거렸다.

사진 인화 과정을 처음 봤을 때부터 이 한순간이 참을 수 없이 좋았다. 누나는 약품 냄새를 싫어해서 암실에 들어오지 않으려고 했지만 나는 달랐다.

어느새 당연하다는 듯 할아버지 흉내를 내며 사진을 찍고 있었다.

처음에는 하프 사이즈 카메라로 놀던 내가 본격적으로 카메라를 가르쳐 달라고 머리를 숙인 것은 초등학교 5학년 때였다.

누나의 건강이 안 좋아져서 처음으로 장기 입원이 결정된 해였다.

그날, 나는 할아버지의 보물이었던 NIKON F3를 물려받았다.

많은 사람이 DSLR로 이행하여 흑백 필름 생산도 잇달아 중지되는 가운데, 그래도 내가 필름 카메라를 계속 쓴 것에는 그런 경위가 있었다.

"으하하하. 좋은 반응이야. 토와를 처음 이 방에 들였을 때가 생각나는구나."

할아버지는 기정 시간만큼만 사진을 현상액에 담갔다가 정지액으로, 정착액으로, 그리고 물속으로 옮겼다. 이제 약품을 깨끗하게 씻어 내고 말리면 완성이다. 앨범에 수납해도 좋고, 화판에 붙여도 좋다.

토카 선배는 할아버지가 뭔가를 할 때마다 와아, 와아, 하고 어린아이처럼 말하며, 물속에서 흔들리는 여름의 한때를 줄곧 보고 있었다. 그 모습을 흐뭇하게 바라보고 있으니 할아버지가 말했다.

"토와. 내가 암실을 정리하는 동안 저녁밥 준비를 부탁해도 될까?"

◇

　　할아버지에게 부탁받은 토와 군이 부엌으로 사라지자 작은
방에 나와 할아버지만 남았다.

　　처음 봤을 때부터 생각했지만 할아버지와 손자라서 그런지
두 사람은 많이 닮았다. 말투라든가, 서 있는 자세라든가. 한
마디로 정리하자면 본연의 모습이 닮았다.

　　그래서겠지.

　　이렇게 할아버지와 둘이 있어도 전혀 난처하지 않았다.

　　어른다운 분위기 때문에 조금 긴장은 됐지만 심장이 두근
거렸다. 토와 군도 나이를 먹으면 이렇게 될까? 그건 아주 멋
진 일이라는 생각이 들었다.

　　정리를 시작한 할아버지를 방해하지 않도록 끄트머리 쪽에
앉아서 암실이라고 불리는 방을 다시금 둘러보았다.

　　뭐에 쓰는지 짐작도 가지 않는 물건이 잔뜩 있어서 꽤 재미
있었다.

　　이곳은 그가 많은 시간과 정열을 쏟으며 보내던 곳이다.

　　필름을 세팅하지 않은 확대기의 버튼을 눌러 봤다. 빛이 팟
켜졌다가 이내 꺼졌다. 토와 군은 이렇게 몇 번이고 숱하게 버
튼을 눌렀을 것이다.

　　내가 상상할 수도 없을 만큼 많은 사진을 인화했을 것이다.

　　"토카 양이라고 했나?"

갑자기 이름을 불러서 깜짝 놀랐다. 할아버지의 목소리는 토와 군의 목소리보다 조금 낮았다. 중후하다는 표현이 적절할지도 모른다.

"아, 죄송해요. 만지면 안 되나요?"

"아니, 마음껏 만져도 돼. 그보다 오늘은 손자와 무슨 일로?"

"제가 별의 궤적 사진을 본 적이 없다고 하니까 이곳에 데려와 줬어요."

"별 사진인가. 그리운걸. 그건 손자 녀석이 누나를 위해 찍은 사진이지. 그 무렵에는 아직 릴리스라는 게 있다는 것도 몰랐거든. 가르쳐 줘도 좋았겠지만, 여러모로 시행착오를 겪는 편이 더 즐거울 것 같아서 묵묵히 지켜봤지."

그 시절의 손자 녀석은 즐거워 보였어. 그렇게 말하는 할아버지는 어딘가 먼 곳을 보듯 눈을 가늘게 떴다. 그곳에 있을 그 옛날 카메라 소년을 떠올리고 있었다.

"그 얘기, 알아요."

"응?"

"토와 군에게 들었어요."

"손자 녀석이 얘기했다고? 누나에 관해서도?"

놀란 표정이었다. 왜일까.

"네. 죽은 누나를 위해 진지하게 카메라에 몰두하기 시작했다고 들었어요."

"그런가. 손자 녀석이. 그랬단 말이지."

세계가 회색으로만 보이는 내 눈 속에서 할아버지는 오래된

영화에 나올 법한 아주 자상하고 그리운 미소를 짓고 있었다. 영차, 할아버지는 근처에 있던 책상 위에 앉았다. 버릇없는 행동이었으나 그게 묘하게 그럴싸하여 멋있었다.

"1년이야. 나 같은 노인에게는 그다지 길지 않은 시간이지만 토와나 아가씨 같은 젊은이에게는 아주 긴 1년이라는 시간 동안 손자 녀석은 암실에 들어오려고 하지 않았어. 암실뿐만이 아니지. 매일 들고 있었던 카메라를 내게 돌려주고, 필름 현상도, 정리도, 인화한 사진조차 보지 않게 됐어. 사랑하는 것을 멀리하는 건 정말 괴로운 일이야. 그러던 녀석이 오늘은 암실에 들어왔어. 사진 이야기를 했어. 전부 아가씨 덕분이야."

그리고서 할아버지는 자신의 반의반도 살지 못한 나 같은 어린애에게 진심을 가득 담아 인사했다. 새하얗게 센 머리를 숙였다.

분명 이 짧은 시간을 위해 토와 군을 내보냈을 것이다.

"고맙네. 정말 고마워."

"……할아버지와 토와 군은 많이 닮았네요."

몇 번이나 했던 생각을 한층 강하게 생각했다.

그러자 할아버지는 얼굴을 들었다.

"그런가? 하지만 닮았을 뿐이야."

"그 말씀은?"

그리고 매력적으로 윙크했다.

"내가 더 멋진 남자잖아?"

괜히 쑥스러워서 실없는 소리를 하는 것도 역시 많이 닮았다고 생각했다.

◇

손을 잡고 밤길을 걸었다. 할아버지 댁을 나선 뒤로, 아니, 암실에 할아버지와 둘만 남기고 나간 뒤로 토카 선배는 기분이 좋았다. 어깨의 힘이 빠졌다고 할까, 발걸음이 가볍다고 할까.

콧노래도 부르고 있고…….

"할아버지랑 무슨 얘기 했어?"

"음~ 비밀."

"어째서."

"음~ 그냥."

"그거, 안 무거워?"

토카 선배의 왼손에 들린 종이 쇼핑백을 보았다. 할아버지 댁을 떠날 때 할아버지가 준 것이었다. 안에는 내가 찍은 사진을 정리한 앨범이 몇 개 들어 있는 것 같았다. 건네주면서 할아버지가 뭐라고 귓속말을 한 게 신경 쓰였다.

"괜찮아. 그리고 이건 행복의 무게니까. 무거운 게 더 기쁠 정도야."

"그게 뭐야."

부끄럽긴 했지만 기분이 나쁘지는 않았다.

아이처럼 다리를 높이 쳐들며 걷는 토카 선배에게 끌려가

듯 그녀의 집으로 향했다. 주택가 한편에서 「오미」라는 문패를 발견했다.

"아, 다 왔네. 오늘은 고마워."

토카 선배의 온기가, 부드러움이 멀어졌다.

"이제 밤에는 돌아다니지 마."

"……그건 약속하기 어렵겠어."

살랑살랑 손을 흔들고 집에 들어가는 토카 선배에게 나도 손을 흔들었다. 선배의 뒷모습이 완전히 보이지 않게 되었을 때 손을 내렸다. 아직 손안에 따뜻한 열이 깃들어 있었다.

"이건 뭘까."

중얼거린 목소리는 밤의 어둠 속으로 사라졌다.

◇

"다녀왔습니다."

몰래 집에 들어갔다. 쥐 죽은 듯 고요한 복도를 살금살금 이동하여 냉큼 샤워만 하고 2층에 있는 내 방으로 갔다.

내 방에 있는 여러 가지 물건의 윤곽이 달빛을 받아 드러났다. 하지만 그 모든 것이 흰색과 검은색으로 이루어져 있었고, 그건 흑백 사진 같아서 몹시 무미건조하여 싫어했었다. 그래, 싫어했었다. 지금의 나는 조금 달랐다.

들고 있던 쇼핑백을 바닥에 조심스레 내려놓았다. 집에 오기 직전에 할아버지에게 받은 것. 안에는 앨범 몇 개와 작은 은색 선물이 들어 있었다.

『혹시 흥미가 생겼다면 써 줘.』

고막을 다정하게 진동시키던 할아버지의 목소리가 되살아
났다.

일단 앨범을 한 권 뽑아 침대 위로 폴짝 올라갔다.

앨범에는 그가 보았던 세계가 펼쳐져 있었다.

한 장 넘겨 봤다. 두 번째 장을 천천히 넘겼다. 알고 있는
동네 풍경. 계절의 바람. 어딘가 낯익은 사람들. 웃는 얼굴이
있었고 우는 얼굴이 있었다. 분해 보이는 표정, 화난 모습, 더
워 보이기도 했고 추워 보이기도 했다.

그가 보는 세계는 흑백인데도 너무나 선명했다.

어째서 이렇게나 아름다울까.

지금 내가 보는 것과 똑같은 세계인데 무엇이 다른 걸까.

"아."

별의 궤적 사진이 여러 개 늘어서 있어서 나도 모르게 중얼
거렸다. 흔들린 것도 있고, 선을 이루지 못한 것도 있었다. 어
린 토와 군의 시행착오가 전해지는 것 같았다. 열심히 노력했
구나.

그게 5페이지쯤 계속된 후, 그가 누나에게 부탁받아 찍었
다는 사진 한 장이 나타났다. 반들반들한 표면을 만져 봤다.

검은 바탕에 그려진 새하얀 곡선의 가장 아름다운 부분을

손으로 덧그려 봤다.

좋겠다. 부럽다. 이런 사진을 받은 누나가 정말 부럽다.

앨범을 덮고 꼭 끌어안으니 솔솔 잠이 왔다.

어제까지는 눈을 감기만 해도 참을 수 없이 무서웠는데 오늘은 어째선지 내 안에 스르르 자리 잡았다. 정말 오랜만에 침대 위에서 잘 수 있을 것 같았다.

모든 것이 새까맣게 물든 시야 속에서 그가 찍은 별이 소원을 이루어 주는 유성처럼 하얀 꼬리를 끌며 사라지지 않고 남아 있었다.

6

얼마 만에 오는 도서실일까.

초등학생 때는 일주일에 두 번 정도 오던 이동 도서관 — 자동차에 책을 싣고 도서관의 위탁 직원이 운전하던 거 — 에서 책을 빌리기도 했지만 최근에는 전혀 찾지 않았다. 소설은 기껏해야 교과서 정도. 그 외에는 만화나 요리 잡지. 아아, 그래. 결국 「잔잔한 마을에서 노래해」도 안 읽었다.

뭐, 그 책을 펼치는 일은 영원히 없을 테지만…….

방과 후의 소란을 아득히 들으며 페이지를 넘겼다.

최대한 간단해 보이면서 삽화와 사진이 많이 쓰인 책을 고른다고 골랐는데 그래도 전문 용어가 많아서 알쏭달쏭했다.

천제 사진을 찍을 때도 이런 느낌이었지.

몇 번이고 문장을 다시 읽고 삽화와 대조하며 간신히 이해되는 부분만 접수해 나갔다.

각막 속에 있다는 빛을 감지하는 세포. 간상체와 추상체. 그중에서 추상체가 삼원색인 빨강, 파랑, 초록에 반응하여 뇌에 신호를 보내고 원색을 잘 조합해서 사람은 많은 색을 식별한다고 한다. 색각 이상이라고 불리는 현상은 이 추상 세포의 결손이나 변이로 일어난다. 생물 수업에 나올 법한 내용이었다. 나머지는 개의 시력이 나쁘다느니 어쨌다느니. 이쪽은 잡학이었다.

뭔가 엉뚱한 내용을 조사하고 있다는 기분이 든다.

책을 덮고 얼굴을 드니 책상에 팔꿈치를 올리고 연꽃처럼 펼친 손에 턱을 얹은 하쿠노가 미소 지은 채 나를 보고 있었다.

무심코 표지 위에 올린 손을 치울 수 없게 되었다. 그렇게 책 제목을 숨겼다. 딱히 숨길 필요는 없을 텐데 어째서일까.

"더 걸릴 것 같아?"

숨결과 목소리의 딱 중간 같은 음량으로 하쿠노가 속삭였다.

그런 하쿠노 뒤로 보이는 창밖의 하늘에는 회색 구름이 낮게 깔려 있었다. 아침에 집을 나설 때는 구름 한 점 없는 맑은 하늘이었는데. 아마 지금 가면 아슬아슬하게 피할 수 있을 터다.

10분이라도 늦으면 비를 맞겠지.

"아니, 이제 끝났어. 잘 이해할 수 없었고. 자세한 내용도 없었으니까."

일어나서 내가 서가에 만든 공백을 다시 채웠다.

「색의 비밀」이라는 책이었다.

그리고 나서 여전히 의자에 앉아 나를 보고 있는 하쿠노에게 말했다.

"집에 갈까."

학교를 나설 때 하늘은 한층 더 우중충해져 있었다.

딱히 내가 떠받치고 있는 것도 아닌데 힘을 뺀 순간 저 뭉글뭉글한 구름이 단숨에 추락할 것 같다는 기분조차 들었다. 시험 삼아 어깨의 힘을 빼고 다리를 흔들흔들 털어 봤지만 당연히 구름이 추락하지는 않았다.

토와, 뭐 해? 하쿠노가 이상하다는 얼굴로 물었다. 딱히, 아무것도 아니야. 그렇게 대답했다.

어깨에 멘 가방끈을 한 번 들어서 위치를 조금 바꾸고 다시 걷기 시작했다. 하쿠노가 뛰다시피 쫓아왔기에 걷는 속도를 늦춰 보조를 맞췄다. 그렇게 어깨를 나란히 하고 평소처럼 두 사람의 페이스로 걸어갔다.

횡단보도를 건너 주택가로.

지어진 지 20~30년은 되어 조금 낡고 쌓인 세월에 걸맞게 색이 바랜 집들만 늘어서 있었다.

1년 중 거의 절반 정도는 걸어 다니는 길이라 색다른 것은 전혀 없었다. 저쪽 전봇대에 누군가가 선생님 욕을 적은 것도 알고 있다.

그렇게 우리는 한동안 말없이 걸었지만 카미시로 신사에 거의 다 왔을 때 갑자기 하쿠노가 내 얼굴을 힐끔힐끔 엿보기 시작했다. 그 시선에 담긴 열기 같은 것이 뺨을 찔러서 얼굴을 찌푸렸다. 그랬는데도 시선은 전혀 떨어질 기미가 없었다.

"왜?"

그렇다면 그냥 내 쪽에서 물어보면 된다.

그러자 하쿠노는 「응」 하고 고개를 끄덕이더니 앞을 보고 말을 꺼냈다.

"있지, 토와. 요즘 3학년인 오―미 토―카 선배랑 친밀하게 지내는 것 같더라?"

오―미 토―카.

하쿠노의 입에서 나온 선배의 이름은 뭔가 다른 사람의 이름처럼 들렸다.

"친밀하다고 할 정도는 아니야."

"어라? 하지만 어젯밤에도 데이트했잖아?"

"데이트 아니야. 그보다 하루도 안 지났는데 그걸 어떻게 알았어?"

"지금 두 사람은 학교 전체에서 화제의 인물이니까. 정보는 금세 확산돼."

"정말이지, 유명인은 큰일이네."

코끝을 긁적이며 하늘을 올려다보았다. 학교를 나섰을 때보다 구름이 더 두꺼워진 것 같았다. 그러니까 말이야, 그런 말을 하며 하쿠노도 똑같이 하늘을 올려다보았다.

"그래서, 진짜로 묻고 싶은 건 뭐야?"

"어?"

"방금 그건 아니잖아. 웬일로 서두를 다 놔? 딱히 조심스러워하지 않아도 될 텐데. 나랑 너 사이에."

"그래?"

"그래."

평소처럼 고개를 끄덕이자 하쿠노는 「그럼 그럴게」 하고 본론으로 돌입했다.

"으음, 토와한테 나는 뭘까?"

"뭐? 소꿉친구잖아."

무슨 당연한 질문을 하는 건지.

그런 우리 옆으로 초등학생쯤 되어 보이는 집단이 지나갔다. 남녀 할 것 없이 사이좋아 보였다.

그중에서 가장 발이 느린 여자아이가 이윽고 지쳐서 멈췄다. 그걸 알아차린 남자아이가 손을 내밀었고 두 사람은 손을 잡고서 다시 달리기 시작했다. 작은 발과 작은 팔을 열심히 움직이며……

두 사람이 달려가 보이지 않게 될 때까지 가만히 보고 있었다. 나랑 하쿠노가 저렇게 사이좋게 걷는 일은 없겠지. 막연하게 그런 생각을 했다.

"응. 그렇지. 그래서, 그게, 내가 싫어?"

"갑자기 뭐야?"

"아니, 토와는 나한테만 가끔 쌀쌀맞으니까. 어떤가 싶어서."

"에이시가 물었을 때 사이는 나쁘지 않다고 네가 말했잖아."

"응."

"그러니까 딱히 싫어하지 않아."

"응."

"하지만 가끔 말이지, 너한테 공연히 짜증날 때가 있어."

"응."

"아마 나한테 하쿠노 너는 이미 가족 같은 존재인 거야. 그래서 사소한 일로 스스럼없이 짜증을 내는 거지. 하지만 만약 네가 그것 때문에 상처 받았다면 조심할게. 누나가 있었어도 그러라고 했을 테고."

"그렇구나. 토와 안에서는 그렇게 되어 있나."

"어?"

"있지, 토와. 그건, 그 감정은 어쩔 수 없는 거라고 생각하니까 그대로 둬도 딱히 상관없어."

"무슨 말이야?"

이번에는 내가 하쿠노의 뺨을 볼 차례였다.

색소가 옅은 부드러워 보이는 뺨에 내 의아해하는 시선이 꽂히고 있을 터다.

그래서 조금 전의 나처럼 시선에 내포된 열로부터 도망치듯 하쿠노는 약간 앞으로 종종걸음 쳤다. 탁, 탁, 탁. 치마가 둥실 부풀었다가 꺼졌다.

그리고 몸이 갑자기 오른쪽으로 방향을 꺾었다. 어느새 카미시로 신사 아래까지 걸어온 모양이다.

내가 계단 앞에 도착했을 때 하쿠노는 나보다 열 계단쯤 높은 곳에 있었다.

하쿠노의 등 너머에는 미라크티어가 있을 것이다. 오늘도 변함없이 거의 만개한 꽃을 피우고서 빛을 뿌리고 있겠지. 누군가의 눈물이 그 빛에 젖어 있지는 않을까. 그 눈물을 진정한 의미에서 닦아 줄 수 있을까.

하쿠노와 함께 있는데 어째선지 머릿속에는 다른 사람이 있었다.

그런 생각을 하고 있으니 하쿠노가 나를 돌아보았다.

하얀 치아를 드러내며 이히히히 웃고 있었다.

"계속 똑같이 지내면 된다는 말이야."

상당히 늦게 돌아온 대답이 습한 공기 속에 녹아들었다.

"아. 비 올 것 같네. 이거 가져가도 돼."

하쿠노가 가방에서 접이식 우산을 꺼내 던졌고 그것은 예쁜 호를 그리며 내 손에 쏙 들어왔다. 다시 고개를 들었을 때는 조금 전에 하쿠노의 얼굴이 있었던 곳에 딱 보기 좋게 살이 붙은 허벅지가 있었다. 얇은 치마가 살갗을 어루만지고 있었다.

남자의 습성 때문에 반사적으로 눈을 가늘게 뜨려는 것을 깨닫고 어처구니없어하며 생각을 고쳤다.

하쿠노의, 가족 같은 녀석의 속옷을 봐도 재미있지 않을 것이다.

똑, 하쿠노와 헤어지자마자 물방울이 코끝을 적셨다. 비가 풀잎을 피아노 건반처럼 톡톡 두드렸으나 도레미 소리는 나지 않았고 그저 물방울만 튀었다.

옛날 사람들은 이런 비를 취우(翠雨)라고 불렀다고 한다.

빛이 하루하루 강해지며 세계의 색이 선명하게 바뀌어 간다. 투명한 빗방울이 봄에서 여름으로 향하는 계절의 색을 담고 있었다. 비취색 비가 어깨에 떨어져 차가움이 번졌다.

"내리기 시작했네."

마침 잘됐다며 하쿠노에게 빌린 접이식 우산을 폈다. 단조로운 흰색 꽃이 머리 위에 펼쳐지며 나를 비로부터 지켜 줬다.

1년 전 그날부터 나는 비를 싫어했다.

수분을 잔뜩 머금은 공기도, 추적추적 울리는 빗소리도, 노크하듯 두드리는 진동도, 전부 싫은 기억을 부각시키니까.

화풀이하듯 노려보다가 초록색과 빨간색과 노란색이 밴 투명한 비 너머로 우산을 쓰지 않은 여자를 발견했다. 교복이 피부에 들러붙어서 희미하게 살색이 보였다.

어~이, 손을 흔들어 봤지만 눈치채지 못한 모양이었다.

지붕이 있는 곳을 발견하고 뛰어가기를 반복하고 있었다.

"토카 선배~"

아까보다 크고 강하게 외쳐 봤다.

달리는 자동차 소리에 막혀서 전해지지 않은 듯했다. 이쪽을 보지 않고 계속 앞으로 나아갔다. 무심코 달리기 시작한 것은 비가 점점 거세지기 때문만은 아니었다. 물론 비에 젖어 비치는 토카 선배의 속옷 색깔을 확실하게 확인하고 싶었기 때문도 아니다.

가는 방향에 있는 장소를 나는 잘 알고 있었다.

심장이 아팠다.

불길한 예감에 등골이 서늘해졌다.

큰길에서 골목으로 들어가 비탈을 올라갔다.

널찍한 주차장이 있는 부지.

아마도 마을에서 가장 큰 건물.

1년 전까지 누나가 있던 곳.

그리고 누나가 사라진 곳.

토카 선배는 역시나 그곳에 들어갔기에 허둥지둥 쫓아갔다.

시립 병원이었다.

병원은 뭐랄까, 독특한 장소다. 신사도 비교적 신성한 곳이라서 가끔 공기가 얼얼하기도 하지만 병원에는 그것과는 종류가 다른 뭔가가 있다. 상처를 고치고, 병을 치료하고, 통증을 완화하고, 목숨을 건지거나 잃기 때문일까. 잠재된 무언가 때문에 공기가 유독 무겁다. 그건 로비를 빠져나가 안쪽으로 갈수록 가속된다.

존재하는 모든 것이 질량도 없으면서 어깨를 짓누른다.

"어라? 카자마츠리 군 아니니? 무슨 일이야?"

도중에 아는 간호사가 불러서 머리를 숙였다. 토카 선배의 젖은 등이 어둑한 복도 끝에서 작아지는 것을 신경 쓰며 거짓말을 했다.

"아는 사람이 입원해서 병문안 왔어요."

"그랬구나."

조심스러운 목소리가 복도에 짧게 울리고 사라졌다.

어째서 병원 복도는 이렇게나 소리가 울릴까. 조용해서 그런가.

"그럼 이만."

"응. 아, 복도에서는 뛰면 안 돼."

마치 학교 선생님 같은 말이었다.

내 사정을 아는 그녀는 더 깊이 파고들지 않았다. 이렇게 말하면 좀 그렇지만 이 일이 적성에 안 맞는 사람이었다. 너무 다정했다. 수간호사 선생님이었다면 호쾌하게 으하하하 웃으며 내 등을 때렸을 텐데. 이런 곳은 이제 오지 말라고 남자 말투로 말하면서.

뭐, 그건 그것대로 조금 배려를 해 줬으면 싶지만…….

이윽고 앞서가던 토카 선배가 어떤 병실에 들어갔다. 나도 발소리를 죽이고 그 병실로 다가갔다. 표찰에는 아는 성과 모르는 이름이 조합되어 있었다.

소리가 나지 않도록 문을 살짝 열어 봤다.

침대 위에 잠든 여성이 한 명 있었다.

그녀 곁에 서 있는 사람은 토카 선배였다. 유리창에 맺힌 비의 그림자가 눈물처럼 토카 선배의 피부 위에서 검은 곡선을 그렸다.

토카 선배는 놓여 있던 수건으로 머리카락을 닦으며 근처 의자에 앉았다. 조용히 잠든 공주님과 그녀를 바라보는 왕자 님. 오렌지색 왕자의 입술이 천천히 움직였다.

언니, 하고……

다시 올려다본 표찰에는 「오미 히나」라고 적혀 있었다.

언니는 어떤 사람이냐고 묻는다면 나는 분명 활짝 웃으며 이렇게 말하겠지.

우리 언니는 조금 성격이 꼬였지만 아주 다정해서 내가 좋아하는 사람이야.

아아, 최근 알게 된 남자아이와 조금 닮았을지도 모른다. 뭐, 그런 건 어찌 되든 좋은가. 그럼, 그래. 추억담을 이야기하자.

내가 아직 초등학생이었을 때.

지금은 평균적인 키지만 사실 나는 초등학생 때 학급뿐만 아니라 학년에서 가장 키가 컸다. 큰 키도, 커다란 손도, 그 하나하나가 어린 내게는 큰 콤플렉스였다. 같은 반 남학생의 철없는 말에 상처 받아 통학로에 눈물의 발자국을 만든 것도 한두 번이 아니었다.

그런 나를 구해 준 것은 언니가 아무렇지도 않게 꺼낸 말이었다.

참고로 그때 언니는 셔츠에 반바지 차림이었다. 아이스크림을 입에 물고 선풍기 앞을 차지하고서 바람에 머리카락을 나부끼고 있었다. 회전시켜 준다면 조금은 나도 시원할 텐데 언니는 찬바람을 독점했다.

달콤한 바닐라 향이 나는 언니의 목소리만이 바람 때문에 외계인처럼 떨렸다.

"토카. 너 농구라도 해 보면 어때?"

"어? 뭐라고?"

언니가 먹는 아이스크림이 부러워서 냉장고에 가지러 가던 중이었기에 듣지 못했다. 언니는 나를 보지 않고 아까보다 큰 목소리로 말했다.

"농구라도 해 보면 어떠냐고. 너한테는 콤플렉스여도, 그건 의외로 재능일지도 몰라."

그 제안이 내 가슴에 똑바로 전달된 것은 괜히 쑥스러워진 언니가 「우리는 외계인이다. 들리는가, 지구 친구」 하고 말을 이은 덕분이었다.

만약 진지한 얼굴을 하고서 진지한 목소리로 말했다면 반발했을 터다. 냉장고를 닫았다. 아이스크림 봉지를 쓰레기통에 버리고 언니 곁으로. 마침내 언니는 선풍기를 회전시켜 줬다. 바람이 나부꼈다. 두 사람의 목소리가 흔들리고 떨렸다. 그래, 목소리가 떨리는 건 선풍기 탓이다.

"응. 제대로 들려. 우주 친구."

"그럼 다행이로군."

다음 날, 아직 남녀 혼합이었던 초등학교 농구부에 바로 들어갔다. 그곳에는 거북하게 여기던 남자아이도 있어서 사실은 너무너무 싫었지만 한 발자국 내디뎠다.

내 운동 신경은 결코 남들보다 좋지는 않았다.

그래도 높이 날아온 공을 누구보다 빨리 잡을 수 있었을 때, 선풍기 바람에 실려 왔던 외계인의 말대로 콤플렉스는 전부 내 장점이 되었다.

놀리던 남자들의 시선은 어느새 동경으로 바뀌었다. 선배는 칭찬했고, 동급생은 의지했고, 후배는 오렌지 프린스라고 부르며 따랐다.

무엇보다 그런 자기 자신을 좋아하게 되었음을 깨달았다.

그렇게 만들어 준 언니가 교통사고를 당한 것은 약 3년 전.

남들보다 조금 성장기가 빨랐을 뿐이었던 내 재능은 순식간에 다하고 말았지만 농구는 쭉 계속하고 있었다. 중학교 최후의 시합이었다. 상대는 매년 전국 대회에 나가는 학교로, 현외(縣外) 고등학교에 추천 입학이 결정된 유명한 선수가 몇 명이나 있었다.

"후회하지 않게 열심히 하자."

주장으로서 팀을 고무시킨 나는 시합 개시 직전에 그것을 알아차렸다.

늘 몸에 지니고 다니던 부적을 책상 위에 깜빡 놓고 온 것이다. 허둥지둥 전화하니 집에는 언니밖에 없었다.

"언니, 부탁이야. 그거 가져다주면 안 될까?"

"그런 거 없어도 노력해야지."

"그렇게 말하지 말고, 부탁해."

아~ 하고 언니는 불만스러워했다. TV 방송이 마침 딱 좋을 때라면서.

"그거, 재방송이잖아?"

"뭐, 그렇지."

전화 너머에서는 여전히 움직일 기미가 없었다. 시계를 보니 시합 개시가 다가오고 있었다. 감독이 나를 불렀다. 이제 길게 전화할 시간도 없었다. 어쩔 수 없이 비장의 카드를 꺼내기로 했다.

"집에 갈 때 아이스크림 사 줄 테니까. 그것도 두 개나."

그 말을 기다렸다는 것처럼 마침내 전화 너머에서 「어쩔 수 없네」 하는 목소리가 돌아왔다. 시합 개시에는 못 맞추겠지만 그래도 힘내. 응.

그게 언니와 나눈 마지막 대화였다.

나중에 들어 보니 언니는 학교에 가는 도중에 갑자기 차도에 뛰어든 남자아이를 구하려고 했다는 모양이다. 소년은 모친이 잠시 눈을 뗀 사이에 건너편에 있던 편의점으로 달려갔다고 한다. 앞이 잘 보이지 않는데 도로 반사경도 횡단보도도 신호등도 없는 곳이었다. 남자아이는 달려오는 자동차를 눈치채지 못했다. 언니만이 그 아이를 보고 있었다.

그 이야기는 3쿼터를 끝낸 인터벌 시간에 내게 전달되었다.

기적적으로 우리는 어떻게든 1점을 리드하고 있었다.

이기면 농구부 창설 이래 첫 현 대회 출전이 된다.

"할 수 있어. 이길 수 있어, 토카."

"응. 끝까지 패스를 돌릴 테니까 놓치지 마. 부탁해, 파트너."

"알고 있어."

숨은 찼으나 몸 안쪽에서 흘러넘치는 열이 기분 좋았다. 하지만.

"오미 토카 양! 언니분이—."

황급히 체육관으로 달려온 사무원이 내 이름을 부른 순간, 모든 것이 변했다. 열은 단숨에 식고 체육관 천장이 불 꺼진 것처럼 어두워졌다.

토카, 누군가가 이름을 불렀다.

"토카. 괜찮아?"

괜찮아, 괜찮아. 뭐가 괜찮은지 모르면서 손을 흔들며 웃었다. 이윽고 4쿼터 개시를 알리는 버저가 삐익 울렸다. 가야 해. 하지만 몸이 움직이지 않았다. 가야 해. 어디에?

주위를 둘러봐도 아무도 안 보였고 목소리조차 들리지 않았다. 그래서 답은 들을 수 없었다.

—나는 대체 어디에 가야 해?

생각하기를 포기한 머릿속에서 한 가지 감정이 증식하여 공간을 채워 나갔다.

후회였다.

왜 그런 고집을 부렸을까.

왜 부적을 깜빡했을까.

수많은 「왜」만이 쌓였다. 그것은 점차 형태를 바꿔 내 마음을 몰아붙였다. 내 탓이야. 내가 그런 부탁을 하지 말았어야 했어.

남자아이는 조금 다쳤을 뿐이었지만 언니는 뇌에 대미지를 입은 모양이라 그날 이후로 줄곧 잠들어 있었다. 계속, 계속.

동화 속에 나오는 공주님처럼…….

구체적인 숫자는 가르쳐 주지 않았지만 깨어날 가능성은 한없이 낮다고 했다. 설령 깨어나더라도 뭔가 후유증이 남을 거라고 했다.

후유증 없이 깨어나는 건 기적이다.

그렇기에 나는 기적을 갈망했다.

그날 이후로 줄곧 나는 신에게 소원을 빌고 있다.

젖은 머리와 얼굴을 수건으로 닦고 비가 들이치지 않게 창문을 살짝만 연 뒤 둥근 의자에 앉았다. 바깥공기에 섞여 비 냄새가 희미하게 났다.

"언니, 안녕."

줄곧 잠들어 있어도 목소리는 들리는 것 같다고 의사 선생님은 말했다.

말을 많이 걸어 주세요. 그걸 계기로 깨어나기도 하니까요. 자상해 보이는 초로의 선생님이 말한 대로 우리 가족은 3년 간 줄곧 언니에게 말을 걸었다. 대답은 한 번도 돌아오지 않았지만…….

별의 행혼이 됐다는 사실도 부모님에게는 말하지 않았으나 언니한테는 말했다.

"지금 노력하고 있어. 아마 조금만 더 하면 되지 않으려나. 뭐랄까, 요령을 잡을 수 있을 것 같아. 그러니까 언니는 나만 믿어."

거짓말이었다.

요령은커녕 뭘 하면 좋을지도 모르는데.

그래도 필사적으로 손을 휘저어 나아갈 수밖에 없다.

사실은 울고 싶고, 무섭고, 떨려서, 걸음조차 멈추고 싶었다.

하지만 언니가 이대로인 것이 무엇보다 싫으니까, 나는 떨리는 목소리로 애써 밝게 선언했다.

"반드시 낫게 할 테니까."

눈가를 훔치고서 「그러고 보니」 하고 화제를 바꿨다. 이왕이면 즐거운 이야기를 하자.

"귀여운 후배를 알게 됐어. 어떤 애냐면."

카자마츠리 토와라는 한 살 어린 후배.

조금 심술궂고, 약간 다정하고, 누나를 많이 생각하고, 나와 똑같은 상처를 가진 남자아이. 사실은 그를 고집할 의미 따위 없을지도 모른다. 그가 사진을 찍어 준다고 해서 세계에 색이 칠해질 거라는 보장은 없다. 하지만 나는 「사진을 받을 거다」라는 면죄부를 한 손에 들고서 어제도 오늘도 내일도 그를 만나러 간다.

"그 애, 진짜 대단해. 아직 고등학생인데 「잔잔한 마을에서 노래해」라는 소설의 표지 사진을 찍었어. 다른 사진도 봤는데 전부 멋졌어. 나 완전 팬이 되어 버렸다니까. 언젠가 언니한테도 보여 줄게. 봐 줘."

　숨 쉬듯 말을 술술 자아낼 수 있었다. 그와의 추억이라면
뭐든 간단히 언니에게 보고할 수 있었다. 전부 즐거웠으니까.
만남, 함께 점심밥을 먹은 것. 바다에 가기도 하고, 사진 인화
를 구경하기도 하고……

　그와 함께 있으면 불안이 걷히는 기분이었다.

　사정을 아는 그의 곁에 있을 때만큼은 어리광을 부릴 수 있
었다.

　억지로 웃지 않아도 됐다.

　흘린 눈물을 전부 받아 줬으니까.

　아아, 그런가.

　어느새 내 안에 다른 소원히 하나 더 생긴 모양이다.

　나도 참 바보구나.

　이런 단순한 걸 이제야 깨닫다니.

　"있지, 언니. 언젠가 그 애 앞에서 나는 제대로 웃을 수 있
을까. 웃고 싶어."

　그런 날이 빨리 오면 좋겠다.

　절실히 그렇게 바란다.

　30분이 순식간에 사라졌다.

　토카 선배가 이야기하는 목소리는 빗소리 때문에 알아듣기

힘들었지만 그래도 복도에 주저앉아 계속 귀를 기울였다. 몇 사람이 눈앞을 지나갔다. 엄마, 저 사람 뭐 하는 거야? 쉿. 보면 안 돼. 강제로 끌려가는 여자아이에게 손을 흔들자 아이도 활짝 웃으며 손을 흔들었다. 바이바이.

내가 등을 기댄 문 너머에는 두 여성이 있었다.

한 명은 깨어나지 않는 잠자는 공주.

다른 한 명은 공주에게 걸린 저주를 풀려고 필사적인 오렌지색 왕자님.

이야기하는 토카 선배의 목소리는 밝아서 마치 난쟁이들이 연주하는 음악 같았다. 그런데도 너무나 애처로웠다. 그녀는 알고 있으니까.

이런 일을 해도 저주는 풀리지 않는다는 것을⋯⋯.

그래도 기적을 믿고 계속 노래할 수밖에 없는 것이다.

그곳에 있는 사람은 1년 전의 나였다.

누나를 살려 줘. 그렇게 소원하던 나였다.

7

평소처럼 안뜰로 향했다.

아침에 일어나면 양치하듯, 배고프면 밥을 먹듯, 호흡을 하듯.

점심시간 종소리와 함께 안뜰로⋯⋯.

오늘도 토카 선배는 정위치가 된 벚나무 아래에 앉아 있었다. 무릎을 굽히고서 이 세계의 가장 아름다운 것을 건져 올리듯 양손으로 둥근 그릇을 만들고 있었다. 완전히 녹색으로 물든 잎사귀 사이로 반짝거리는 빛기둥이 내려와 마치 질량을 가진 것처럼 선배의 손안에 고였다. 하얗게 노랗게 따뜻하게 흔들리는 빛.

선배가 찾는 것이 거기에 있는 것 같았다.

하지만 일렁이는 빛은 선배의 눈에 전해지지 않았다.

"찾는 건 발견했어?"

"아니."

"계속 노력하려고? 힘들잖아?"

사실은 대답 따위 듣지 않아도 알고 있었다.

토카 선배에게는 꼭 이루고 싶은 소원이 있다. 병원 풍경이 머릿속에서 자꾸만 반복됐다. 새하얀 벽과 리놀륨 바닥. 높게 울리는 슬리퍼 소리. 진한 약품 냄새. 깨어나지 않는 언니에게 계속 이야기하는 선배.

처음 봤을 때부터 공감을 느꼈던 이유를 어제 비로소 알았다.

토카 선배는 나와 똑같은 소원을 가지고 있었다.

똑같은 상처를 짊어지고 있었다.

다른 점은 내게는 이제 손이 닿지 않는 소원이지만 토카 선배의 소원은 아직 늦지 않았다는 것이다. 샘이 나기는 했다. 어째서, 하는 생각도 들었다. 그래도 선배의 소원이 이루어지면 좋겠다고 생각할 만큼 선배를 싫어하지 않았다. 아아, 그래.

싫어하지 않는다.

토카 선배는 천천히 고개를 끄덕였다.

"포기할 수는 없으니까."

"그럼 도와줄게."

어? 토카 선배가 놀라서 눈을 깜박였다.

"왜 갑자기?"

"딱히 대단한 이유는 없지만."

"정말로?"

토카 선배가 빤히 쳐다봤다. 빤히, 빤히, 쳐다봤다. 뭔가를 탐색했다. 내 안에 있는 뭔가를. 아무래도 잘 숨기지 못했는지 결국에는 들키고 말았다.

"……혹시 내 소원을 알았어?"

"미안. 실은 어제 병원에 들어가는 모습을 보고 따라갔어."

"그랬구나. 말 안 하려고 했었는데."

"말하지 그랬어."

"하지만 그러면 너는 분명 날 위해 무리할 거 아니야."

그렇지 않다고는 말할 수 없었다.

실제로 나는 선배의 소원을 알고 돕자고 결심한 상태였다.

"그래서는 안 돼. 의미가 없어. 마음은 무척 기쁘지만."

토카 선배가 그릇을 무너뜨리자 고여 있던 빛이 천천히 쏟아졌다.

눈을 뗄 수 없었다.

선배는 빛에 젖어 따뜻해진 손을 가슴께로 가져가 꾹 쥐었다.

"하지만, 그러니까, 응. 그럼 부탁 하나 해도 될까?"

"그래."

"카메라를 가르쳐 주지 않을래?"

"······그런 걸로 괜찮겠어?"

응, 고개를 끄덕인 토카 선배는 손을 짚고 일어나려 했다. 나는 아무 생각 없이 손을 내밀었다. 이제 버릇이 되어 있었다. 선배와 있으면 손을 잡는다. 그 손을 선배는 가만히 보았다.

"아! 그리고 하나 더 있어. 앞으로도 나랑 계속 손을 잡아 줘."

그리고 내가 고개를 끄덕이기도 전에 손을 잡았다. 작은 손이었다. 부드러운 손이었다. 여자의 손이었다. 무엇보다, 상처입고 필사적으로 버둥거리는 사람의 손이었다. 하지만 어째서일까.

선배가 비밀을 털어놓은 그 날 바다에서 봤던 상처 하나 없는 손보다도 훨씬 예쁘다는 생각이 들었다. 예쁘고 사랑스러워서 나도 그 손을 맞잡았다. 그게 나의 대답이었다.

"자, 공주님을 깨우러 가자. 왕자님."

"그 별명으로 부르는 것도 금지하기로 할까. 나는 이래 봬도 여자야."

그러면서 입술을 삐죽 내민 토카 선배는 끝내 사진을 찍어 달라고 말하지 않았다.

제3화

72장의 빛의 조각

1

"이거, 토와 군이 쓰던 거지?"

"맞아. 할아버지의 SLR을 물려받을 때까지 줄곧 이게 내 파트너였어."

앞자리에 앉은 토카 선배가 손안에 있는 하프 카메라를 들었다. 은색 기체 곳곳에 작은 상처가 나 있어서 창문으로 들어온 빛이 닿자 일그러진 형태로 반짝였다.

문득 바깥을 보았다. 창틀이 석양빛을 직사각형에 억지로 밀어 넣으려고 했지만 넉넉한 빛에게는 조금 답답했던 모양이다. 흘러넘쳐 퍼져 있었다.

우리가 있는 곳은 세 건물이 늘어선 교사의 가장 남쪽에 있는 별관 최상층이었다.

도서실이나 컴퓨터실 등 특별 교실이 있는 별관에는 창고로 쓰이는 빈 교실이 몇 개 있었다.

이름 모를 선배들이 사용했을 낡은 책상을 두고 마주 앉은 우리는 마찬가지로 낡은 하프 사이즈 카메라를 만지고 있었다.

하프 카메라는 이름 그대로 필름 한 컷을 세로로 반 잘라서 찍을 수 있는 필름 카메라의 일종이다. 요컨대 36매 필름이라면 일흔두 장을 찍을 수 있었다.

단순히 많이 찍을 수 있고, SLR과 비교하면 작아서, 어린 내게 안성맞춤이라며 예전에 할아버지가 사 준 카메라였다.

그것이 지금 토카 선배의 손에 있었다.

듣자 하니 저번에 할아버지 댁에 갔을 때 받았다고 했다. 내가 저녁을 준비하는 동안 잠깐 둘만 둔 적이 있었는데 그 짧은 시간에 굉장히 친해진 모양이다. 대체 무슨 일이 있었던 건지, 몇 번 물어봤지만 알려 주지 않았다.

결국에는 「토와 군, 너무 끈질겨!」 하고 혼났다.

아까 둘이서 사 온 36매 흑백 필름을 통에서 꺼내고 유백색 케이스의 뚜껑을 열었다. 필름의 감도는 400.

이 숫자가 작으면 많은 빛이 필요해서 맑은 날에 쓰는 게 좋고, 숫자가 크면 조금만 빛이 있어도 찍을 수 있어서 야간 촬영에 적합하다.

단, 감도가 높은 것은 화질이 안 좋아져서 주의해야 했다.

400은 어떤 장면에서든 무난하게 대응할 수 있어서 쓰기 편했다.

"카메라 좀 빌려줄래? 필름 넣는 법 가르쳐 줄게."

"여기."

오랜만에 느끼는 카메라의 단단한 감촉에 내 안의 무언가가 흔들렸다.

검지로 뒤판을 한 번 문지르고 좌측 하단에 있는 돌출부를 꾹 눌렀다. 커버가 달칵 열리자 토카 선배가 「오오」 하고 놀란 목소리를 냈다.

그런 선배의 모습에 쓴웃음을 짓고서 하나하나 순서를 설명하며 필름을 장착해 나갔다. 필름을 쭉 뽑아 스풀 틈에 넣고 셔터를 누르자 필름이 감겼다.

"알겠어?"

"자, 잠깐만."

의자를 든 토카 선배가 내 옆으로 이동해 얼굴을 가까이 대고 손을 들여다보았다.

수업도 다 끝난 시간인데 달콤한 향기가 났다. 접촉하지도 않았는데 따뜻한 기운이 느껴졌다. 내가 왜 이러지.

덜컥 긴장되고, 앉아 있기 불편하고, 그것들이 전혀 싫지 않아서 당황스러웠다.

"으음~ 이 끝부분을 여기에 꽂고, 필름의 작은 구멍 안에는 이 톱니바퀴를 물리면 된다는 거지?"

앞으로 흘러내린 머리카락을 토카 선배는 자연스럽게 귀에 걸었다. 달콤한 향기가 한층 강해졌다가 곧장 교실의 공기 속에 녹아들었다. 「토와 군」이라고 선배가 내 이름을 부르며 고개를 기울였기에 황급히 설명을 계속했다.

"마, 맞아. 이 톱니바퀴에 확실하게 넣어야 필름이 헛돌지 않으니까 조심해. 그럼 직접 해 봐."

카메라를 토카 선배에게 돌려줬다.

선배는 서툰 솜씨로 도전을 이어갔다. 필름 끝부분을 허술하게 넣어서 필름이 감기지 않았다. 이걸로 하나, 둘, 셋. 세 번째인가.

"으음. 꽤 어렵네. 이걸 익숙하게 해내면 멋있을지도."

"금방 익숙해질 거야. 하지만 방심은 금물이야. 아까도 말했지만, 잘 넣었다고 생각해도 필름이 헛돌아서 셔터 찬스를 놓치기도 하니까."

"말하는 걸 보아하니……."

"실제 경험담이지."

"아까운 짓을 했네."

「나는 조심해야지~」라며 장난스럽게 말한 토카 선배는 네 번째 도전 끝에 겨우 필름 장착에 성공했다. 이제 커버를 닫으면 당장에라도 사진을 찍을 수 있다.

"있지. 토와 군은 어째서 내 말을 전부 믿어 주는 거야?"

파인더를 들여다보던 선배가 물었다.

뭘 말하는 거냐고는 묻지 않았다. 대충 알고 있었고. 오히려 「이제 와서?」라는 감정이 더 컸다. 분명 선배는 자신이 「별의 행혼」이라는 것을 어째서 믿느냐고 묻고 싶은 거겠지.

토카 선배는 셔터를 누르지 않고 입으로 찰칵, 찰칵 말했다. 겨드랑이를 딱 붙여야 사진이 안 흔들린다고 지적하자 토카 선배는 순순히 따르면서도 여전히 찰칵찰칵 입으로 말했다. 찰칵, 나도 말해 봤다.

물론 그저 말만 했을 뿐이라서 남는 것은 아무것도 없었다.

"날 속였어?"

"아니, 그렇지 않아. 그래도 이 마을에서는 누구나 소원이 이루어진다고 말하지만, 아마 내가 이 사실을 말하면 아무도 믿지 않을 거야. 그래서 토와 군 말고 다른 사람한테는 말 안 했어. 소원을 이루기 위해 시련을 받았다고. 세계가 흑백으로 보인다고."

"그럼 왜 나한테는 말했어?"

"처음에 말했잖아? 너한테 부탁하고 싶은 일이 있었으니까. 부탁하는 처지인 내가 진지하게 마주하지 않는 건 도리가 아니지. 뭐, 거절당했지만."

선배는 여전히 카메라를 얼굴에서 떼지 않았다.

파인더를 통해 교실 곳곳을 계속 바라보았다. 가장자리에 쌓인 박스. 칠판지우개가 남긴 하얀 궤적. 동그란 벽시계가 새기는 시간. 우리의 그림자. 그리고 연하의 남고생.

렌즈가 나를 향하고 있었다.

거리가 너무 가까우니까 셔터를 누르더라도 초점이 안 맞는 뿌연 사진이 찍힐 것이다.

"질문에 답하기 전에 나도 묻고 싶어. 왜 카메라를 가르쳐 달라고 했어? 내가 사진을 찍어 주길 원했던 거 아니야?"

"찍을 수 있어?"

대답할 수 없었다.

"자신 없지?"

정곡을 찔렸기 때문이다. 그래도 토카 선배가 바란다면 나는⋯⋯.

"화내지 말고 들어 줄래?"

고개를 끄덕이자 토카 선배는 카메라를 내렸다. 선배의 예쁜 얼굴이 드디어 나타났다. 조금 겁먹은 것처럼도 보였다. 처음엔 말이지, 하고 빨간 입술이 말을 자아내기 시작했다.

"확실히 네가 사진을 찍어 주길 원했어. 그래서 너랑 친해지려고 접근했고 같이 있었어. 네 마음이 바뀌길 바라며…… 소원을 말하지 못한 건 네가 나와 똑같은 소원을 가지고 있었기 때문이야. 너에게 시샘받는 게 무서웠어. 나만 소원을 이룰 수 있다는 걸 알면 만에 하나라도 사진을 찍어 주지 않을 것 같다고 비겁하게도 생각한 거야. 그런 사람이 아니란 걸 알면서 말이야. 미안해."

토카 선배는 넉넉히 30초간 머리를 숙였다.

이어서 얼굴을 들었을 때 눈동자 속에는 강한 감정이 담겨 있었다. 결심 같은 감정이…….

"하지만 네 사진을 보고 마음이 바뀌었어."

"생각보다 대단하지 않아서?"

"아니. 대단했어. 굉장히 예뻤어. 다만 그 사진은 전부 토와 군이 누나한테 보여 주려고. 아아, 아닌가. 누나가 기운 냈으면 해서, 기뻐했으면 해서, 네가 이 세계에서 찾은 아름다운 것이 거기에 담겨 있었어. 그렇기에 그토록 예쁜 거야. 단순한 동정으로는 절대 그런 사진을 찍을 수 없어. 그걸 깨달았을 때, 나는 부끄러워졌어. 내 소원인데 왜 남한테 맡기는 건가 싶어서. 그래선 안 돼. 그러니까 직접 찍을 거야."

토카 선배는 그렇게 말했다. 너를 흉내 내서 내 손으로 세계의 빛을 찾아낼 거라고.

이야기를 끝내고 토카 선배는 깊이 숨을 내쉬었다. 등받이에 체중을 기대고 목을 젖혀 천장을 보았다. 불이 켜지지 않은 전구를 노려보듯 눈을 가늘게 뜨고서…….

"내 얘기는 끝. 다음은 토와 군 차례야. 어째서 내 말을 믿는지 가르쳐 줘."

토카 선배의 목선을 가만히 보았다. 희고 완만하여 무척 아름다운 선이었다. 어떻게 이야기하면 좋을지 생각하다가 첫말을 꺼냈다.

"귀신을 본 적이 없는 사람은 귀신을 안 믿겠지만, 귀신을 본 적이 있는 사람은 무조건 믿을 거야. 그거랑 똑같아."

무슨 말이냐는 것처럼 토카 선배가 턱을 내렸다. 그래서 답을 가르쳐 줬다.

이건 그런 단순한 이야기라고.

"나도 한 번 만났어. 그 하얀 신과."

"뭐?"

선배는 놀라서 눈을 크게 떴다.

"선배처럼 누구한테도 말하지 않았지만. 1년 전, 누나가 죽은 날. 쏟아지는 빗속에서 나는 하얀 신과 만났어."

누나와 말다툼한 끝에 병실을 뛰쳐나온 나는 그저 무작정 달렸다.

그러다 정신을 차리고 보니 미라크티어 나무 아래 서 있었다. 매일같이 다녔기에 무의식중에 그리로 간 것이리라.

두꺼운 구름이 하늘을 덮어서 세계는 회색이었다.

비를 맞고 떨어진 꽃잎이 물방울과 함께 빛이 되어 흩날렸다.

그 끝에서 나는 한 여자아이와 만났다. 새하얀 모습을 한,

이 세상 존재라고는 생각할 수 없을 만큼 아름다운 무언가와. 그 뒤로는 토카 선배와 같다. 하얀 신은 내게 소원을 말하라고 했다.

"그, 그럼, 소원을 들어줬어?"

토카 선배의 목소리를 듣고 추억에서 빠져나왔다.

선배의 의문에는 고개를 흔들어 부정했다.

쏟아지는 빗속에서 외친 내 소원은 이루어지지 않았다.

"신은 내게 소원을 물었고 나는 대답했어. 하지만 그녀는 아무 말도 하지 않고 바로 내 앞에서 모습을 감춰 버렸어. 그걸로 끝. 쫄딱 젖어서 집에 돌아갔을 때는 이미 늦은 후였어. 누나는 어디에도 없었어."

무엇이 문제였을까. 대가가 될 만한 것을 안 가지고 있었을까? 알고 있는 것은 손안에 있던 기회를 놓쳐 버린 것 같다는 사실뿐이다.

허둥지둥 잡으려고 하자마자 그 녀석은 손가락 사이로 스르르 빠져나갔다.

결국 별의 관을 받지 못하고 가장 소중한 것만이 사라지고 말았다.

"혹시 소원의 꽃망울이 작년에 피지 않았던 건."

"글쎄. 관계없을 것 같기도 한데."

토카 선배가 굉장히 미안해하는 표정을 지어서 선배의 코를 잡았다. 머 하능 고야, 하고 코맹맹이 소리를 냈다. 슬퍼 보이던 얼굴 위로 다른 표정이 조금 덧씌워졌다. 아아, 이게 낫다.

당신까지 내 짐을 짊어질 필요는 없다.

이런 일을 겪는 사람은 한 명으로 충분하다.

"토카 선배가 그런 표정 지을 필요 없어. 이건 내 문제니까. 선배는 확실하게 자신의 소원을 이루면 돼. 그러려고 노력하고 있잖아?"

몇 번을 말하지만 샘이 나지 않는 것은 아니다.

왜 나만 들어주지 않았나 하는 생각이 없지는 않다.

하지만 그건 내 문제고 토카 선배와는 아무런 관계도 없다. 행복해지고 싶다고 바라는 것이 잘못일 리 없다. 소중한 사람이 깨어나길 바라는 마음이 잘못일 리 없다.

토카 선배는 고개를 끄덕였다.

2

"그럼 이걸로 수업 끝. 당번, 칠판 지워 둬."

차렷, 경례.

패기 없는 호령에 맞춰 엉덩이를 살짝 들고 머리를 10도쯤 숙였다. 동시에 책상 서랍에 넣어 뒀던 프린트를 꺼내 의자에 앉자마자 그 공백을 채워 나갔다.

상황을 확인하자.

오른쪽 절반은 다 채웠지만 나머지 절반은 여전히 새하얗다.

이걸 10분 만에 채워야 했다. 무리인가. 아니, 나라면 할 수 있다. 해야 한다. 원래는 수업 시작 전에 제출해야 하는 숙제였다.

지난 수업 시간을 떠올리며 문제에 임했다.

으음, 만유인력에서 원운동 공식은 뭐였지. 머릿속에서 기억을 끄집어내 보려고 했지만 전혀 나오지 않았다. 어쩔 수 없이 교과서를 꺼내려고 다시 서랍 속을 뒤지고 있으니 앞자리에서 시선이 느껴졌다.

어차피 에이시겠지.

"왜?"

"아니, 뭐 하나 싶어서."

"보면 알잖아."

"어제 선생님이 낸 물리 숙제지. 토와 네가 숙제를 안 해 오다니 웬일이야? 아, 여기, 틀렸어."

"어디?"

"문제 2. 공식을 틀린 거 아니야? 제곱하는 건 질량이 아니라 속도야."

지적받은 곳을 수정하는 김에 만유인력 공식을 물어보니 고민하는 기색도 없이 술술 읊어서 그대로 받아 적기로 했다. 편리한 녀석이다.

"그나저나 물리를 깜박하다니 큰일이네. 와타나베 선생님은 늦게 제출하면 시끄럽잖아."

"그래서 지금 필사적으로 하는 거 아니야. 옆 반, 다음 수업 물리잖아? 2교시가 끝나자마자 교무실로 달려가면 선생님이 교무실에 가기 전에 이걸 과제 더미 속에 섞어 넣을 수 있어."

"우와~ 비겁해."

"시끄러워."

혼나지 않는다면 만사 오케이다.

"그럼 차라리 조회 시간에 내 과제를 베끼지."

"바보야. 그대로 베끼면 과제의 의미가 없잖아."

"토와는 성실한 건지 불성실한 건지 잘 모르겠어."

이야기하며 멈추지 않고 샤프를 움직였다. 공식만 알면 남은 일은 계산뿐이다. 즉, 수학과 똑같다. 그런 건 머리를 쓰지 않아도 손만 움직이면 답을 도출할 수 있다. 수학만큼은 내가 에이시보다 잘한다.

"이런 토와의 모습, 뭔가 오랜만에 보네. 중학생 때까지는 늘 이랬는데. 요즘 되게 바빠 보여."

"안 그래."

"그렇구나. 즐겁구나."

"그런 말도 안 했어."

"그럼 안 즐거워?"

"노코멘트."

"그거, 답을 말한 거나 마찬가지야. 저기, 토와."

"왜. 또 어디 틀린 곳이라도 찾았어?"

에이시는 그 말엔 답하지 않았다.

"카메라, 다시 시작한 모양이더라."

"그거 어디서 얻은 정보야? 헛소문이야, 헛소문."

흐응, 하고 중얼거린 에이시의 목소리에는 어딘가 즐거운 기색이 담겨 있었다.

그걸 무시하고 샤프를 움직였다. 움직였다. 계속 움직였다.

마지막 한 문제.

살짝 함정이 있었으나 에이시가 중요한 포인트를 넌지시 손으로 톡톡 가리켰기에 수월하게 클리어했다. 이제 해답을 도출하기만 하면 된다.

샤프의 움직임을 바라보며 에이시가 말했다.

"그나저나 설마 정말로 토와가 이로하 누나 이외의 여성에게 관심을 보일 줄은 몰랐어."

"친누나거든. 이상하게 말하지 마."

"뭐가 이상해? 사실이야, 시스콤. 그럼 이건 어때? 어제는 하천 부지. 그제는 상점가. 황금연휴에는 체육공원에서 스포츠 대회 관람이었나? 바다에 뛰어들었다는 얘기도 있었지만, 이건 역시 헛소문이겠지."

틀림없이 전부 토카 선배와 방문한 곳이었다.

토카 선배가 카메라를 가르쳐 달라고 한 날부터 우리는 둘이서 이런저런 곳에 다니게 되었다. 방금 에이시가 말한 곳 말고도 실은 이곳저곳 갔다.

내 역할은 방과 후에 선배와 손을 잡고 돌아다니며 사진 찍는 법을 알려 주고 해가 저물면 선배를 집에 데려다주는 것이었다.

내가 없을 때는 밤에 돌아다니지 않겠다고 토카 선배와 약속했다. 조금 투덜거릴 줄 알았는데 의외로 순순히 고개를 끄덕였다. 이제 슬슬 위험하니까, 그렇게 말하면서······.

토카 선배는 정말 많은 사진을 찍었다.

개와 함께 조깅하는 여성. 상점가에서 쇼핑하다가 가게 주인과 이야기하는 아주머니. 스포츠 대회 승자의 웃는 얼굴과 패자의 우는 얼굴.

하천 부지를 걷다가 기울어진 태양 때문에 내 그림자가 유난히 길어진 때가 있었다. 다리가 거의 토카 선배의 키만큼 길어졌었다. 선배는 바로 쭈그려 앉아 내 그림자를 향해 카메라를 들었다.

"가만히 있어."

매우 진지한 표정. 진지한 목소리.

검은 머리의 윤곽이 젖은 것처럼 반짝였다. 머리카락 때문에 절반 가려진 얼굴에 그림자가 져 있었다. 겨드랑이를 붙이고, 숨을 멈추고, 토카 선배의 긴 손가락이 버튼을 눌렀다. 찰칵. 토카 선배의 입이 아니라 카메라가 소리를 냈다. 72분의 1장이 순간을 잘라 냈다.

"그건 전부 헛소문이 아니야. 바다에는 토카 선배만 뛰어들었지만."

최근 있었던 일을 회상하며 말하자 에이시는 또 「흐응」하는 소리를 냈다. 그리고서 「좋은 일이야」라고 덧붙였다.

"나는 지금 모습이 토와답다고 생각해. 이로하 누나가 떠나고 1년간. 마음이 다른 곳에 가 있었던 너보다 훨씬 좋아. 바쁘고, 즐겁고. 과제를 못 할 만큼 해야 할 일이 있다는 건 아주 소중한 거야."

그리고 에이시는 히죽히죽 웃었다. 아무래도 말에 다른 뜻이 담긴 모양이다.

"결국 하고 싶은 말이 뭐야?"

"아니, 언젠가 너를 바꾼 누군가를 나한테도 소개해 줬으면 좋겠다고 생각했을 뿐이야."

마침내 난제의 답이 나왔다.

앤서의 대문자인 「A」를 기입하고 그 옆에 도출된 숫자를 적었다.

정답이야, 라고 말하며 에이시가 자리에서 일어났다.

동시에 수업 시작종이 울리고 일본사 선생님이 들어왔다.

정답인가. 뭐, 수재인 에이시가 그렇게 말한다면 그런 거겠지.

도출된 답에 공연히 동그라미를 치고 싶어졌다.

학교 수업이 끝나고 오늘도 같이 집에 가자는 하쿠노의 제안을 거절하고서 정문으로 향했다.

웬일로 토카 선배가 늦어서 문 옆에 서서 기다리게 되었다. 학생의 파도가 거의 똑같이 지나갔다.

취주악부의 연주에 가사를 붙이듯 축구부의 구호가 울렸다.

이렇게 멍하니 사람들을 관찰하는 건 싫어하지 않지만 5분이나 계속되니 질리고 말았다.

하지만 기다리던 사람의 모습을 찾았다면 이야기가 다르다.

교복 무리 속에서 토카 선배가 천천히 걸어왔다. 복잡한 표정을 짓고 세계를 가만히 노려보던 선배는 나를 알아차리고 손을 들었다.

50미터였던 거리가 40미터로. 40미터가 30미터로. 20, 10, 9, 8. 두 사람 사이의 공간은 내가 걷기 시작하자 두 배의 속도로 줄어들었다.

그리고 제로.

처음 만났을 때처럼 토카 선배는 이제 내 손이 닿는 위치에 있었다.

안녕. 그렇게 인사하듯 가볍게 손을 내밀자 안녕, 하고 대답하듯 선배는 조심스레 손을 맞잡았다.

계절이 서서히 겨울에서 멀어지며 점점 여름의 기운이 짙어지고 있는 것 같았다. 그 전에 비의 계절이 오겠지만.

어디로 갈지도 정하지 않은 채 한동안 걷고 있자 토카 선배가 「그러고 보니」 하고 말했다. 시선을 조금만 선배 쪽으로 돌렸다.

시야 끄트머리에 코끝이라든가 약간 닳은 신발코 등이 살짝 잡혔다.

"오늘 2교시가 끝난 후에 토와 군을 봤어. 엄청난 기세로 복도를 달리고 있었는데 무슨 일 있었어?"

"잠깐 교무실에 볼일이 있었어. 쉬는 시간은 짧으니까. 서두르지 않으면 다음 수업 준비도 못 하잖아."

"무슨 일이 있었던 건 아닌 거구나?"

"걱정했어?"

"조금. 늘 신세 지고 있고, 힘이 될 수 있다면 되고 싶으니까."

말이 끝나자마자 토카 선배는 잡은 손을 휙 흔들었다. 팔이, 몸이 앞으로 쏠렸다가 뒤로 당겨졌다.

나는 그네를 타듯 선배에게 휘둘렸다.

"하지 마. 걷기 힘들잖아."

"흐흥. 걱정 끼친 벌이야."

"벌인가. 그럼 어쩔 수 없지. 달게 받아들이겠어."

"어쩔 수 없어, 어쩔 수 없어."

그 후 한동안 토카 선배는 팔을 계속 흔들었으나, 처음 보는 초등학생 집단과 맞닥뜨려서 바로 그만뒀다. 거리낌이라는 것이 없는 악동들은 연상인 우리를 향해 「러브러브~」라며 놀려 댔다.

이렇게 직설적으로 놀림당한 것은 그야말로 초등학생 때 이후로 처음이었다.

뭐, 나도 어느 정도 성장했으니 웃어넘길 거지만……

"부럽지?"

맞잡은 손을 과시하자 대꾸할 수 없게 된 아이들은 발악하듯 「러브러브~ 러브러브~」 하고 똑같은 말을 반복하며 우리를 두고 달려갔다. 작은 등에 멘 다채로운 책가방이 종횡무진 보도를 뛰어갔다.

잠깐만 놓을게. 토카 선배는 한마디 양해를 구한 뒤 손을 놓고 어깨에 멘 가방에서 은색 카메라를 꺼냈다.

이윽고 그들의 움직임에 호흡을 맞추고 조심스레 셔터를 눌렀다.

"그 모습도 아주 그럴싸해졌네."

"그러면 좋겠다."

"잠깐 카메라 좀 빌려줄래?"

건네받은 카메라의 상부 측면에 설치된 필름 계수기를 확인하니 빨간 화살표가 67을 나타내고 있었다. 즉, 요 몇 주간 선배는 사진을 예순일곱 장이나 찍었다는 뜻이다. 이 필름으로 찍을 수 있는 사진은 72매니까 앞으로 다섯 장이면 끝이다.

"많이 찍었네."

카메라를 돌려주자 선배는 스트랩을 목에 걸었다. 배 근처에서 은색 기체가 흔들렸다. 그리고 우리는 자유로워진 손을 다시 맞잡았다. 재차 걷기 위해.

"있지, 토와 군. 오늘은 어디 가?"

카메라를 어루만진 토카 선배에게 진심으로 대답했다.

"어디든 같이 갈게."

어디 가고 싶은 곳 있어? 어디든 좋아. 그게 제일 곤란한데. 몇 마디 말을 나눠 보았으나 결론은 나오지 않아서 일단은 그 「어디」를 찾기 위해 걷기 시작했다. 멈춰 서 있으면 안 보이는 것도 걷기 시작하면 의외로 찾게 된다.

가장 안 좋은 것은 고민하며 걷지 않는 것이다. 뭐, 알아도 걸음을 뗄 수 없을 때가 있지만 걸을 수 있다면 걸어야 한다.

공터를 지나 해안을 따라 걷다가 도중에 찻집을 끼고 다리를 건넜다.

뭔가를 발견할 때마다 토카 선배는 양해를 구하고 카메라를 들었다.

선배의 시선과 취향을 알 수 있어서 꽤 재미있다.

내가 안 보는 것, 못 보는 것을 잘 알아차렸다.

선배는 다리 난간의 도장이 벗겨진 부분을 고양이 같다고 했다.

듣고 보니 동그란 실루엣이 몸통으로 보이고, 위에 살짝 붙은 산 두 개가 귀로 보이고, 쭉 뻗은 곡선은 꼬리 같았다.

"하지만 이 녀석이 고양이라면 꼬리가 두 개야."

"네코마타 아닐까?"

"요괴였던가?"

"맞아. 꼬리가 둘로 나뉘어 있어서 네코마타라고 불린다는 설도 있어."

선배는 그런 네코마타를 확실하게 사진에 담았다. 손가락으로 덧그리자 까슬까슬한 감촉이 느껴졌다.

그 후로도 토카 선배는 하트 모양 구름을 발견하고 호들갑스럽게 기뻐했고 바람에 휩쓸려서 둘로 쪼개지자 진심으로 아쉬워했다. 아~ 차여 버렸어. 그렇게 중얼거리며 카메라를 든 선배는 잠시 생각하고서 셔터를 누르지 않았다.

은색 카메라 안에는 아직 사랑이 깨지기 전의 하트 모양 구름만이 남았다.

그때 공원 놀이 기구에 발을 찧은 토카 선배가 갑자기 으악 소리를 내며 괴로워했다. *끄으으으*, 하고 비통한 외침이 메아리쳤다.

"괜찮아?"

"괘, 괜찮지 않아. 아파."

"멍들지 말아야 할 텐데."

토카 선배와 며칠 함께 있으며 알게 된 것이 하나 있다. 선배는 꽤 덜렁이였다. 요 일주일간 벌써 몇 번이나 넘어질 뻔했다.

아무리 세계가 흑백으로 보인다지만 눈이 안 보이는 것은 아니라고 했으니 원래부터 주의력이 산만한 편일 것이다.

그대로 끙끙거리던 토카 선배는 눈앞에 고양이 한 마리가 나타나자 바로 헤벌쭉 웃으며 허둥지둥 카메라를 들었다. 네 코마타도 그렇고 고양이를 좋아하는 걸까.

흰 고양이의 커다란 눈이 토카 선배를 보았고, 토카 선배의 눈이 된 렌즈가 고양이를 마주 보았다. 고양이는 경계 태세를 취하고 있었다. 아마 토카 선배가 움직이면 도망칠 것이다. 하지만 거리가 좀 떨어져 있어서 이대로는 초점을 맞출 수 없다.

토카 선배는 발을 지면에 붙인 채 슬금슬금 고양이와 거리를 좁혔다.

선배의 옆모습은 매우 진지했다. 호흡조차 잊은 듯했다.

그런 팽팽한 공기를 거침없이 깬 것은 자전거를 탄 아줌마였다.

따릉따릉 종을 울리며 돌진해 왔다. 본인의 진행 방향을 조금도 양보할 마음이 없는 것 같았다. 어? 하고 소리가 난 곳을 찾듯 토카 선배가 얼굴을 돌렸다.

동시에 나는 황급히 토카 선배의 팔을 잡아당겼고 고양이는 그 기회를 놓치지 않고 달려갔다. 찰칵. 아마 흔들려서 뭐가 찍혔는지도 알 수 없을 한 장이 필름에 새겨졌다.

토카 선배의 가느다란 어깨가 내 가슴에 부딪쳤다. 좋은 냄새가 나는 검은 머리가 뺨을 간질였다. 작은 몸이 내는 열을 피부로 느끼고 말았다.

따릉따릉 따릉따릉.

종을 계속 울리며 아줌마는 이쪽을 돌아보지도 않고 달려 갔다.

"여기, 자전거 금지야."

동요를 눈치채지 못하도록 아줌마를 욕하면서 슬쩍 토카 선배에게서 떨어졌다. 한편 토카 선배는 프로 카메라맨처럼 사진이 흔들려 버린 것을 한탄했다.

"아아, 내 고양이가."

"어쩔 수 없지. 이럴 때도 있어. 아, 이제 한 장 남았나. 어쩔래? 방금 그 고양이를 찾아볼까?"

"아니."

토카 선배는 고개를 가로저었다.

"마지막 한 장은 처음부터 정해 뒀어."

무엇을 찍을지 알 것 같았다.

돌아서 가게 됐지만 우리가 가야 할 「어디」가 마침내 정해졌다.

그날 여기서 처음 만난 날처럼 해가 완전히 저물어 버렸을 무렵, 우리는 미라크티어 나무 아래에 있었다.

벚꽃과 닮은 분홍색 꽃이 오늘도 아름답게 흩날리고 있었다. 여전히 피지 않은 꽃망울로 가득한 가지 하나가 조금 쓸쓸했다. 빨리 피면 좋겠다. 만개하면 좋겠다.

"있지, 토와 군. 이 꽃 색깔은 아직 분홍색이야? 아니면 이미 파란색이 되어 버렸어?"

"아직 분홍색이야."

"그렇구나. 계절은 아직 봄인가."

토카 선배는 한 걸음, 두 걸음, 조금 떨어져서 마지막 한 장을 눈에 담았다. 찰칵. 일흔두 번째 빛의 조각이 필름에 확실히 새겨졌다.

"감사합니다."

토카 선배는 나를 향해, 혹은 미라크티어를 향해 머리를 꾸벅 숙였다.

◇

토와 군이 집까지 바래다줬지만 나는 몰래 집을 빠져나왔다. 태양은 서산 너머로 완전히 떨어졌고 대신 걸어온 밤에 안

긴 세계는 매우 무서웠다.

그날, 세계가 색을 잃어버린 날부터 나는 밤이 무서워졌다.

혼자서는 이제 제대로 걸을 수 없을 것 같았기에 택시를 불러 목적지에 가기로 했다. 그곳에 가는 것은 두 번째였고, 그래서 뵙는 것도 두 번째다. 몹시 긴장한 탓인지 택시는 순식간에 나를 집 앞까지 데려다줬다.

후우, 숨을 들이쉬고 하아, 숨을 내쉬었다.

그걸 다섯 번쯤 하고서 나는 문을 노크했다.

"계세요?"

저번에 왔을 때는 반응이 없어서 조금 불안했지만 오늘은 바로 목소리가 들렸다.

"예예, 누구십니까? 응? 저번에 본 아가씨잖아. 무슨 일이야? 토와가 울리기라도 했어?"

집 안쪽에서 토와 군의 할아버지가 나왔다. 어딘가 거친 구석이 있는 목소리와는 어울리지 않는 느긋하고 정중한 걸음걸이에 낡은 바닥이 부드럽게 삐걱거렸다.

아뇨, 하고 고개를 흔들었다.

토와 군은 누나의 분부대로 매우 상냥했다.

너무 상냥해서 울고 싶어질 때가 있을 만큼…….

"그럼 무슨 일로? 아~ 미안하지만 할아버지는 먼저 떠난 아내 일편단심이야."

"그런 것도 아니에요. 하나 부탁드리고 싶은 게 있어서 왔어요. 이걸 현상해서 사진으로 만들어 주시면 안 될까요?"

손에 든 필름을 보여 드렸다. 며칠간 토와 군과 긁어모은 일흔두 장의 빛의 조각들. 아마 시간상 이게 최후의 희망이 될 것이다.

할아버지가 내 희망을 받았다.

만약 이것에 빛이 깃들어 있지 않다면, 내 눈 속에서 흑백 사진들이 색칠되지 않는다면, 분명 나는 앞으로 어둠 속에 남겨지리라.

"그건 상관없지만 시간이 걸려. 아무튼 양이 많으니까. 하루, 혹은 이틀쯤 시간을 받을 수 있을까?"

"저기, 그동안 저도 여기 있으면 안 될까요?"

"학교는?"

"안 갈 거예요."

"즉답인가. 뭐, 나도 성실하게 학교 다니던 인간은 아니니 수업 빼먹지 말라고는 안 할 거지만……. 그, 뭐냐. 이런 영감탱이여도 남자이긴 해."

"아내분 일편단심이잖아요?"

"으음."

할아버지는 팔짱을 끼고 고민하듯 얼굴을 찌푸렸다.

"……사정이 있나?"

"사정이 있어요."

"그렇겠지. 내게 이야기할 수 있는 사정인가?"

조금 망설였지만 나는 내 사정을 전부 할아버지에게 털어놓았다. 토와 군에게 가르쳐 주지 않은 것도 포함해서 전부. 믿지 않아도 된다고 생각하면서도 토와 군의 할아버지라면 조금쯤은 믿어 주리라고 생각했다. 적어도 진지함만 전해지면 된다.

감사하게도 할아버지는 위로의 말도 동정의 말도 하지 않았다. 약 5분쯤 입을 다물고 있었다. 벽시계의 초침 소리만이 울렸다. 똑딱똑딱. 시간만이 흘러갔다.

이윽고 말이 떨어졌다.

"마음대로 해."

필름을 들고 집 안쪽으로 걸어가는 뒷모습을 나는 천천히 따라갔다.

한나절이 지나고 하루가 지났다.

나는 할아버지 댁 구석에서 가만히 있었다. 한숨도 못 잤다. 사실은 나도 할아버지와 함께 암실에 들어가야겠지만 그것조차 할 수 없었다. 무서웠다.

지금의 나는 어둠이 무서웠다.

눈조차 감을 수 없을 만큼.

멍하니 형광등을 바라보거나, 암실에서 나온 할아버지와 밥을 먹으며 너무나도 온화하고 긴 하루를 보냈다. 식욕 같은 건 조금도 없었지만 그게 이곳에 있어도 되는 조건이라고 하니 따를 수밖에 없었다.

엄마에게는 친구네 집에서 잔다고 했고, 학교에도 결석한다고 확실하게 연락했다. 다만 한 명, 남자 후배에게서 걸려온 전화만큼은 받을 수 없었다.

그렇게 이틀째.

할 일이 없는 나는 토와 군이 누나를 위해 찍은 사진을 그저 계속 보았다. 천천히 보면 이틀 안에는 다 볼 수 없을 만큼 많은, 누나에 대한 마음이 있었다. 그건 원래 보이지 않는 것인데도 그의 상냥함은 이렇게 형태를 이루고 있었다.

거듭 쌓여 이곳에 있었다.

그때, 어째선지 눈에 띈 앨범이 있었다.

꼼꼼한 그는 똑같은 종류의 앨범을 줄곧 썼기에 차이점이라고 해도 책등에 붙은 사진의 날짜 정도만 달랐다. 약 4년 전 앨범이 내가 책꽂이에서 대충 뽑아 쌓은 앨범 산의 중턱에 있었다. 산이 무너지지 않도록, 보물 상자의 덮개를 여는 것처럼 열 권을 바닥으로 옮기고 살며시 앨범을 들었다.

한 장을 넘기고 두 장을 넘겼다.

어디선가 본 적 있는 광경이 찍혀 있었다. 아니, 토와 군의 사진은 전부 이 마을에서 찍은 것이니 대부분은 본 적이 있지만, 그런 게 아니라……

좀 더, 공기라든가, 냄새라든가, 소리라든가, 온도라든가.

색이라든가.

빛이라든가.

그런 것이 내 안에 되살아났다. 뭔가를 붙잡을 수 있을 것 같았다. 손가락이 페이지 끝자락을 살짝 들었다. 소설과는 다른 딱딱한 종이의 감촉.

아, 심장이 뛰기 시작했다.

천천히 페이지가 넘어가고 조금만 더 있으면 그 앞에 있는 경치가 보이려고 했을 때—.

"아가씨."

할아버지가 나를 불렀다.

깜짝 놀라서 나도 모르게 페이지를 놓고 말았다. 툭, 조금 전에 봤던 사진이 다시 내 앞에 나타났다. 그 너머를, 앞에 있는 뭔가를 내게 짓궂게 감춘 채……

"다 됐어."

기대했던 말을 듣고 무심코 몸이 경직되고 말았다.

빨리 보고 싶다는 생각과 동시에 소용없으면 어쩌나 하는 불안이 나를 덮었다. 몸 곳곳이 무거웠고 차가워진 손끝이 욱신거렸다. 할아버지가 도움이 필요하냐고 물어봤지만 나는 고개를 가로저었다.

이미 할아버지에게는 어리광을 많이 부렸다.

적어도 여기서부터는 내 발로 걸어야 했다.

마지막만큼은 내 눈으로 확인해야 했다.

암실에 들어가자 일흔두 장의 조각들이 인화지에 새겨져 책상 위에 놓여 있었다.

할아버지가 문가에 있는 기척이 느껴졌으나 돌아볼 수 없었다.

찬찬히 사진만을 보았다.

첫 번째 사진은 방과 후의 빈 교실이었다. 하얀 빛과 검은 그림자가 찍혀 있었다. 사실은 같이 있던 남자아이의 모습도 담고 싶었지만 파인더 너머로 눈이 마주치자 부끄러워서 카메라를 돌려 버렸다. 덕분에 그의 조각은 살짝 찍힌 교복 자락뿐이었다.

옆으로 넘기자 두 번째 사진이 나왔다. 2년하고 조금 넘게 매일같이 본 하굣길. 고작 몇 주 만에 당연해져 버린 흑백 풍경.

열 장이 지나고, 스무 장이 지나고, 서른 장이 지나갔다.

마흔 장이 끝나고, 쉰 장을 넘기고, 예순 장이 어느새 다 본 더미로 이동해 있었다. 달려가는 초등학생의 뒷모습. 이것도 채색되지 않았다. 네코마타 실루엣. 회색 하트는 이 직후에 바람에 휩쓸려 실연한다. 흔들린 고양이 사진. 이것도 틀렸다.

그리고 세상에서 가장 아름다운 기적의 꽃.

옆에 선 남자아이는 너무 작아서 표정조차 알 수 없었다.

사계절로 물들며 빛으로 바뀌는 꽃잎이, 그런데도. 어째서…….

흘러내린 물방울이 인화지 위를 미끄러져 떨어졌다. 눈물이었다. 맑은 겨울의 숨결처럼 윤곽을 가지지 못한 채 사라졌다. 흑. 눈이 아팠다. 목이 메서 아팠다. 가슴이 타는 듯이 아팠다.

소용없었다.

이루어지지 않았다. 전부 버리고, 여러 가지를 포기하고, 친구를 상처 입히고, 토와 군에게 폐를 끼치며, 발버둥 치고, 몸부림쳤는데. 그런데도…….

어째서 내 손은 단 하나뿐인 기적까지 닿지 않는 거야?

언니, 미안해. 언니. 미안, 미안, 미안해. 미안, 해.

몸에서 힘이 빠져나갔다. 암실의 차가운 바닥에 앉아 몸을 둥글게 말고 할아버지가 근처에 있는데도 엉엉 울었다. 말을 이루지 못하는 마음을 계속 토해 냈다.

그때, 깨달았다.

내 눈의 어둠이 아까보다 훨씬 짙어졌음을……

잠깐만, 잠깐만 기다려. 눈물과 함께 빛이 멀어졌다. 기다려. 거짓말. 싫어. 싫다고. 황급히 눈물을 닦았지만 이미 늦었다. 흘러나오는 것을 막을 수 없었다.

절망을 인정한 순간, 끝은 매우 빠른 속도로 내 세계를 어둠으로 덮어 나갔다. 이 세계 어디에도 「빛」은 없다. 미래는 닫히고 말았다.

나는 이제 소원을 이룰 수 없을 것이다.

3

묵묵부답인 스마트폰을 흔들어 봤다. 하늘 높이 들어 봤다. 다른 별 사람과의 교신을 바라듯 스마트폰을 든 채 집 안을 빙글빙글 걸어 봤다. 서버에 접속해 문자를 확인해 봤지만 「신규 메시지는 없습니다」라는 냉담한 글자만이 떠올랐다가 사라졌다.

몇 통이나 문자를 보냈는데 요 이틀간 토카 선배와 연락이 되지 않는다.

학교도 쉬고 있고 전화를 걸어도 음성 사서함으로 연결될 뿐이었다. 조금 애가 탔다.

이건 마치 사랑에 빠진 소녀 같지 않은가.

아니, 누가 사랑에 빠진 소녀라는 거야. 기분 나빠. 매우 우스꽝스러운 셀프 태클이 내 안에서 허무하게 울렸다. 응. 이 이상은 하지 말자. 부질없다. 너무 부질없다.

그런고로⋯⋯.

과제를 할 마음도 들지 않아서 지갑만 챙겨 밖으로 나갔다.

근처에 큰 일자리가 있지도 않은 시골 마을은 베드타운조차 되지 못하고 인구 감소만이 현저했다. 지자체는 기업 유치에 힘을 쏟고 있는 모양이지만 성과는 여전히 없는 듯했다.

그래도 요 몇 년간 마을은 많이 바뀌었다.

역 앞의 번화함은 근처에 생긴 대형 슈퍼에 뺏겼고, 편의점이 생겼다가 망하고 또 생기기를 반복했다. 이렇게 마을도, 그리고 사는 사람도 조금씩 바뀌는 거겠지.

좋은 일도 나쁜 일도 평등하게 포함해서⋯⋯.

마을의 불빛이 주위를 적시고 있었다.

부예진 시야에 빛이 번져 경계선이 일그러지고 전부 모호하게 녹아내렸다.

그런 내 의식에 활기를 불어넣은 것은 생물의 근원적인 욕구 중 하나였다. 꼬르륵. 배가 식량을 내놓으라고 화냈다.

어느새 시곗바늘은 여덟 시를 가리키려고 했다.

배를 문지르자 또 꼬르륵 소리가 났다. 오늘은 부모님도 안

계시고…….

"편의점 음식으로 때울까."

바로 가장 가까이 있던 편의점에 들어가기로 했다.

가깝다는 것 외에 이곳을 고른 이유는 딱히 없었다. 50미터를 더 가면 다른 편의점이 있고, 100미터를 더 가면 거기에도 다른 편의점이 있다는 것은 알고 있었다.

문 앞에 서자 자동으로 열리며 빛이 천천히 차올랐다.

이끌린 것처럼 한 걸음 내디뎠다.

어서 오세, 귀에 익은 여자아이의 딱딱한 목소리가 도중에 멈췄다. 끝까지 말하라고 생각하며 나도 모르게 흘낏 보자 아는 얼굴이 나를 한껏 노려보았다.

왜 저 녀석이 이런 곳에 있지?

어색한 분위기 속에서 일단 잡지가 진열된 선반 쪽으로 피난하기로 했다. 왠지 계산대로 가기 힘들어서 눈에 띈 잡지 하나를 들고 팔락팔락 넘겨 봤다.

그중에서 매주 읽는 만화를 찾아내 엄지로 잡고 미끄러뜨려 이야기의 처음으로 돌아갔다. 조금 야한 장면도 많은 개그 만화였다.

아직 여름이라고 하기에는 이른데도 에피소드 표지에는 이쪽을 보면서 미소 짓는 수영복 차림의 미소녀 일러스트가 그려져 있었다. 가슴도 크고 엉덩이도 컸다.

찬찬히 그 페이지를 즐기고 마침내 다음 페이지로 넘기려고 했을 때였다.

"어? 카자 선배잖아요. 선배도 남자네요. 남자는 역시 이런 만화를 좋아하나요?"

그런 목소리가 바로 옆에서 들렸기에 잡지를 탁 덮고 말았다. 딱히 창피하지는 않았다. 뭐랄까, 반사적인 행동이었다. 그게 다다.

"어, 읽어도 돼요. 그거 19금도 아니고."

"역시 있었나."

목소리가 난 곳에서 살갑게 웃고 있는 사람은 후배인 타카미네였다.

참고로 여기서는 가려져서 안 보이지만, 계산대에는 Azure의 다른 한 명인 미야노가 파란색과 흰색을 기조로 한 편의점 유니폼을 입고 접객업에 힘쓰고 있었다.

익숙하지 않아서 그런지, 원래 성격 탓인지 「감사합니다」 하고 말하는 목소리가 매우 작았다. 아까 나는 그렇게 패기 있게 노려봤으면서.

"아하하하. 제가 있을 줄 알았어요?"

"계산대에 미야노가 있었으니까. 그러면 타카미네가 있을 것도 예측할 수 있지. 너희는 늘 같이 있잖아."

"제가 있다는 걸 알면서 이 만화를 본 건가요. 흐응, 그랬구나. 선배 변태."

"시끄러워. 이런 건 변태가 아니라 건전하다고 하는 거야."

"뭐, 어느 쪽이든 좋지만, 아오를 그런 눈으로 보지는 마세요. 저라면 약간은 참아 줄 수 있지만요."

불과 한 달 전까지 중학생이었던 것치고는 큰 가슴을 쭉 펴고서 타카미네가 그런 말을 했다. 나는 괜찮지만 다른 녀석한테는 그런 말 하지 마라. 착각하는 남자가 나오니까.

"아니, 둘 다 그런 눈으로 안 보니까 걱정하지 마."

"저는 D컵인데요?"

"상관없어."

"아하하하. 즉답인가요. 그런대로 자신 있어서 이건 이것대로 상처지만, 뭐, 허당인 카자 선배라면 어쩔 수 없죠. 괜히 쑥스러워서 그러는 거라고 생각할게요. 아무튼 선배는 여기 뭐 하러 왔어요? 아, 혹시 아오를 만나러?"

"바보 같은 소리 하지 마. 우연히 근처에 있는 편의점에 들어왔을 뿐이야. 그랬더니 점원이 엄청난 얼굴로 노려봐서 일단 이쪽으로 피난 온 거지. 미야노는 나를 너무 거북하게 여기는 거 아니야?"

"음~ 딱히 거북하게 여기는 건 아니지만 말이죠."

얼굴을 들자 편의점 유리창에 나와 타카미네의 모습이 나란히 비치고 있었다. 키 차이는 대략 15센티미터 정도일까.

시야 끄트머리에는 다른 유리에 붙은 불꽃축제 포스터가 있었다. 이쪽에서는 좌우 반전되어 보이지만 아무래도 내일 옆 동네에서 열리는 모양이다.

초점을 바꾸자 우리의 모습이 부예지고 빨간빛과 초록빛과 노란색 가로등 불빛을 받은 사람들이 밖을 오가는 게 보였다.

"저 녀석, 언제부터 여기서 아르바이트 시작했어?"

"고등학교에 입학하고 나서부터요."

"타카미네 너는 안 해? 이런 건 네가 더 적성에 맞을 것 같은데."

"아하하하. 안 해요. 그리고 저까지 아르바이트를 시작하면 누가 이렇게 아오를 데려다주겠어요? 설마 선배가 그 역할을 맡으시겠다는 건가요? 그리고 가다가 덮치려고요? 그럼 안 돼요. 파렴치해요."

"그런 말까지는 안 했어."

"아하하하. 농담이에요. 저는 현재 매달 받는 용돈으로 충분하니 괜찮지만 아오는 돈이 부족한 것 같아서요. 지금은 아주 아르바이트 귀신이에요. 필름 카메라는 이래저래 돈이 드는 모양이에요."

그건 나도 잘 안다.

흑백 필름 하나만 해도 몇백 엔은 하고 직접 현상하고 사진을 인화하려면 인화지와 현상액, 정지액, 정착액 등도 필요하다. 약품 처리에도 별도로 돈이 든다.

고등학생의 용돈만으로는 절대 조달할 수 없을 것이다.

나도 할아버지라는 후원자가 있었기에 빠듯하게 해낼 수 있었던 것뿐이다.

"저 녀석, DSLR 쓰지 않았어?"

언젠가 점심시간에 봤을 때 가슴 부근에서 흔들리던 DSLR을 떠올렸다.

"신문부에서는 DSLR을 쓰지만, 누군가의 영향으로 사진부

작품은 필름 카메라로 찍고 싶은 듯해서요. 그 누군가를 동경한 아오는 저랑 놀러 가고 싶은 것도 꾹 참고 용돈을 모아 똑같이 NIKON F3를 겨우겨우 샀죠. 하지만 막상 같이 사진 찍을 준비가 끝나니 그 누군가는 카메라를 그만둬 버렸으니까요. 그야 실망도 되고 화도 내고 싶지 않겠어요?"

타카미네의 시선과 혼잣말처럼 중얼거리는 목소리에 책망하는 듯한 뾰족함이 깃들어 있다는 것은 당연히 눈치챘으나 묵묵히 듣기만 했다. 분명 타카미네도 알고 있을 것이다.

그래서 평소처럼 「아하하하」 하고 분위기를 되돌려 말했다.

"하지만 그 누군가의 잘못이 아니라는 건 분명하게 알고 있어요. 그래도 아오는 요령이 없으니까 솔직해지지 못하는 거죠. 그런 부분이 무진장 귀엽지만요."

"무진장?"

"네. 무진장. 귀엽지 않아요? 심쿵하지 않아요?"

타카미네가 양손을 주먹 쥐고 역설했다.

"심쿵하지는 않아."

"아하하하. 그런가요. 그건 아쉽네요. 뭐, 아무튼 이왕이면 뭣 좀 사서 아오한테 계산 받으세요."

"뭐가 이왕인지 모르겠는데. 저 녀석, 싫어하지 않을까?"

"아까도 말했지만 딱히 카자 선배를 거북하게 여기는 건 아니에요. 선배와 마찬가지로 허당이라 괜히 쑥스러워서 그러는 거죠. 만약 꼬리가 있었다면 붕붕 흔들렸을 거예요."

"붕붕?"

"네. 붕붕."

머릿속으로 망상해 보았다.

뚱하게 반절만 뜬 눈. 못마땅하게 꾹 다물린 빨간 입술. 그래도 매끄러운 흑발 위로 강아지 귀 두 개가 쫑긋 튀어나오고, 날씬한 몸의 엉덩이 부분에서 나온 복슬복슬한 꼬리가 즐겁게 붕붕 흔들리고 있었다.

그렇군. 이건 확실히……

그 공감을 그대로 말했다.

"그건 조금 심쿵하네."

"그렇죠?"

그대로 둘이서 10분 가까이 잡지를 읽다가 아무런 신호도 없이 동시에 잡지를 덮었다.

벽에 걸린 시계는 앞으로 5분이면 아홉 시가 된다고 알리고 있었다.

타카미네가 말하길, 미야노의 아르바이트는 오후 아홉 시에 끝난다고 했다.

"딱히 저랑 같이 있어 주지 않아도 괜찮았는데요."

"그렇게까지 착하진 않아."

"음~? 정말요?"

"뭘 의심하는 건지, 원"

그렇게 말하며 바구니에 도시락과 차, 음료수 등을 담았다.

옆에서 타카미네가 새로 나온 과자와 좋아하는 디저트에 관해 이야기해서 겸사겸사 그것도 바구니에 담았다. 그리고 에너지 드링크를 하나.

"나도 읽고 싶은 만화가 있었을 뿐이야."

"아하~ 야한 만화 말이죠."

"틀렸어. 조금 야한 만화야."

"두 개가 다른가요?"

"그래. 카레와 하이라이스만큼 달라."

"아하하하. 그건 꽤 다르네요."

「카자 선배는 카레파인가요, 하이라이스파인가요?」라는 타카미네의 질문에 「실은 하이라이스파야」라고 대답했다. 저도요. 하이라이스 맛있죠. 맞아, 맛있어. 하지만 세상에는 카레를 좋아하는 사람이 압도적으로 많은 모양이야. 신기하단 말이에요. 신기하단 말이지. 그렇게 어찌 되든 좋은 이야기를 하며 계산대에 바구니를 올리자 점원이 매우 싫다는 얼굴로 이쪽을 보았다. 이런 걸 좋아하는 녀석에게는 참을 수 없는 포상이겠지. 참고로 나는 수비 범위 밖이다.

"뭐 하는 건가요."

비대칭 쇼트 헤어와 야무진 눈가가 인상적인 미소녀, 미야노 아오이. 타카미네와 동갑이지만 미야노의 표정에서 느껴지는 온도는 타카미네와 여름과 겨울만큼 차이가 났다.

"보면 알 텐데. 쇼핑이야."

"그런가요."

"불친절한 점원이네. 그런 태도로 일 잘할 수 있겠어?"

"카자마츠리 선배와는 상관없어요."

"맞아요. 이렇게 귀여운 아오가 살갑기까지 하면 큰일 나요. 아오를 보려고 몇 시간이고 줄 서서 기다릴지도 모른다고요. 그러니까 이 정도가 딱 좋아요."

"미안, 루리는 잠깐 조용히 있어."

"뭐어~?"

타카미네가 짐짓 울먹거리는 소리를 내자 미야노는 두통을 견디듯 이마를 눌렀다. 그 모습을 보며 타카미네의 귓가에 대고 슬쩍 말했다. 이야기가 다르잖아.

"야, 미야노는 정말로 꼬리를 붕붕 흔들고 있는 거야? 엄청나게 노려보는데."

"히양."

"이상한 소리 내지 마."

"그치만 간지럽단 말이에요."

"선배, 루리한테 뭐 하는 거죠?"

미야노의 목소리가 한층 더 싸늘해졌다.

가늘어진 시선은 분명 이제 시베리아의 냉기보다도 날카롭다. 주위의 공기조차 얼어붙은 것처럼 느껴져서 등에 오싹한 한기가 들었다.

"이것 좀 봐."

"걱정하지 않아도 꼬리를 좌우로 붕붕 흔들고 있어요. 그치, 아오?"

"무슨 얘기야?"

고개를 갸웃하는 미야노의 찡그린 표정을 보고 있으니 강아지 귀를 단 미야노 그림이 점점 바뀌었다. 강아지 귀는 고양이 귀로 바뀌고 두툼한 꼬리는 늘씬하게 변했다. 그 새까맣고 얇은 꼬리가 타카미네의 말대로 좌우로 흔들리고 있었다.

왠지 강아지 귀보다 잘 와닿았다.

"야, 타카미네. 미야노는 굳이 따지자면 강아지가 아니라 고양이지?"

"이제야 알았어요?"

"……고양이 꼬리가 붕붕 흔들릴 때는 언제였더라."

답은 알지만 굳이 물어봤다.

"아하. 으음, 투쟁심을 불태울 때라고 하죠."

"그렇지. 확실히 이 녀석은 꼬리를 붕붕 흔들고 있어."

"아하하하."

둘이서 미야노를 보자 이야기를 따라오지 못한 그녀만이 다시 한 번 고개를 갸웃했다.

"어어, 진짜 무슨 이야기예요? 강아지? 고양이?"

"아니, 아무것도 아니야."

"하아. 그럼 됐어요. 도시락은 데워 드릴까요?"

"부탁해."

"알겠습니다."

"그리고 봉지 세 개에 나눠 담아 줘. 도시락이랑 차랑 그 외로."

"세세하네요."

그렇게 말하면서도 미야노는 주문한 대로 확실하게 세 봉지에 나눠 담아 줬다. 그리고 그 세 개를 동시에 건네지 않고, 따뜻하고 쉽게 망가지는 도시락을 먼저 오른손에 건넨 뒤 나머지를 왼손에 건네는 배려까지 보였다. 조금 감동했다. 그런대로 오래 알고 지냈지만 이 녀석이 이렇게까지 신경을 써 준 건 처음일지도 모른다. 기쁘지만 조금 허무했다.

"뭐야. 점원 일을 제대로 하고 있잖아."

"다, 당연하죠."

그렇게 미야노는 으스대며 말했으나 마지막 비닐봉지를 건네면서 손이 살짝 닿았다고 몸을 크게 움찔거렸다. 아뿔싸 싶은 얼굴로 인상을 썼다.

어이어이. 나야 이 녀석이 거북하게 여긴다는 걸 아니까 괜찮지만, 다른 손님에게도 똑같이 하면 문제라고. 그대로 어색한 듯 고개를 숙이고 있는 것도 최악이었다.

아~, 으~ 하고 중얼거리고 있고.

이건 선배로서 충고해야겠다고 생각했지만 이때만큼은 미야노가 조금 더 빨랐다.

"저, 저기, 선배."

뭔가 결심한 듯한 목소리는 얼굴을 숙인 채여서 조금 불분명하게 들렸다.

"왜?"

"……요전번에는, 죄송해요."

"요전번이라니, 뭘 말하는 거야?"

"안뜰에서, 심한 말을 한 거요."

"딱히 신경 쓰지 않아도 돼. 그보다도."

조금 전의 접객 태도에 대해 말하려다가 좋은 생각을 떠올렸다.

미야노가 내게 순순히 사과하는 것도 흔치 않은 기회니까 조금 즐기기로 하자.

"아니, 그러네. 꼭 용서받고 싶다면 추가로 스마일을 받기로 할까."

"여긴 햄버거 가게가 아닌데요."

"그러니까 특별한 거지."

미야노는 역시 고개를 숙인 채 「아~, 으~」 하고 계속 중얼거렸지만 이윽고 결심했는지 얼굴을 번쩍 들었다. 그리고 귀까지 새빨개져서 아주 어색하지만 그래도 열심히 짓고 있다는 걸 한눈에 알 수 있는 웃는 얼굴로 이렇게 말했다.

"가, 감사합니다."

창피함 탓인지 시선만 들어서 올려다보는 눈이 약간 촉촉했다.

미야노, 너는 뚱한 얼굴보다 이쪽이 훨씬 나아.

이렇게 줄곧 웃고 있으면 좋을 텐데.

조금 더 보고 싶은 기분도 들었지만 이 이상 바라보면 미야노의 얼굴이 과열되어 김이라도 날 것 같아서 그만뒀다.

이 녀석의 얼굴, 1초마다 빨간색이 진해지고 있으니 말이지.

뭐, 이것만으로도 충분히 좋은 광경을 봤으니까 넘어갈까.

"또 올게."

"다, 다음에는 제가 없을 때 오세요."

새빨간 얼굴로 던지는 얄미운 말은 의외로 나쁘지 않았다.

무엇보다 「그래도 오지 말라고는 안 하네」 하며 웃고 말았다. 이 녀석은 이러니저러니 해도 성실해서 놀리면 재미있다.

「왜, 왜 웃는 거죠. 웃지 마세요」라고 말하며 입술을 삐죽이고 더욱 얼굴을 붉힌 미야노를 조금 더 놀리고 싶다고 생각했다. 하지만 이 이상 일을 방해할 수도 없기에 손만 흔들고 밖으로 나갔다. 밤바람은 조금 차가워서 미야노와 대화하며 살짝 들뜬 기분을 어느 정도 가라앉혔다.

이윽고 어미 새를 뒤쫓는 병아리처럼 즐겁게 나를 따라 나온 타카미네가 둥글게 빛나는 가로등을 바라보면서 이런 말을 했다.

"선배, 고마워요."

"뭐가."

"아오에게 사과할 기회를 줘서요."

그건, 하고 말하려다가 깨달았다. 기회를 만든 사람은 타카미네다. 이 녀석이 뭔가 사 가라고 하지 않았다면 나는 다른 가게에 갔을지도 모른다.

"실은 아오, 그 뒤로 계속 신경 썼거든요."

마치 자기 일처럼 기쁘게 웃고 있었다.

문득 생각나서 하나 물어보기로 했다. 늘 즐거워 보이는 이 녀석이라면 아주 유쾌한 대답을 들려줄 것 같았다.

"야, 타카미네. 네 인생은 빛나고 있어?"

"허?"

타카미네가 꾸밈없이 입을 헤벌렸다. 조금 전까지 느껴졌던 상냥한 분위기가 단숨에 무산됐다.

큰일이다. 운을 완전히 잘못 뗐다. 이래서는 그저 안쓰러운 사람이잖아. 혹은 종교 권유거나. 유쾌한 건 내 머리다.

"아니, 잠깐만. 아니야. 그런 눈으로 나를 보지 마."

"이야~ 하지만 역시 방금 그건 너무했어요. 제가 아니었다면 신고당해도 별수 없었을 정도예요."

그렇게 말하며 타카미네는 매끄럽게 스마트폰을 꺼냈다.

늘 달고 다니던 즐거운 웃음소리조차 자취를 감춘 상태였다.

아니, 진짜로 그건 봐주세요.

"정말 미안. 그게 아니라."

크흠, 헛기침하여 분위기를 환기하자 타카미네도 다시 스마트폰을 주머니에 넣었다.

그 모습을 보고 안도의 한숨을 쉬었다.

"으음, 그러니까 말이지. 뭐라고 해야 좋을까. 아~ 그래. 만화 같은 걸 보면 말이야, 가끔 세계가 빛나 보인다고 말하는 녀석이 있잖아? 어떨 때 그런 말을 한다고 생각해?"

"아하하하. 그런 건 선배가 더 자세히 알지 않아요? 그런 사진을 찍어 왔잖아요?"

"노리고 찍은 게 아니니까. 게다가 나는 내가 찍은 사진이 색을 띤 것처럼 보인다는 감각을 잘 모르겠어."

"과연, 그랬군요. 즉, 선배는 지금 슬럼프를 극복하려고 노력 중인 건가요."

아무래도 타카미네는 오해하고 있는 듯했다. 설명하기 귀찮으니 그대로 둘 거지만…….

혼자서 납득해 버린 타카미네는 「얼마 전에 드라마였나? 거기서 그랬는데요」 하고 운을 뗐다.

"예쁜 것을 봤을 때. 맛있는 걸 먹었을 때. 좋아하는 사람과 함께 있을 때. 사랑하는 사람과 전화하는 한순간. 분명 어둠은 걷힌다고 예쁜 여배우가 말했어요."

"……너는 어떻게 생각해?"

"저도 그렇다고 생각해요. 그래서 저는 예쁜 걸 좋아하고, 맛있는 걸 좋아하고, 아오를 아주아주아~주 좋아해요."

타카미네의 목소리는 전에 없이 진지했다.

멍하니 타카미네를 보고 있으니 곧장 「농담이에요」 하고 평소처럼 아하하 웃었지만 이 녀석에게도 내가 모르는 뭔가가 있는 걸까. 무사태평해 보여도 여러 가지 힘든 일이 있을지도 모른다.

왠지 솔직하게 고맙다고 말하기 주저되어서 예정보다 조금 빨리 왼손에 든 비닐봉지 한 개를 내밀었다.

"이거, 줄게. 같이 얘기해 준 답례야."

안에는 에너지 드링크 하나와 두 사람이 좋아한다고 했던 디저트 몇 개가 들어 있었다.

"예?"

"디저트는 돌아가는 길에 둘이서 나눠 먹어. 에너지 드링크는 미야노한테 주고. 내가 참견할 필요도 없겠지만 아르바이트도 적당히 하라고 말해 줘."

"아하하하. 하지만 선배가 직접 주면 더 좋아할걸요?"

"아닐걸. 그리고 나는 친하지 않은 고양이한테 먹이를 주다가 긁히는 건 싫어. 아픈 거에 약하거든. 그런 건 친한 사람이 주면 돼."

"그런 부분이 아오랑 닮았다니까."

타카미네가 작게 뭐라고 중얼거린 것 같았지만 내게는 들리지 않았다. 그만큼 작은, 공기를 미미하게 진동시킬 뿐인 목소리였다.

"뭐라고?"

"아뇨~ 고맙다고 했어요. 사양 않고 받을게요."

그리고서 타카미네는 타산적이게도 오늘 본 모습 중에서 가장 환하게 웃으며 경례했다.

"조심해서 돌아가. 사실은 데려다주고 싶지만 미야노가 싫어할 테니까 나는 먼저 갈게."

"네. 선배도 조심해요."

앞머리가 밤바람에 흔들렸다.

하지만 마음은 파문 하나 없을 만큼 잔잔하여 안도했다.

"그럼 집에 갈까."

그런 결의를 일부러 소리 내어 말해 봤다.

집에 가는 짧은 시간 동안 타카미네가 했던 말을 생각해 봐도 좋을 것 같다. 즐거운 일. 맛있는 것. 좋아하는 사람은……

있을까. 그 부분은 언제? 토카 선배.

그때 스마트폰이 진동했다.

지금 머릿속에 그렸던 여자의 이름이 화면에 표시되어 있어서 황급히 통화 버튼을 누르고 귀에 댔다.

"여보세요."

목소리가 조금 불분명하게 들렸다.

그래도 착각할 리 없다.

최근 줄곧 옆에서 들었으니까.

"토카 선배야?"

"있지, 토와 군. 내일 데이트하자."

이틀 만에 듣는 첫마디는 놀랍게도 데이트 신청이었다.

4

아침, 일어나자마자 침대 옆에서 충전 중인 스마트폰으로 손을 뻗었다.

알람을 설정한 시간보다 조금 이른 숫자가 침침한 시야에 보였다. 뭐야, 아직 이것밖에 안 됐잖아.

내던진 스마트폰의 자유 낙하로 침대가 살짝 가라앉았다가 돌아왔다.

아직 더 자도 괜찮았다.

하지만 아무리 눈을 감고 있어도 잠이 오지 않았다.

어쩔 수 없이 몸을 일으키고 누가 보고 있지도 않은데 하품

하는 시늉을 해 봤다. 역시나 조금도 졸리지 않아서 하품은 전혀 나오지 않았다.

어젯밤, 토카 선배는 데이트하자고 했다.

약속 시간은 오후 다섯 시.

지금은 아직 오전 일곱 시였다.

앞으로 열 시간을 뭐 하면서 때울까.

가만히 시계를 노려봤지만 1분도 지나지 않은 상태였다.

열 시간은 매우 아득했다.

진득하게 있을 수가 없어서 점심을 먹자마자 집을 나섰다.

역 앞 서점에서 시간을 때우고, 공원에서 비둘기에게 먹이를 주고, 적당히 빙 돌아 약속 장소에 도착했을 때 토카 선배는 그녀의 집 앞에 앉아 이미 기다리고 있었다.

마치 그 유명한 시부야의 충견 같았다.

일광욕하듯 눈을 감고 꼬리 대신 다리를 까딱까딱 흔들고 있었다.

약속 시간까지 아직 한 시간 가까이 여유가 있었다.

평소에는 기껏해야 하나로 묶을 뿐인 흑발이 오늘은 예쁘게 땋여 있다는 것을 깨닫자 안절부절못하게 됐다. 벚꽃 같은 연분홍색 원피스가 선배에게 아주 잘 어울렸다.

작게 호흡을 한 번 하고 토카 선배 곁으로 걸어갔다.

"되게 일찍 나왔네."

그럴 작정은 아니었는데 첫마디는 평소처럼 놀리는 어조가 되었다.

하지만 아무런 반응도 없었다.

어라? 눈치 못 챘나?

시험 삼아 이름을 부르니 마침내 선배는 「아아」 하고 눈을 뜨고 웃었다.

"안녕, 토와 군."

흐물흐물 풀어진 부드러운 목소리에서 평소와 다른 뭔가가 느껴졌다. 그것이 무엇인지는 모르겠지만 왠지 불안해졌다. 바람이 불면 사라져 버릴 것만 같았다.

그래. 미라크티어의 꽃잎처럼……

서둘러 다가가 토카 선배의 코앞으로 손을 내밀었다.

언제부터인가 꽉 쥐고 있던 손을 펼쳤다.

선배는 그걸 가만히 노려보다가 살며시 손을 잡고 일어나 아주 자연스럽게 내게 붙었다. 뭐랄까, 여자 특유의 부드러움을 느낀 팔이 멋대로 신경을 그곳에 집중시켰다.

"오, 오늘은 서비스 정신이 되게 풍부하네."

"뭐, 데이트니까."

변화구를 능숙하게 받아쳐서 말문이 막혔다.

"윽, 그럼 갈까."

그렇게 걷기 시작하려고 했는데 토카 선배는 움직이지 않았다. 선배는 뾰로통하게 인상을 쓰고 있었다. 하지만 조금 작위적이었다.

"까먹은 말이 있다고 생각하는데?"

"으음, 뭐지?"

"그랬구나, 그랬구나. 이럴 때 여성에게 뭐라고 말하면 좋을 지, 토와 군의 누나는 안 가르쳐 줬구나."

"누나를 들먹이는 건 비겁해."

"그럼 제대로 말해. 데이트 작법이야."

찰싹 붙어 있어서 모습을 빤히 볼 수 없는 것이 아쉬웠다. 그래도 머릿속에는 확실하게 새겨져 있었다. 이런 생각을 진심으로 할 정도로는―.

"오늘 예쁘네요."

아아, 젠장. 뭔가 쑥스럽다.

"좋아. 빈말이라도 일단은 그 말을 들어야지. 인생 첫 데이트니까."

흐흥, 토카 선배는 즐겁게 말했다.

"오늘 불꽃축제 가는 거 괜찮은 거지?"

"괜찮아. 하지만 약속한 대로 걸어갈 거야."

"알겠어."

옆 동네로 가기 위해 우선 큰길 쪽으로 나갔다.

벌써부터 사람들이 많았다. 다들 들떴는지 가벼운 발걸음으로 걷고 있었다. 이 시기에는 보기 힘든 꽤 큰 불꽃축제라 근처의 다른 현에서도 사람이 모여서 차도는 이미 막힐 기미를 보였다. 시간이 조금 이르니 지금 갈 거면 전철 쪽이 그나마 나을 것이다.

굳이 도보로 가는 사람은 역과 멀리 떨어진 장소에서 불꽃을 보기로 한 사람이거나, 걷기를 좋아하는 건강에 관심 많은 사람이거나, 걸어가고 싶다는 여자의 달콤한 부탁에 홀랑 넘어가 버린 나 같은 남자 고등학생 정도일 것이다.

우리도 인파에 휩쓸려 걷고 싶었지만 오늘은 토카 선배가 팔에 찰싹 붙어 있기에 가장자리 쪽에서 우리의 페이스로 걷기로 했다. 꼬옥 힘주어 잡힌 팔이 조금 아팠다.

마을 풍경이 점차 바뀌었다.

사는 사람이 달라서 그런지 일급 하천 위에 걸린 다리를 건넜을 뿐인데도 보이는 경치가 전혀 달랐다. 성 아랫마을의 정취가 남은 옆 동네는 역을 중심으로 돌바닥이 깔려 있었다.

"있지, 토와 군의 누나는 어떤 사람이었어?"

토카 선배가 불쑥 물었다.

"갑자기 뭐야."

"실은 줄곧 궁금했어. 토와 군이 좋아하는 사람에 관해."

"좋아하는 사람이라니. 토카 선배도 그렇고, 에이시도 그렇고. 친누나야."

"상관없다고 생각하는데. 연애 감정이 아니더라도 애정은 거기에 있으니까. 아, 누나 자랑을 잔뜩 들었으니, 안 좋아한다는 거짓말은 접수 안 해."

손을 잡은 남매의 모습을 군중 속에서 발견했다.

누나와 둘이서 놀러 다닐 적의 추억을 더듬었다.

시야에 번지는 광경이 기억의 녹을 씻고 머릿속에서 확실한 상을 맺었다.

갑자기 귀 안쪽에서 목소리가 들린 것 같았다.

『토와! 이리 와!』

내 이름을 부르는 그리운 누나의 목소리가……

"별것 아닌 이야기야."

"그래도 좋아."

"음, 한마디로 말하자면 재미있는 사람일까."

"재미있는 사람?"

그래, 하고 고개를 끄덕였다.

"하늘을 횡단하는 비행기라든가, 물웅덩이에 비친 무지개라든가. 봄과 여름의 빛 농도 차이라든가, 계절마다 공기가 머금는 냄새라든가. 남들이 별로 신경 쓰지 않지만 둘도 없는 그런 세계의 끝자락을 가볍게 포착하는 사람이었어."

많은 추억 중에서 어느 여름날의 일을 말하기로 했다.

근처 슈퍼에 둘이서 뭘 사러 갔다가 돌아오는 길이었다. 내 오른손에는 과자가 든 봉지가 있었고 왼손은 누나와 맞잡고 있었다. 나는 맞잡은 손을 앞뒤로 신나게 흔들었던가.

잠자리가 날아다니는 논두렁길을 걷고 있을 때 비가 내렸다.

구름이 엄청난 속도로 퍼지더니 세계가 순식간에 회색으로 덮였다.

여름의 햇빛이 강했던 만큼, 구름이 가린 여름색이 몹시 멀리 느껴졌다. 20초 만에 톱 기어에 돌입한 빗발이 모든 것을 씻었다. 빗방울이 물웅덩이에 떨어져 생긴 파문이 안쪽에서부터 확 퍼지며 순식간에 영토를 확대해 나갔다.

먼 하늘에서 노란빛이 수직으로 내달렸고 몇 초 늦게 소리가 울렸다.

화들짝 놀라서 몸이 움찔했었다.

기억의 조각을 덧그리며 이야기를 계속했다.

"갑자기 비가 막 쏟아지기 시작했어. 몇 미터 앞도 안 보일 만큼. 어떻게든 근처 버스 정류장에 도착했지만 쫄딱 젖어서 옷은 살에 달라붙고, 기분 나쁘고, 최악이었어."

"그래서 어떻게 됐어?"

현실의 하늘은 전혀 비가 내릴 것 같지 않았다.

그런데도 내 눈동자 안에서 세차게 비가 내렸다.

기억 속에 있는 과거의 풍경이 현실과 중첩되며 시야를 재차 침식해 나갔다. 눈을 감자 어린 누나의 얼굴이 떠올랐다. 그 무렵의 누나는 아직 건강했다. 너무 건강할 정도였다.

나한테는 최악의 폭우였는데 누나에게는 아무래도 다르게 보인 것 같았다.

강렬한 감정 같은 것이 맞잡은 손으로 전해져서 나는 얼굴을 들었다. 누나, 하고 불러 본 것은 어째선지 누나가 웃고 있었기 때문이다.

힘을 줘서 한 번 꽉 잡은 손이 다음 순간에는 풀렸다.

새로운 장난감을 선물 받았을 때와 똑같은 누나의 옆모습,

젖어서 무거워 보이는 머리카락이 나부끼며 거기서 빛의 입자 같은 물방울이 흩날렸다.

황급히 뻗은 빈손은 허공을 할퀼 뿐이었다.

손끝은 닿지 않고 움켜쥔 손안에는 아무것도 없었다.

누나의 뒷모습은 단숨에 빗속으로 사라졌다.

"누나가 느닷없이 빗속으로 뛰어들었어."

"뭐? 우산 안 가지고 있었지?"

"그래서 바로 온몸이 젖었어. 나는 어렸지만 누나가 망가졌다고 생각했어. 그도 그럴 것이 크게 웃으며 빗속을 뛰어다녔거든. 너무 섬뜩하잖아?"

변명하는 듯한 내 목소리를 들으니 조금 우스워졌다.

대체 누구에게 변명하는 건지.

"하아. 뭐랄까, 호쾌한 누나네."

"선배도 닮았어."

"어째서?"

"난데없이 바다에 뛰어들었잖아. 하지만, 뭐, 그래. 호쾌하고 즐거운 사람이었어."

처음에 그 기행을 이해할 수 없었던 나는 홀로 남은 버스 정류장에서 가만히 바라보기만 했다.

때리는 비가 아프다고 하면서도 누나는 줄곧 아하하하 웃으며 빙글빙글 돌고, 의미도 없는데 손으로 몇 번이나 얼굴을 닦고, 몸 전체로 빗방울을 튕겼다. 아하하하, 토와도 이리 와, 즐거워! 그렇게 몇 번 불렀지만 나는 고개를 가로저었다.

즐거울 리가 없다.

폭우를 맞아도 아프고 기분 나쁠 뿐이다.

알고 있다. 알고 있는데, 어째서 지금, 이렇게나…….

그런 내 갈등도 모른 채 누나는 쳇 하고 입술을 삐죽였다가 바로 또 달리기 시작했다.

새하얀 물방울이 휙휙 날뛰었다. 누나의 어깨에서, 얼굴에서, 머리카락에서 튄 흰색은 백은빛이 되어 소녀의 몸을 발광시키는 것처럼 보였다.

고막을 뒤흔드는 웃음소리가 회색 비를 다채롭게 채색하는 것 같았다. 세계의 색이 점차 바뀌어 단숨에 선명하게 물들었다.

처음 미라크티어를 봤을 때와 똑같은 감동이 거기에 있었다.

세상에서 가장 아름답다고 칭해지는 빛은 이 한순간에 확실하게 깃들어 있었을지도 모른다.

그래서일 것이다. 나도 바보가 되어 버린 것은……. 빗소리 때문도, 멀리서 우르릉거리는 천둥 때문도 아니었다.

두 팔을 벌리고 세계의 모든 것이 보배롭다는 듯 춤추는 누나의 기쁨이 전파된 것이다. 배 아랫부분이 근질거렸다.

근질근질 좀이 쑤셨다.

그걸 해소할 방법을 어렸던 나도 딱 하나 알고 있었다.

정말 즐거워 보인다고 생각했을 때부터 나는 이미 패자였고 아마 승자이기도 했다.

"누나."

외치자 누나는 이쪽을 보고 씩 웃었다.

"토와! 이리 와!"

웅, 고개를 끄덕이고 한 걸음 내디뎠다.

폭우 속으로 다이빙했다.

이미 신발은 젖어 버렸기에 물웅덩이를 밟아도 신경 쓰이지 않았다. 잘 왔다면서 누나는 하얀 치아를 드러내며 웃었고 우리는 다시 손을 잡았다.

그리고 그대로 달려서 집에 갔다.

과자가 든 비닐봉지에 절반 정도 빗물이 차서 무거웠다.

뭐, 하지만 확실히 즐거웠다.

바보짓을 하는 것도 나쁘지 않다고 이때 나는 한순간 생각했다. 그래, 한순간만······.

바보가 아닌 내가 바보짓을 하려면 그런대로 대가가 필요했다.

먼저, 집에 돌아가자 엄마에게 호되게 야단맞았다.

그리고 다음 날부터 38도의 고열을 내며 앓아누웠다. 귀중한 여름방학 며칠을 나는 침대 위에서 보내게 되었다.

그런데 나보다 훨씬 비를 많이 맞은 누나는 태평하게 아이스크림을 먹고 있었다. 열 때문에 의식은 몽롱하고, 목도 아프고, 으슬으슬 추워서 정말 최악이었다.

아아, 하지만······.

그때 누나는 아이스크림을 먹으며 줄곧 내 옆에 있어 줬다.

"얼른 건강해져서 같이 놀자."

그렇게 말하며 수건을 갈고 몸을 닦아 줬다. 하지만 코가 막혀서 숨 쉬기 힘든데 내 코를 잡고 이히히히 웃었던 건 불

필요한 짓이었다.

엄마한테 혼나고 열까지 났던 지독한 추억이 지금도 보물처럼 반짝이고 있었다.

지금은 우중충하고 어둡게만 보이는 비지만 확실히 반짝이던 때도 있었다.

이야기를 끝내자 여름의 뜨거운 빗소리가 멀어졌다.

과연 비가 그친 후에 남은 것은 뭐였을까.

하늘을 올려다보고 일곱 빛깔 다리를 찾아봤지만 발견하지는 못했다. 당연했다. 현실에 비가 내린 것은 아니었다. 그런데도 대기 중의 더러움이 씻겨 맑아진 공기가 확실하게 폐에 들어온 것 같았다.

"좋겠다."

토카 선배가 툭 중얼거렸다.

"만나 보고 싶다. 토와 군네 누나."

"만날 수는 없지만. 봐 줘. 사진 있어."

"지금 갖고 있어?"

"아무리 나라도 누나 사진을 들고 다니진 않아."

"시스콤인데?"

놀리는 듯한 어조였다.

······뭐, 이제 와서 부정할 필요도 없다.

동포 앞에서 드러내는 것은 수치조차 아니고.

다만 그대로 순순히 인정하기는 분하니 살짝 보복을 하자.

"토카 선배도 시스콤이잖아? 사진 갖고 다녀?"

"아아, 확실히 안 갖고 다녀. 사진을 갖고 다닐 만큼 좋아하는 사람은 가족을 향한 LOVE가 아니라 다른 종류의 LOVE지."

"……다른 종류의 LOVE라니?"

"I love you의 LOVE. 언젠가 네가 장난으로 나한테 했던 말."

"장난으로 한 말이라니, 섭섭하네. 나는 언제나 진지한데."

그런 말을 안 진지하게 해 봤다.

"그럼 지금 말할 수 있어?"

"뭘?"

"지금, 내 눈을 보고 I love you라고 말할 수 있어?"

"그거야 간단히."

말하려다가 입을 다물었다. 말이 이어지지 않았다. 토카 선배의 찰랑찰랑한 머리. 그 머리카락 사이로 보이는 하얀 피부. 턱에서 목으로 내려가는 여성적인 부드러운 윤곽. 달콤한 냄새. 팔에 느껴지는 여자의 체온.

목이 뜨겁고 뜨거워서, 혀에서 굴리던 말이 증발해 버린 것 같아서.

몹시 갈증이 났다.

"말 못 할 것도 없지만, 안 할래."

"뭐어? 왜?"

"사랑 고백은 가볍게 속삭여선 안 된다고 누나가 그랬으니까."

"되게 가볍게 말했으면서."

불퉁하게 노려보는 눈길을 받고 말았다.

그나저나 확실히 토카 선배의 말대로였다.

그때는 쉽게 말할 수 있었다. 그런데 지금은 말할 수 없었다. 이 변화는 뭘까. 아마 토카 선배가 데이트라고 말한 탓이다. 그래서 말에 이상한 무게가 실린다고 할까. 몸 안쪽에서 목으로 끌어 올리는 데 힘이 드는 거다. 분명 그렇다.

"아니, 그러니까. 그때 진지하게 말했다가 장난처럼 넘어갔으니까 지금 못 말하겠다는 거야. 두 번이나 차이는 건 괴로우니까."

"왜 차일 거라고 단정 지어?"

토카 선배가 나를 보았다.

나도 토카 선배를 보았다.

어느새 발이 멈춰서 둘이서 3초쯤 그러고 있었다. 마을의 소란은 멀었다. 주위 풍경이 흐려지며 눈동자 렌즈가 토카 선배에게만 확실하게 초점을 맞췄다.

"농담이야."

토카 선배가 빨간 혀를 쏙 내밀었다.

"모처럼 거하게 차 주려고 했더니."

그리고 내게서 시선을 돌렸다. 쳇, 좀 더 보고 싶었는데 아쉽다. 그렇게 생각하고 있는데 「아쉽다」라는 목소리가 어디선가 작게 들려서 깜짝 놀라 심장이 떨렸다. 이런, 소리 내어 말해 버렸나?

하지만 그건 내 목소리가 아니었다.

"아아~ 고백하는 토와 군의 얼굴, 확실하게 봐 두고 싶었는데."

어째선지 더는 볼 수 없다는 듯한 말투가 조금 마음에 걸렸다.

느긋하게 두 시간쯤 걸으며 여러 가지 이야기를 했다.

토카 선배의 언니에 관해, 학교 수업에 관해. 우리 학교는 2학년으로 진급하며 문과, 이과를 선택하는데 나나 토카 선배나 둘 다 이과를 선택했다는 것과, 나는 이과면서 물리와 화학을 어려워하는데 시험 경향을 알게 되어 좋았다.

"와타나베 선생님은 수업 중에 안 한 교과서의 연습 문제를 시험에 내는 일이 많아. 이 문제는 각자 풀라고 가끔 말하잖아?"

"응, 말하지."

"그 문제를 확실하게 복습해 두면 비교적 고득점을 노릴 수 있어. 대입하는 숫자가 다른 정도거든. 화학은 암기할 수밖에 없지. 원소 기호라든가 기타 등등."

"암기가 싫어서 이과를 선택한 건데 말이야."

"흐응, 토와 군은 역사 같은 거 어려워하는구나."

"사람 이름을 외우는 게 특히 안 돼. 게다가 비슷한 이름이 많잖아."

"나는 오미 토카야. 잊어버리지 마."

"안 잊어버려."

최근 한 달 가까이 거의 매일 함께 있었다. 오히려 잊어버리는 게 더 어려울 정도다.

"확실하게 약속했어."

이윽고 불꽃축제 장소가 보이기 시작했다.

해안을 한 번에 볼 수 있는 잔디밭에 색색의 돗자리가 이미 깔려 있었고, 얼굴이 벌게진 아저씨들이 맥주를 한 손에 들고서 신나게 떠들고 있었다. 설치된 간이 무대에서는 지역 상공회의 청년부가 뭔가 이벤트를 하고 있는 듯했다.

거기서 조금 내려간 곳에 해수욕장 음식점을 이용한 식사 공간과 노점이 늘어서 있었다.

"뭔가 먹을래?"

"사 줄 거야?"

"뭐, 데이트니까."

"그럼 먹을까. 하지만 내가 선배니까 토와 군 거는 내가 사 줄게."

"그거, 의미 있어?"

"어라, 몰라? 음식은 다른 사람이 사 준 게 더 맛있어. 다섯 배쯤."

유난히 무서워하는 토카 선배를 다독이며 경사면을 내려가 노점을 돌았다. 사실은 야키소바나 타코야키 같은 걸 먹고 싶었지만 양손을 써야 먹을 수 있는 음식은 금지당했다. 여전히, 라고 할까…… 오늘 온종일 토카 선배는 내 팔에 찰싹 붙어 있었다.

결국 하시마키[#2]를 샀고 토카 선배에게는 사과 사탕을 사줬다.

"자, 먹어."

#2 하시마키 나무젓가락에 감은 오코노미야키.

토카 선배의 재촉에 하시마키를 한 입 먹었다.

뭐, 흔히 파는 평범한 밀가루 음식이었다. 나쁘지 않게 구워졌지만 소스로 이것저것 얼버무린 노점 특유의 싸구려 맛이 났다. 3분의 1 정도를 삼키고 한 입 더.

조금 당도 높은 소스가 입가에 묻어서 혀로 핥았다.

"어때? 맛있지?"

"토카 선배는 거짓말쟁이야."

"뭐? 맛없다는 거야?"

직접 확인해 보라며 하시마키를 입가로 가져가자 선배는 그걸 가만히 노려보다가 입에 넣고 우물거렸다. 이윽고 여성 특유의 굴곡 없이 매끈한 목이 꿀꺽 움직였다.

"나는 맛있다고 생각하는데."

"맞아. 맛있어. 일곱 배쯤."

거기까지 말하자 마침내 토카 선배도 의미를 이해한 듯했다.

뭐, 나도 거짓말은 안 했다.

토카 선배는 다섯 배라고 했고 나는 일곱 배는 맛있다고 생각했으니까.

평범한, 정말 평범한 하시마키인데…….

노점에서 파는 하시마키는 400엔이나 하면서 양도 적고 맛도 그냥저냥이라 비싸다고 생각했으나 이거라면 오히려 저렴할 정도였다. 돈으로는 살 수 없는 부가 가치가 확실하게 담겨 있었다.

"우와~ 토와 군, 안 귀여워."

"남자로 태어났으면 멋있는 걸 노리라고 누나가 그랬어."

"멋있는 남자에게 사과 사탕 같은 건 안 어울리니까 안 나눠 줘도 되지?"

"그렇게 숨기지 않아도 안 뺏어 먹어."

얼추 노점을 돌고 — 토카 선배가 다른 사람과 몇 번 부딪칠 뻔해서 큰일이었다 — 밤의 장막이 완전히 내렸을 때, 비장의 장소로 이동했다.

실은 불꽃축제에 가기로 하고 정보통인 타카미네에게 추천 장소를 물어봤다. 타카미네는 특별히 이유를 묻지 않고 평소처럼 웃으며 가르쳐 줬다.

타카미네의 말을 따라 슈쿠세이시에서 이어지는 일급 하천 옆 산책로를 인파를 거스르며 나아갔다. 골목에 들어가 한동안 똑바로 걷자 빛바랜 아파트가 보였다.

그때, 뒤에서 펑 터지는 소리가 났다.

"어라, 시작됐나?"

"그런가 봐."

하지만 안달할 필요는 없었다.

예년과 같다면 불꽃은 50발 정도 쏘며 30분쯤 계속될 터다.

형식상 쳐 둔 밧줄을 넘어가 외부 계단을 올라갔다. 아파트와 아파트 사이로 분홍색, 빨간색, 보라색 불꽃이 보였다. 큰 소리에 맞춰 활짝 폈다가 시들듯 떨어져 밤 속으로 사라졌다. 한순간의 빛이 마을의 윤곽을 드러냈다.

"으억."

도중에 토카 선배가 발이 걸려 같이 넘어질 뻔했다.

등골이 오싹해져서 이상한 소리를 내고 말았다.

"미, 미안해."

"아냐. 토카 선배는 괜찮아?"

"응. 하지만 조금만 더 천천히 걸어 주면 좋겠어."

불빛이 별로 없어서 알기 어려운 걸까.

"알겠어. 조심해서 가자."

한 발, 한 발, 소리 내어 말하며 시간을 들여서 옥상 문에 도달했다. 자물쇠로 확실하게 잠겨 있는 것처럼 보이는 것까지 타카미네가 말한 대로였다.

『하지만 그거 실은 망가져서 살짝 힘을 줘 당기면 간단히 열려요. 옥상에서라면 느긋하게 불꽃을 볼 수 있죠. 그다지 알려지지 않았거든요. 아하하하. 잘 즐기고 오세요.』

확실히 자물쇠는 쭉 당기니 간단히 풀려 버렸다.

문을 열자 아무도 없는 옥상만이 펼쳐져 있었다.

불꽃의 간격은 조금 짧아졌지만 아직 절반 이상 남아 있을 터다.

맞바람이 불어와 시선을 유도해 줬다.

앞머리가 거꾸로 서고 옷이 가슴에 붙었다.

대기를 색칠하는 것처럼 캄캄한 어둠 속에서 아름다운 빛이 터졌다. 몇 개나, 몇 개나……

이 근처에서는 비교적 큼직한 건물이라 그런지 차폐물이 없어서 불꽃의 전모가 잘 보였다. 조금 거리가 있기에 살이 찌르르 떨리는 폭죽 소리는 느낄 수 없지만 충분했다.

와리모노라고 불리는 일반적인 원형 불꽃. 국화, 모란, 두 겹 불꽃이었나. 그리고 토성처럼 별이 퍼지는 것도 꽤 예뻤다. 타~마야~. 내가 말했다. 카~기야~. 토카 선배가 외쳤다.

목소리에 반응하듯 빛의 꽃이 아낌없이 피고 졌다.

마침내 내 팔을 놓고 난간을 잡은 토카 선배의 옆모습을 빛이 비췄다. 빨간색으로, 분홍색으로, 노란색으로, 파란색으로. 오렌지색으로. 무척 예뻤다.

토카 선배에게도 똑같이 보이면 좋을 텐데.

어둠이 걷히고 빛이 보이면 좋겠다. 색칠되면 좋겠다.

"조금 전 불꽃은 무슨 색이었어?"

물어봐서 대답했다.

"빨간색, 파란색. 방금 그건 흰색. 연속으로 올라온 건 분홍색이랑 노란색."

"그렇구나."

"다음은 오렌지야."

"있지, 토와 군."

토카 선배가 이름을 부름과 동시에 불꽃이 피어났다. 펑, 피어났다. 덕분에 선배가 뭐라고 말했는지 듣지 못했다.

"뭐? 안 들려."

"나 말이지."

내 의문이 불만스러운지 토카 선배가 목소리를 높였다. 팔을 뻗고 하늘을 올려다보며 세계에 대고 외쳤다. 졌다고 백기를 흔드는 것처럼…….

—이제, 거의 아무것도 안 보여.

그런 말이 밤에 떨어졌다.
그리고 사라졌다.
"뭐?"
이번에는 확실히 들었을 텐데 내 입은 아까와 똑같은 말을 되풀이했다.
"그러니까."
"그게 아니라, 제대로 들었어. 하지만 잠깐만. 어떻게 된 거야?"
"미안. 알면 토와 군이 괜히 걱정할 것 같아서 말 안 했지만, 내 시련은 사실 기한이 있었나 봐."
시간이 지날수록 시야의 농도가 높아졌다고 토카 선배는 설명했다.
"시험 인화였던가? 그 사진 같은 느낌이려나. 그 정도로 확확 바뀌진 않지만, 내게 보이는 세상은 하루하루 새까매졌어."
노광 시간을 잘못 잡은 인화지처럼 검디검어진다.
모든 것이 어둠에 먹혀 사라진다. 뒤덮인다.
"지금은 이제 시야가 거의 새까매. 아주 조금, 사물의 윤곽

정도라면 아직 알 수 있고, 토와 군의 팔에 달라붙어 있었으니까 오늘은 어떻게든 됐지만, 내일이면 그것도 알 수 없어. 그러니까 지금까지 고마웠다고 답례라도 하자 싶었던 거야. 아직 눈이 보일 때라면 그렇게 폐를 끼치지도 않을 테고. 언젠가 네가 데이트하고 싶다고 했었으니까."

그리고 토카 선배는 배시시 웃었다. 오랜만에 본 그 표정은 예전과 전혀 다르지 않았다. 슬픔을 숨기고 공포를 견디는 듯한 못생긴 미소였다.

그럼에도 불구하고 나는 토카 선배의 얼굴을 계속 보았다.

불꽃 소리도, 색깔도, 전부 멀어졌다.

토카 선배의 목소리가 떨리고 있었으니까.

몸이 떨리고 있었으니까.

아무것도 못 하고, 아무것도 눈치 못 채고, 태평하게 데이트라며 들떴던 자신에게 화가 났으니까.

"사실 거짓말이야."

불꽃이 하늘에 피었다.

못생긴 미소를 지은 채 눈앞에서 여자가 눈물을 흘리고 있었다.

그 눈물이 다양한 빛을 반사하며 지면에 떨어졌다. 마치 그녀의 빛이 담긴 것처럼. 떨어져서 색을 잃은 그 빛은 지저분한 콘크리트 위에서 어둠과 닮은 새까만 둥근 얼룩이 되어 점점이 남았다.

"사실은 내가 마지막으로 토와 군을 잘 봐 두고 싶었어. 같

이 여러 가지를 보고 싶었어. 언니를 구하지 못했는데. 최악이
지, 나."

　가위에 눌린 것처럼 몸이 움직이지 않았다.

　나는 어쩌면 좋지?

　나는 어쩌고 싶지?

　답이 나오지 않는 자문자답을 그저 되풀이했다.

　나는 선배를 위해 뭘 할 수 있지?

　나는, 나는—.

제4화

내 눈물을 닦아 주는 사람

1

토카 선배를 제대로 집에 데려다주고 혼자서 미라크티어가 있는 곳으로 왔다.

세상에서 가장 아름답다고 칭해지는 기적의 꽃은 오늘도 아련한 빛을 주위에 휘감고 있었다. 밤의 장막이 내린 세계에서 그 아름다움은 한층 두드러져 반짝였다.

본래 손이 닿지 않을 터인 별들의 빛이 마치 그곳에 있는 듯한 착각이 들 만큼…….

세상을 전혀 모르는 순진무구한 어린아이가 별을 만질 수 있다고 착각하여 하늘로 손을 뻗듯 나도 손을 뻗어 봤다.

물론 별에 닿는 일은 없지만—.

그런 건 알고 있지만—.

대신 미라크티어 꽃잎이 하나 떨어졌고 꽉 움켜쥐자 빛의 침식이 빨라져서 사라졌다. 공기나 물과 똑같았다.

아무리 세게 움켜쥐어도 빛은 빠져나가 버린다.

그래서 손바닥에 손톱이 박혀 조금 아팠다.

각오를 다시 확인하기 위해 이곳에 왔는데 막상 한 걸음을 내디디려고 하니 가슴이 떨리고 말았다.

『있지, 토와. 나는 지금껏 한 번도 그런 사진을 바란 적 없었어.』

누나가 지었던 슬퍼 보이는 미소.

가슴의 통증이 굳게 다짐했을 터인 각오를 무뎌지게 했다.

"나는, 나는—."

이어지는 말이 사라졌다.

그때, 그 목소리와 교대하듯 누군가가 말했다.

"거기 서 있는 오빠, 안녕. 뭔가 소원이라도 있어?"

쾌활한 목소리에 이끌려 미라크티어 줄기 밖으로 얼굴을 내
미니 이런 늦은 시간에도 무녀복 차림인 하쿠노가 있었다. 하
얀 상의와 붉은 하의는 하쿠노에게 신사에서 일할 때 입는 유
니폼인 듯했다. 아무리 작은 일이어도 신사 일을 할 때는 늘
무녀복을 입었다.

"딱히. 너야말로 이런 시간까지 아저씨를 돕는 거야?"

"열심히 하면 도쿄의 유명한 과자를 받을 수 있거든. 아, 나
눠 주지는 않을 거야."

"너는 매일 즐거워 보여서 좋겠다."

"토와는 안 즐거워?"

"……그렇지도 않지만."

"흐응."

뭔가 재미없다는 듯이 하쿠노가 중얼거렸다.

올려다본 하늘에는 역시 미라크티어만 있었다. 어릴 때부터
수없이 본 꽃이었다.

누나가 입원한 뒤로는 병원에 가기 전에 매일 이곳을 찾아

왔다. 계절이 몇 번을 돌아도 단 하나의 소원을 변함없이 움 켜쥐고서 이곳에 섰었다.

그리고 그 희미한 소원도 지금은 손안에서 빠져나갔다.

"소원이 없다면 왜 여기에 있어?"

"그저 확인하는 거야. 나는 뭘 하고 싶은지. 뭘 하고 싶었는 지. 가령 시도하더라도 다시 한 번 반복할 뿐이진 않을지."

"뭐야, 그게. 어려운 얘기야?"

"아니, 그저 후회에 관한 얘기야."

"흐응~ 어려운 얘기가 아니라면 나도 이해할 수 있으려나. 그럼 내가 들어 줄게."

"됐어."

"어, 어째서."

"너한테 할 얘기는 아니야."

"있지, 토와. 너한테 나는 어떤 존재야?"

언젠가 들었던 질문이었다.

그때 나는 소꿉친구라고 대답했고 지금도 변함없었다.

"소꿉친구라고 했잖아."

"응. 맞아. 토와에게 나는 소꿉친구야. 그리고 그건 가족 같 은 존재라고 했잖아? 그런 얘기를 하기에는 안성맞춤이라고 생각하는데. 왜냐하면 그건 토카 선배에게는 할 수 없는 얘기 니까. 안 그래?"

"왜 거기서 토카 선배가 나와."

"왜냐니, 오늘도 토카 선배랑 데이트하고 왔잖아? 흐흥. 나는 토와에 관해서라면 뭐든 다 알아."

"우와. 짜증나."

그래그래 하고 적당히 흘려버리며 하쿠노는 뿌리 부분에 앉아 옆을 두드렸다. 여기 앉으라는 거겠지. 불평하지 않고 따른 것은 여러 해 같이 지내며 든 버릇 때문이었다. 나는 이래저래 이 녀석에게 약하다.

머리카락이 밤바람에 날렸다.

하쿠노는 바람에 날린 머리카락을 귀에 걸었다.

어디선가 초목의 푸르른 냄새가 짙게 풍겼다.

"그래서, 왜 그러는데? 사랑앓이야?"

내 얼굴을 올려다보며 하쿠노가 물었다.

"그런 거 아니야. 그보다 나는 아직 너한테 얘기한다고 안 했어."

"땡~ 안 돼. 소꿉친구의 역할은 말이지, 이렇게 고민을 듣는 거야. 이로하가 가지고 있던 만화책에 나왔어."

"만화를 교본으로 삼지 마."

"토와. 만화는 훌륭한 문화야. 무시하면 안 돼."

엄청나게 역설했다.

흥, 하고 콧김도 세고.

하아. 평소와 다름없는 하쿠노의 모습에 나도 모르게 한숨을 쉬었다. 그걸 계기로 어깨에서 힘이 빠지고 공기가 자연스럽게 폐로 들어왔다.

이 녀석을 보고 있으면 힘이 빠진단 말이지.

혼자서 우물쭈물 고민하는 게 갑자기 바보 같아졌다.

"알겠어. 상담하고 싶어."

"맡겨 둬."

하쿠노는 가슴을 툭 두드리며 힘차게 고개를 끄덕였다.

그래도 바로 이야기를 꺼낼 수는 없었다.

우리에게 침묵은 익숙하지만 입을 다문 채로는 아무것도 시작되지 않고 끝나지 않는다. 최대한 입과 마음을 따로 떼어 놓으려고 노력해 보자.

감정적으로 굴지 않고 최근 1년간 줄곧 후회했던 일만을 사실로서 말하는 거다.

그런 재주를 부릴 수 있을 리가 없지만, 그래도······.

천천히 말문을 열었다.

"1년 전에 누나가 죽은 뒤로 나는 줄곧 후회하고 있어. 그날, 누나가 죽은 날, 나는 말이지. 누나랑 싸웠어."

하지만 마침내 나온 말은 곧장 떨리고 말았다. 그 진동에 말이 열을 띠었고, 불을 쬐면 나타나는 그림처럼 선명하게 과거의 기억을 상기시켰다.

평소처럼 사진을 인화해서 병실로 향한 내 앞에 있던 것은 잘 아는 사진이 쓰인 전혀 모르는 책이었다.

"누나, 이건 뭐야?"

영문을 알 수 없어서 소리쳤다.

누나는 아무 대답도 하지 않았다.

짜증만이 커졌다.

"이건, 이건 말이지. 이것뿐만이 아니라, 내 사진은 전부 누나만을 위해 찍은 거지 이딴 걸 위해 찍은 게 아니야."

무심코 성질냈다는 걸 깨닫고 황급히 누나의 얼굴을 봤을 때 난처한 듯 웃는 얼굴만이 그곳에 있었다.

눈물은 흘리지 않았지만 울고 있는 것처럼 보였다.

"있지, 토와. 나는 지금껏 한 번도 그런 사진을 바란 적 없었어."

그 말을 들은 순간, 누나가 건넨 책을 쳐 내고 내민 손조차 거부했다.

심장이 난도질당한 것처럼 아팠다.

피가 나는 것도 아닐 텐데 점도 높은 혈액이 흘러넘치는 것 같았던 그 순간—.

"갑자기 무서워졌어."

"뭐가?"

"잘못을 저지른 게 아닐까 싶어서. 나는 누나를 응원한다면서, 누나에게 기쁨을 줄 거라면서 누나를 몰아붙이고 상처 입힌 게 아니었을까 싶어서."

누나가 입원하고 나서 본격적으로 카메라를 시작했다.

줄곧 병원에 있는 누나에게 사진으로라도 바깥세상을 보여주고 싶었으니까.

매일매일 사진을 찍고, 필름을 현상하고, 인화지에 새겼다.

하지만 만약 그 오랜 시간 동안 누나가 속마음을 내게 말하지 못했던 거라면?

"있지, 토와. 나는 지금껏 한 번도 그런 사진을 바란 적 없었어."

누나가 했던 말을 그대로 하쿠노에게 고했다. 아아, 젠장, 가슴이 아프다. 호흡이 괴롭다.

"어?"

"누나가 그렇게 말했어. 내 사진을 바란 적이 없었다고."

이건, 자신에게 필요 없는 것이라고.

자신을 몰아붙일 뿐이라고.

어째서 밖에 나가지 못하는 자신에게 이런 걸 보여 주냐고.

—그렇게 들렸다.

내 눈에 「잔잔한 마을에서 노래해」라는 책은 마치 짊어져야 할 죄처럼 보였다.

그런 현실을 견딜 수 없어서 도망쳤고 카메라도 버렸다.

누나는 죽었고, 사진을 찍을 이유는 사라졌고, 무엇보다 누나의 감정과 마주하기 무서웠으니까.

화해도 못 한 채 떠나 버린 누나가 마지막 순간에 나를 원망하고 있었다면 견딜 수 없으니까.

그랬는데 이 봄에 나는 한 여자와 만났다.

처음에는 울고 있는 그녀의 옆모습이 그날의 누나와 겹쳐 보였다. 그래서 말을 걸었다. 눈물을 보고 싶지 않았으니까. 그뿐이었다.

다음에 만났을 때는 못생긴 미소가 트라우마를 자극해서 멀리했었지. 하지만 그녀는 포기하지 않았다.

그리고 토카 선배와 보내는 나날 속에서 내 안의 무언가가 확실하게 바뀌어 갔다. 똑같은 소원을 가지고 발버둥 치는 모습에 공감했다.

사진 따위 더는 찍지 않겠다고 생각했는데 선배가 바란다면 찍어도 좋다는 생각이 들었다.

그래서는 의미가 없다며 결국 거절당하고 말았지만…….

하긴, 그랬다.

내 사진은 누군가를 도울 힘 따위 없다.

알고 있다.

왜냐하면 누나가 말했으니까.

『있지, 토와. 나는 지금껏 한 번도 그런 사진을 바란 적 없었어.』

그날의 기억이 발목을 잡았다.

감정이 앞으로 가기를 두려워했다.

하지만 내가 토카 선배를 위해 할 수 있는 일은 그것밖에 없어서. 그것 말고는 생각나지 않아서.

나는 대체 어쩌면 좋을까.

후우 하고 토한 한숨과 함께 담아 뒀던 모든 것을 내뱉었다.

그런데도 마음은 전혀 개운해지지 않았다.

"이걸로 끝. 딱히 어려운 얘기는 아니지?"

마지막까지 듣고서 하쿠노는 「바보구나」라고 중얼거렸다.

"확실히 전혀 어려운 얘기가 아니야. 쭉 그런 생각을 하고 있었구나. 토와는 바보야. 바보 멍청이야."

"시끄러워."

"하지만 바보잖아."

"그런 건 알고 있어."

"바보. 진짜 바보. 그렇지 않은데 말이야."

"바보바보 하지 마."

"하지만 바보잖아. 줄곧 착각하고 괴로워한 점이라든가. 마음은 이미 정했으면서 걸음을 내딛지 못하는 점이라든가. 하지만, 그러니까, 응. 등을 밀어 줄게. 그게 소꿉친구의 역할이라고 생각하니까. 내가 여기 있는 의미니까."

"⋯⋯내가 뭘 착각했다는 거야."

"있지, 토와는 이로하가 한 말을 자기 멋대로 생각해서 저주의 말로 바꾼 거야."

"내 멋대로? 저주의 말?"

"그래. 이로하가 정말로 하고 싶었던 말은 「나만을 위해 사진을 찍지 마」였어. 이로하는 토와의 사진을 더 많은 사람에게 보여 주고 싶다고 줄곧 생각했었어."

"대충 아무 말이나 하지 마. 네가 뭘 알아!"

화풀이하듯 날카로운 말로, 감정으로 하쿠노를 공격했다. 하지만 하쿠노는 그 전부를 간단히 정면에서 받아 냈다.

"알아. 왜냐하면 이로하가 말했으니까."

"⋯⋯누나가?"

"그래. 온 세상 사람들이 토와를 인정하기 전에, 누구보다 빨리 이로하가 그렇게 생각했어."

하쿠노는 씩 웃었다.

그 표정이 누나의 표정과 겹쳐 보였다.

전혀 비슷하게 생기지 않았는데…….

"새하얀 병실. 창문으로 보이는 회색 세계. 똑같은 하루하루. 어른들이 건네는 기계적인 목소리. 그저 흘러갈 뿐인 아무것도 없는 시간 속에서."

그렇게 한 소녀가 하쿠노에게 전했던 마음을 이번에는 하쿠노가 내게 고했다.

매일매일 질리지 않고 전달된 흑백 사진들. 아는 동네가 찍혀 있었다. 이제 달릴 수 없는 그 길에 미련이 없다고는 할 수 없었다. 하지만, 하지만, 그래도…….

회색 세계에서 오직 그것만이 구원이었다고.

내가 집에 돌아가도 계속 바라보고 있었다고.

그렇게 언젠가 들었을 말을, 소리와 감정마저 그대로 담아 하쿠노는 내게 전했다. 하쿠노의 입가에 미라크티어 꽃이 떨어졌고 말하는 소리에 닿아 떨린 공기 중으로 빛이 되어 스러졌다.

파스스.

하쿠노의 아니, 누나의 말이 금색으로 물들어 빛났다.

—토와가 찍는 세계만이 채색되어 보여.

그 짧은 말에 담긴, 한 소녀가 손에 넣은 최대한의 기쁨이 시간을 뛰어넘고, 장소를 바꾸고, 목소리조차 달리하여.

그럼에도 확실하게 내 마음에 전달되었다.

줄곧 이 말을 찾고 있었다.

그저 누나에게 이 말을 듣고 싶었다. 내 마음은, 5년간은, 그 나날은 무의미하지 않았다고. 누나한테 전해졌었다고…….

아아, 아아. 나는 분명 누나를 웃게 했구나.

가슴의 공동에 들어온 산소가 반응하여 빨갛게 달궈지고 터졌다. 언젠가 비 오는 날에 느꼈던 것보다도 뜨겁고 아팠다. 그러니까 이건 후회 따위가 아니다.

내게 있어 구원, 그리고 용서.

그러니까 이제.

참지 않아도 되는 걸까.

나는 지금 새로운 마음으로 누나가 어디에도 없다는 사실을 슬퍼해도 되는 걸까. 어린아이처럼 그저 외로움만으로 누나를 애도해도 되는 걸까.

몸을 기역자로 꺾자 내 안쪽에서 활활 타오르던 마음이 사랑스러운 아픔이 되어 흘러넘쳤다. 저기, 누나.

왜 떠난 거야. 힘낼 거라고, 괜찮다고 했잖아. 그런데 왜 이렇게 심술을 부려. 왜 날 두고 가.

……외로워. 참을 수 없이 외로워.

누나가 어디에도 없어서, 잘 잤냐는 인사도, 다녀오라는 말도, 다녀왔다는 말도, 잘 자라는 말도 할 수 없어서, 내 이름을 부르는 누나의 목소리를 들을 수 없어서 외로워.

몇 번이고 토와라고 불러 주길 바랐는데.

장하다고 칭찬해 주길 바랐는데.

떨리는 입에 힘을 줬으나, 몇 번을 해도, 어떻게 발버둥 쳐도 감정은 멈추지 않았다. 누나, 누나. 말로 표현할 수 없는 소리를 그래도 계속 토해 냈다. 누나, 외로워. 누나.

"이로하가 사진을 응모했던 것도. 모두에게 자랑하고 싶었기 때문이야. 어때? 내 동생 대단하지? 자랑스러운 최고의 동생이야! 하고."

떨리는 내 등을 하쿠노의 따뜻한 손이 쓸어내렸다.

상냥한 손길로 계속, 계속…….

"그러니까 토와는 원하는 대로 사진을 찍어도 돼. 이로하만을 위해서가 아니라, 네 사진이 필요한 사람에게 전해 줘. 그게 이로하가 가장 원하는 거니까."

더는 무리였다.

줄곧 얼어 있던 마음이 녹아서 흘러넘쳤다.

탁류였다. 아무리 버티려고 해도, 다리에 힘을 주고 이를 악물어도, 삼켜진 뒤로는 그저 떠내려갈 수밖에 없다.

감정이란 그런 것이다.

"아아, 아아아. 아으, 아아아아아아아아아아아아아아아."

외치는 감정에 베인 것처럼 목이 아팠다. 토해 낸 말과 비슷하게 눈이 타는 듯이 뜨거워졌다. 그 열이 뺨을 타고 턱에 맺혔다가 떨어졌다.

똑.

꽉 움켜쥔 주먹 위에서 한층 큰 물방울이 뜨겁게 튀었다.

몸을 말고 넘쳐흐르는 것을 필사적으로 멈추려고 하는 내 옆에 하쿠노는 줄곧 있어 줬다.

내 울음소리와 비슷한 크기로 얼마 전에 유행했던 다정한 봄노래를 불렀다. 누구에게도 내 울음소리가 들리지 않도록. 세계에 내 슬픔이 퍼지지 않도록…….

어떤 위로의 말보다도 그 배려가 지금은 고마웠다.

"하아, 꼴불견이네."

뿌연 눈을 문지르며 얼굴을 들었다.

정말 오랜만에 운 탓에 눈이 되게 아팠다.

"맞아. 토와도 이로하도 꼴불견이야."

"야. 나는 괜찮지만 누나는 욕하지 마."

그러자 하쿠노가 풋 웃음을 터뜨렸다. 토와는 한결같구나.

"진짜, 시스콤이야."

"이제 알았어? 내버려 둬."

"그럴 수는 없지. 나는 토와의 소꿉친구니까."

"그럼 고맙다는 말은 필요 없겠네."

평소처럼 너스레를 떨자 하쿠노는 「물론이야」라고 대답했다. 필요 없다고······.

"대신 특제 도시락을 일주일간 만들어 주지."

"앗싸. 계란말이 잊지 마. 달콤한 걸로. 주먹밥은 반드시 명란젓이야."

"그래그래."

"햄버그스테이크랑 닭튀김을 번갈아 해 줘. 그리고 또, 된장국도 먹고 싶어."

하쿠노의 리퀘스트를 한차례 듣고 일어섰다. 다음 주는 평소보다 한 시간쯤 빨리 일어나야겠다고 생각하며······.

다리를 편 만큼 하쿠노와는 멀어지고 반대로 하늘이 가까워졌다.

계속 똑같은 자세로 있어서 그런지 몸이 여기저기 뻐근했다.

그래도 달릴 수 있을 것 같았다.

똑바로, 지금 생각하는 곳에 마침내 달려갈 수 있다.

"가는 거지?"

"그래. 너도 알잖아? 나는 누나의 말이라면 뭐든 믿어. 시스콤이니까."

내 사진은 분명 토카 선배에게 빛을 전할 수 있다. 웃게 할 수 있다.

근거?

그런 건 하나면 충분하다.

내게 있어 무적의 주문.

「누나가 말했다」.

"그거, 으스대며 할 말이야?"

"내 긍지야."

그 말만 남기고 달려가자 하쿠노는 싱긋 웃으며 손을 흔들었다.

"다녀와, 토와."

☆

토와의 등이 어둠에 먹혀 보이지 않게 되었을 때 하쿠노는 가슴 근처에서 흔들던 손을 내렸다.

"계기가 무엇이든 누군가를 위해 뭔가를 하고 싶다고 바란다면, 그건 분명 상냥함이고, 사랑이고, 애정이라고 그 아이라면 말하겠지."

싱긋 웃는 형태를 만들었던 표정은 그녀가 눈을 감자 사라졌다.

평소 모두에게 보여 주는 얼굴과 달리 그곳에는 더 이상 아무런 감정도 드러나 있지 않았다.

기쁨도, 슬픔도, 즐거움도, 고통도 없는 새하얀 설원에 그건 아주 잘 어울렸다.

카미시로 하쿠노를 아는 자가 본다면 다른 사람처럼 느낄 것이다.

그런 표정을 한 채 하쿠노는 하늘을 올려다보았다.

5월의 하늘에는 다양한 별이 있었다. 북두칠성에서 스피카까지 뻗은 봄의 대곡선. 코페르니쿠스가 작은 왕이라고 명명한 레굴루스. 빨간 별은 안타레스.

커다란 달 근처에는 토성과 화성의 빛.

하쿠노의 큰 눈에는 그런 밤하늘이 담겨 있었다. 아니. 그런 달과 별밖에 안 담겨 있었다. 그 외에는 아무것도 담지 않고서, 특별할 것 없는 봄의 밤하늘을 보며—.

있지, 하쿠노의 입술이 움직여 공기를 진동시켰다. 있지.

"이거면 된 거지?"

그래서 그 질문에 답하는 자는 아무도 없었다.

"이로하."

그 이름에 대답하는 자도…….

2

달렸다.

몇 번씩 넘어질 뻔하며 신사 앞 돌계단을 뛰어 내려갔다. 하지만 밤인지라 눈대중을 잘못해서 발을 헛디디고 말았다. 휘잉, 차가운 뭔가가 몸을 스쳤을 때는 이미 전부 늦었고—.

"이런."

그런 목소리가 울렸을 때, 몸은 허공에 있었다.

그걸 알았다고 해서 어쩔 방도도 없지만. 어떻게 낙법을 취해야 하는지 모르는 내가 할 수 있는 일이라고는 그저 통증을 각오하는 것뿐이었다. 이를 악물었다. 눈을 감았다.

이윽고 얻어맞은 듯한 충격이 얼굴과 몸에 찾아왔다.

"아야."

튕기듯 돌계단에서 굴러떨어져 지면에 내동댕이쳐진 것 같았다.

몇 초 후, 손으로 지면을 짚고 작게 중얼거렸다. 아프네, 하하. 아파. 세게 쓸렸는지 팔에 빨간 줄 세 개가 나 있었다. 시간이 지나자 거기서 핏방울이 몽글몽글 맺히더니 손을 잡듯 이어져 상처라는 이름의 선을 따라 흘렀다.

"진짜 아프다."

이렇게 넘어진 게 몇 년 만일까. 어릴 때는 자주 넘어졌는데 말이지. 일어나, 토와. 남자라면 일어나. 누나는 꽤 엄해서 손도 내밀어 주지 않았다.

하지만 내가 울며 일어나면 머리를 쓰다듬어 줬다. 잘했어, 하고 웃으면서. 장하다면서. 그래서 나도 자랑스러워져서 아픈 것도 잊어버렸다.

아아, 그러고 보니 토카 선배도 등이 상처투성이였을 때가 있었지. 그 노력이 보답받지 못하다니 말도 안 된다. 손에 체중을 실었다. 자갈이 손바닥에 눌려서 아팠다.

지금 감은 눈앞에 보이는 토카 선배는 눈물을 흘리며 웃고 있었다. 그 눈물을 닦아 주고 싶다. 이런 식으로 웃는 게 아니라 진심으로 웃게 하고 싶다.

늘 그랬다.

동정 같은 게 아니었다. 그런 감정이 아니다. 나는 줄곧 자기중심적이었다. 그래, 그저 누나가 웃는 걸 보고 싶었다. 누나가 웃었으면 했다. 그것만을 바라고 사진을 찍었다.

내 사진은 누군가의 미소를 위해 있었다.

천천히 일어났다.

아픔조차 웃어넘겨 주겠다.

바닥에 찧은 무릎을 질질 끌어 걸음을 뗐다.

점차 속도를 올렸다.

그러니까 토카 선배도 웃게 할 것이다.

"할아버지!"

할아버지 댁의 현관을 벌컥 열고 외치자 한계가 찾아왔다. 산소 부족으로 쓰러지려는 몸을 기둥에 기대고 짧은 호흡을 되풀이했다. 피부 아래에서 혈액이 콸콸 유동하는 감각에 불쾌해하며 가만히 숨을 골랐다.

집 안쪽에서 느릿하면서도 가벼운 발소리가 울렸다.

나무가 삐걱거리는 독특한 소리.

호리호리한 실루엣이 눈 속에서 커지고 멈췄다.

"뭐야, 토와인가. 이런 시간에 무슨 일이냐?"

달칵, 스위치를 누르는 소리가 들렸지만 오래된 집의 전등은 켜지기까지 조금 시간이 걸렸다. 벌레가 날갯짓하는 듯한 지직 소리와 함께 두어 번 깜박이고 마침내 노리끼리한 빛이 우리를 비췄다.

그러자 할아버지는 「응?」 하고 잠깐 얼굴을 찡그렸다가 즐겁게 웃었다.

"상처투성이잖아. 싸우기라도 한 거냐?"

옛날에는 말보다 손이 먼저 나갔다던 할아버지는 걱정한다기보다 흥미진진한 느낌으로 물었다. 자, 잠깐만 기다려 줘, 손을 내밀어 제지하고 약 1분.

떨어지는 땀을 닦으며 고개를 가로저었다.

"그냥 넘어진 거야."

"그랬나. 재미없구나."

"하지만 일어나서 나아가기로 했어."

이 짧은 대화로 할아버지는 말에 담긴 의미를 확실하게 파악한 듯했다. 그러냐. 눈을 접고서 아까보다 즐겁게 고개를 끄덕였다. 그러냐.

"그래서 카메라를 가지러 왔어."

"일단 들어와라."

둘이서 나란히 집 안으로 들어갔다.

도중에 내 앨범이 응접실에 어질러져 있는 것을 발견했다.

"그 아가씨를 위해서냐."

"어?"

초점을 앨범에 맞추고 있었기에 반응이 늦어지고 말았다.

"네가 카메라를 가지러 온 건 그 아가씨를 위해서냐?"

그렇다고 하려다가 아니다 싶어서 말을 바꿨다.

"아니, 날 위해서야. 내가 토카 선배의 미소를 보고 싶어서 사진을 찍는 거야."

"그런가. 그럼 됐다. 가져가라."

검고 중후한 NIKON F3의 기체는 확실하게 관리되어 제습 기능을 갖춘 방습고 안에 여러 렌즈와 함께 들어 있었다. 카메라와 렌즈는 습기에 약하고 곰팡이가 피기 쉬워서 이렇게 보관해야 했다.

유리문을 열고 1년 만에 카메라를 들었다.

묵직한 무게였으나 금방 손에 익었다.

어서 와. 그리고 미안해.

마음속으로 파트너에게 사과했다.

"아아, 그리고. 너한테 줄 것이 하나 더 있어. 아가씨에게 받아 뒀지. 너한테 꼭 보여 주고 싶었거든."

방습고 위에 있던 봉투를 할아버지에게 받았다.

상당히 두툼한 봉투를 열어 보니 카비네판 사진이 몇십 장이나 있었다. 전부 본 적이 있는 풍경이었다. 나는 알고 있다. 이걸 안다. 왜냐하면 이건—

"왜 이게 여기에?"

나랑 토카 선배가 함께 찍은 사진들이었다.

"아가씨에게 부탁받아서 내가 인화했어. 사정은, 뭐, 여러 가지로 들었지만, 내가 할 수 있는 일은 이제 아무것도 없다. 그래도 너라면 할 수 있는 일이 있겠지."

할아버지의 말이 귓가를 스쳐 지나갔다.

의식은 손에 든 사진에 가 있었다.

한 장, 한 장, 천천히 옆으로 넘겼다.

"형편없네."

무심코 말해 버릴 만큼 정말로 형편없었다.

그렇게나 설명했는데 태양의 위치라든가, 대상물과의 거리라든가, 구도 등이 엉망이었다. 어느 사진이나 가장자리에 걸리적거리는 물체가 찍혀 있고. 어쩌면 초등학생 시절의 내가 더 잘 찍었을지도 모를 정도다. 그런데, 어째서 이렇게나······.

이렇게나 상냥할까.

이렇게나 예쁠까.

저녁때 교실의 공기.

하늘과 바다가 선명하게 물드는 마법의 시간에 선배는 바다에 뛰어들었었지.

달려가는 초등학생의 책가방 색.

이 세상에서 가장 아름다운 기적의 꽃.

눈 속에서 흑백 사진들이 과거의 시간을 끌어와 색을 띠었다.

둘이 함께 있던 추억이 되살아났다.

"마치 고백하는 듯한 사진이야."

"무슨 말이야?"

눈가를 훔치고 물었다.

"이 사진, 전부 너와 봤던 경치가 담겨 있어. 여기 가장자리. 이거, 네 교복이지?"

듣고 나서 깨달았다.

전부 그런 건 아니지만 사진 대부분에 내가 찍혀 있었다. 내가 있었다. 언제나 선배 옆에는 내가 있었다. 손을 잡고 있었다.

"아가씨는 너와 함께 본 것을 아름답다고 느끼고 포착한 거야. 그러니까 이건 너에게 보내는 러브레터 같은 것이지. 그렇다면 잘생긴 친구. 너는 아가씨에게 어떤 대답을 찍어 줄 수 있지?"

할아버지의 물음에 뭔가가 떠오를 것 같았다.

어디지.

나는 무엇이 마음에 걸리는 걸까.

『아가씨는 너와 함께 본 것을 아름답다고 느끼고 포착한 거야.』

이윽고 그 말과 마주했을 때, 현상액에 담근 인화지에 상이 떠오르는 것처럼 사진 한 장이 생각났다. 예전에 나는 딱 한 번, 그런 사진을 찍은 적이 있었다.

누나를 위한 사진이 아니었다.

다른 누군가, 이름조차 모르는 단 한 명의 누군가를 위한 특별한 사진.

그건 어디 됐지?

카메라와 토카 선배의 사진을 안고 응접실로 달렸다.

답은 거기에 있었다.

펼쳐진 앨범.

특별할 것 없는 마을 풍경. 분명 토카 선배는 이걸 보고 있었을 것이다. 다음 페이지로 넘겼다. 그렇다면 선배는 봤을까. 벤치에 앉은 한 여자아이의 모습을. 다음으로 넘겼다. 알아차렸을까. 예전에 선배가 보았던 세계의 빛을……

아름다운 것

나는 사진에 제목을 짓지 않는다. 왜냐하면 내 사진은 작품이 아니라 누나 대신 세계를 담는 눈이었기 때문이다.

그래도 딱 하나, 그 페이지에 있는 사진만큼은 특별했다.

사진 밑에 제목이 붙어 있었다. 만져 봤다. 인화지와는 다른 종이의 독특한 감촉. 잉크가 번진 단 한 글자의 단어.

그 순간, 기억이 되살아났다.

언젠가 꿨던 꿈의 끊어져 버렸던 곳 너머.

『언젠가 그 사진 보여 줘.』

처음 바다에 갔을 때 득의양양하게 꺼냈던 선배의 말.

『이런 하늘을 뭐라고 부르는지 알아?』

물어볼 걸 물어봐야지. 모를 리가 없잖아. 왜냐하면 그건.

무심코 웃고 말았다.

당신도 나도 잊고 있었구나.

줄곧 가까이 있었는데, 이렇게 가까이 있었는데.

있지, 토카 선배.

우리는 한참 전에 약속했었어.

많이 늦어졌지만 주러 갈게.

왜냐하면 나는 이미 알고 있다.

그녀의 이름을 안다.

그녀가 잊지 말라고 했으니까.

우리는 약속했으니까.

사진에 찍힌 소녀의 이름은─.

그리고 이 사진의 이름은─.

"할아버지. 지금 암실을 빌리고 싶어. 당장 인화해야 하는 사진이 있어."

"도움이 필요하냐?"

"아니. 혼자 해야 해. 아니지, 틀렸나. 전부 내 손으로 인화하고 싶어."

"그렇군, 그래. 쓸데없는 참견이었군. 필름을 찾으면 암실로 와. 준비는 해 두마."

"알겠어."

암실로 가는 할아버지에게 감사를 표하고 책장에 꽂혀 있던 필름 파일을 꺼냈다. 다섯 권을 한꺼번에 들어 바닥에 놓았다.

36매 필름을 한 권당 스물다섯 개나 넣을 수 있는 파일이 점점 쌓였다. 합계 84권에 달하는 파일이 내가 쓴 시간과 마음을 형상화하고 있었다.

파일을 하나 펼치고 빛을 비춰 필름을 확인했다.

빛을 비춰서 살짝 보랏빛이 된 필름 속에 명암이 반전된 과거의 한순간이 찍혀 있었다. 전부 내가 본 것이었다. 전부, 내가 감동해서 누나에게 보여 주고 싶었던 것이었다.

단 한 사람이 웃기를 바라며 찍었던 몇천 개의 마음의 조각.

실은 줄곧 마음에 걸렸던 것이 있다.

처음 토카 선배가 별의 행혼 이야기를 했을 때 선배는 이렇게 말했다. 자신이 들은 말을 무의식적으로 내게 그대로 말했을 것이다.

『빛을 **알아차려.**』

하얀 신은 분명 선배에게 그렇게 말했다. 빛을 찾으라고 하지 않고 알아차리라고 했다.

빛은 처음부터 선배의 가슴속에 있었다.

동시에 나도 마침내 알았다.

1년간 많은 사람에게 들었던 말의 의미를……

카자마츠리 토와는 누구나 아는 일상을 찍는다. 그렇기에 한 장 한 장이 각자의 감정을 건드리고, 기억에 닿아, 다양하게 채색된다.

진흙투성이가 된 축구 소년 사진.

시에서 운영하는 운동장에서 찍은 사진이었다. 시합에 진 소년의 분함이 빨간 셔츠에 검게 스며 있었다.

여름의 적란운.

구름의 윤곽조차 파랗고 여름의 빛은 하얘서 세계의 크기를 실감했다. 여름을 느꼈다. 잘린 세계의 전부를 파랑과 하양이 구성하고 있었다.

달리는 아이.

손을 잡은 연인.

아이스크림을 핥는 학생과 땀을 닦으며 걷는 사회인.

떠올린 감정은 전부 다르다.

그래서 칠해지는 색도 다르다.

하늘의 색도 파란색이거나, 빨간색이거나, 분홍색이거나,
보라색이거나, 검은색이거나. 단색이거나 그러데이션이거나.
똑같은 것은 하나도 없다.

줄곧 그저 누나가 기뻐하길 바라며 찍었기에 눈치채지 못했
다. 내가 어느새 잃어버린 세계의 아름다움. 다양한 색채. 하
지만 그건 쭉 거기에 있었다. 내 손안에, 파인더를 통해 보았
던 건너편에……

세계는 많은 빛으로 넘쳐 났다.

그리고 나는 그걸 담아내는 것을 무엇보다 좋아했었다.

누나를 생각하는 마음과는 별개로, 나는 카메라를, 사진을
확실하게 사랑했었다.

한 장 한 장, 필름 파일을 계속 넘겼다.

놓치지 않도록 기억을 더듬고, 마음을 느끼며, 진지하게 그
기록을 찾아 나갔다.

30분이 지났을 때―

"찾았다."

중얼거린 내 손안에, 언젠가 꿈에서 봤던 선명한 추억이 확

실히 있었다.

파일에서 그 페이지 하나만 꺼내 암실로 서둘렀다.

닫힌 방문을 노크하자 할아버지의 목소리가 대답했다.

"들어와."

암실 준비는 끝난 듯했다.

환풍기가 돌아가고 있었고, 현상액, 정지액, 정착액 순으로 인화지용 직사각형 플라스틱 밧드에 담겨 늘어서 있었다. 밧드는 쟁반처럼 생긴 용기로 사진을 약품에 담그기 위해 썼다.

그 옆에는 액을 직접 손으로 만지지 않기 위해 쓰는 핀셋이 있었다. 클립 색깔이 빨강, 파랑, 노랑으로 각각 달랐는데 빨간색은 현상액, 파란색은 정지액, 노란색은 정착액으로 구분하여 썼다.

예전에는 이 공간을 비밀 기지처럼 느꼈었지.

그래서 가끔 할아버지가 들여보내 주면 굉장히 설렜고, 인화지에 상이 떠오르는 순간은 마법 같다고 여겼다.

그런 마법을 지금 내가 행사하려고 했다.

"액온은?"

늘어선 세 약품액의 온도를 물어봤다. 이게 뜨겁거나 차가우면 인화지에 나타나는 상이 조잡해지기도 하고, 인화지를 액에 담그는 시간이 바뀌기도 한다.

"확실하게 쟀어. 하지만 때때로 확인은 해."

"알고 있어."

"그럼 힘내라."

할아버지가 두드린 어깨가 욱신거리며 열을 띠었다. 열은 에너지다. 그것 또한 삼켜서 사진에 담겠다.

"좋아, 해 볼까."

팔을 걷어붙이고서 바로 방의 불을 끄고 인화지용 안전등으로 바꿨다.

그리고 인화지가 든 상자에 손을 뻗어 차광 주머니 안을 더듬었다. 매끈매끈한 종이의 감촉을 찾다가 「어라?」하고 고개를 갸우뚱했다. 늘 느껴지던 촉감이 없었다.

사실을 확인하듯 중얼거렸다.

"인화지가, 없잖아?"

✧

나는 내 방 침대 위에 정좌해 있었다. 그러다 자세를 풀었다. 하지만 바로 되돌렸다. 아아, 어쩌지. 진정이 안 된다. 눈앞에는 절친 루리와 똑같이 맞춘 스마트폰이 있었다. 내가 민트색, 루리가 노란색.

그 절친 루리에게서 전화가 온 것이 5분 전이다.

목욕하고 나서 젖은 머리를 말리고 있을 때였다.

"루리, 무슨 일이야?"

"아하하하. 아오? 갑작스럽지만 미안~."

평소와 같은 가벼운 어조에 「왜 그러지? 또 학교에 교과서라도 놓고 왔나?」라고 생각하며 고개를 갸웃했다.

"응? 뭐가?"

"아오의 전화번호를 알려 달라고 끈질기게 굴어서~ 알려 줘 버렸어."

"……뭐?"

얼떨떨해지며 사고가 정지했다. 친구의 말을 잘 이해할 수 없었다. 지금, 루리는 뭐라고 했지? 전화번호를 알려달라고끈질기게굴어서알려줘버렸어. 역시 이해할 수 없었다.

"그러니까. 한 학년 선배가 아오의 전화번호를 알려 달라고 부탁했다고. 꼭 전하고 싶은 말이 있다면서."

"마, 맙소사. 곤란해."

이전에도 몇 번 이런 일은 있었다. 낯을 가리는 구석이 있는 내게 직접 이야기하기 어려웠는지 절친인 루리에게 먼저 접근하는 패턴.

하지만 루리는 전부 거절해 줬다.

그랬던 루리가 어째서. 혼란은 깊어졌다.

"내가 이런 거 불편해한다는 거 알잖아. 거절해 줘."

"아하하하. 무리야~ 이미 알려 줘 버렸는걸. 사례는 제대로 할 거야. 무슨 말이든 하나쯤은 들어주지 않을까? 참고로 나는 역 앞에 새로 생긴 카페에서 하루에 다섯 개만 한정 판매하는 80센티미터 딸기 파르페로 타협했어."

"딸기 파르페에 친구를 판 거야? 너무해. 루리 바보."

"미안. 그래서 앞으로 10분쯤 있으면 전화 올 거야. 내가 먼저 얘기해 둔다고 했으니까. 전화 제대로 받아 줘. 그 사람, 굉장히 진심이었어."

"지, 진심이라니."

나도 모르게 침을 꼴깍 삼키고 말았다.

"진지하게 고민하고 있었어. 그리고 그 선배를 구해 줄 수 있는 사람은 아오밖에 없어."

"나?"

"그래. 아오가 아니면 안 돼."

그렇게 루리는 1년에 몇 번밖에 못 듣는 의문의 진지톤으로 고했다.

"그렇게 된 거니까, 바이바이킹~."

하지만 이내 평소와 같은 어조로 돌아오더니 자기 할 말만 하고서 전화를 끊어 버렸다.

스마트폰을 든 왼손을 축 늘어뜨리고 살짝 젖은 수건을 든 오른손도 축 늘어뜨리고……

조금 전 통화를 반추한 나는 결국 이 말밖에 못 했다.

"요즘 바이바이킹이라고 하는 사람은 없어. 루리."

그리고 시간은 현재로 돌아온다.

똑딱똑딱 울리는 시곗바늘은 1초 전에도, 1초 후에도, 옛날에도 지금도 앞으로도 쭉 똑같은 타이밍으로 시간을 새기고 있을 텐데 이때만큼은 아주 느리게 느껴졌다. 마치 시계를 물 속에 가라앉힌 것 같았다. 물의 저항으로 바늘의 속도는 느려진다. 루리가 전화를 끊은 지 5분 47초. 그리고 48초.

10분. 10분은 몇 분이었지. 진지한 얼굴로 스마트폰을 노려보던 내가 문득 이게 뭐 하는 짓일까 냉정해진 순간을 가늠한 것처럼 스마트폰이 진동했다.

"히익."

흠칫하며 5분 전과는 달리 조심조심 스마트폰 화면을 들여다보았다. 모르는 열한 자리 숫자가 빨리 받으라고 재촉하는 것 같았다.

어, 어째서. 아직 10분 안 지났는데.

속으로 반은 울고 나머지 반은 내 마음을 지키기 위해 필사적으로 화내며 계속 진동하는 스마트폰으로 천천히 손을 뻗었다.

"아, 네."

"미야노야?"

"마, 마마. 맞습니다. 안녕하세요."

"그래. 안녕."

무서워서 스마트폰을 살짝 귀에서 떨어뜨려 뒀더니 목소리가 조금 멀리 들렸다.

모르는 남자의 목소리.

"으음, 괜찮아?"

그렇게 나를 걱정하는 말에 괜찮을 리가 있겠냐고 무심코 속으로 외치고 말았다. 난데없이 모르는 사람이 전화를 걸어서 곤란하다고……

하지만 슬프게도 그걸 직접 말할 만한 용기가 없었다.

말이 되지 못한 소리를 입 안에서 웅얼웅얼 굴릴 수밖에 없었다.

"응? 뭐라고?"

"아뇨, 아무것도 아니에요."

이렇게 됐으니 어쩔 수 없다. 얼른 이야기를 듣고 끝내 버리자.

"그래서, 제게 하고 싶은 말이라는 게?"

"아아, 그랬지. 느닷없는 부탁이라 미안하지만—."

그렇게 나온 용건을 듣고 내 시간이 재차 멈췄다.

"어~이, 미야노. 듣고 있어?"

1, 2, 3초.

그리고 다시 움직이기 시작했다. 멀리 떼어 뒀던 스마트폰을 이번에는 필요 이상으로 귀에 바짝 붙였다.

"어? 어? 어? 잠깐만요. 혹시 카자마츠리 선배예요?"

"확실하게 카자마츠리 선배야. 너, 지금까지 누구라고 생각하고 얘기했던 거야?"

"그치만……."

루리는 그런 말 한마디도 안 했으니까. 그렇게 말할 수는 없었다. 선배라서 안도했다는 것도…….

"정말 괜찮아?"

"괜찮아요. 선배가 절 걱정하는 거 싫어요."

"아아, 그러냐. 뭐, 괜찮다면 됐고. 아무튼 어때?"

"예? 아, 네. 으음."

고개를 끄덕였지만 카자마츠리 선배가 말했던 용건을 까맣게 잊어버린 상태였다.

"저기, 뭐라고 하셨었죠?"

그런 내가 조금 답답한 것 같았지만 그래도 카자마츠리 선배는 아까 한 말을 한 번 더 반복했다.

"그러니까, 사진을 인화하고 싶으니 인화지 좀 빌려달라고."

인화지는 카자마츠리 선배가 우리 집까지 가지러 오기로 했다.

내가 가져가겠다고 했는데 선배가 거절했기 때문이다. 그래도 가만히 있을 수가 없어서 카디건을 걸치고, 스마트폰을 움켜쥐고, 밖에 나가 선배를 기다렸다.

그래, 나는 계속 기다렸다.

이번뿐만이 아니다.

언젠가 카자마츠리 선배가 다시 카메라 셔터를 누를 날을, 암실에 틀어박혀 사진을 인화할 날을 줄곧 기다렸다. 너무 기다려져서 아까부터 발을 동동 구르고 있었다.

구름이 꼈는지 얇은 베일이 달 주위를 덮고 있었다.

달빛이 평소보다 희미하고 부드러웠다.

카자마츠리 선배라면 저 달을 어떻게 찍을까. 카자마츠리 선배의 사진이라면 저 달빛은 어떤 색으로 물들까. 그런 생각을 했다. 나는 그 선배의 눈길을 언제나 좇고 있다.

아직은 쌀쌀한 밤바람이 불어 황급히 머리를 눌렀다.

그 바람 너머에서 숨을 헐떡이며 달려오는 그림자가 하나.

점차 커지는 그 그림자는 밤의 어둠 속에서 조금씩 윤곽을 확실하게 드러냈다. 맨 처음에는 성별. 이어서 나이대를 알 수 있었다. 남자이고 고등학생 정도…….

그리고 몇 초간 가로등 불빛을 받아 모습이, 이름이 드러났다.

기다리던 사람이 찾아왔다.

"윽. 카자마츠리 선배."

"집 안에 있으라고 했잖아. 밤이 늦었으니까."

어째선지 바로 혼났다. 혼나야 할 사람은 비상식적인 부탁을 하러 온 선배인데.

"그, 그건, 그게."

그런데도 왠지 솔직하게 감정을 말로 표현할 수 없었고―.

원망스럽다는 듯 퉁명하게 카자마츠리 선배를 노려보고 말았다.

"이, 이런 시간에 집에 남자가 찾아오면 부모님께 설명하기 귀찮아요."

"그런 걱정 안 해도 되는데. 부탁하는 처지니까 내가 확실하게 설명할 거야. 너한테 폐를 끼칠 생각은 없어. 그보다도 너한테 무슨 일이 생기는 게 더 곤란해."

밤의 어둠 속에 섞여 있어서 선배는 눈치채지 못하겠지만 나는 내 몸이라 알게 되었다. 피부가 빨개져 있었다. 뺨은 뜨거워서 아플 정도였다. 심장의 고동이 평소보다 조금. 그래, 아주 조금 빨랐다.

밤공기 때문일까. 익숙하지 않은 일을 하고 있어서 그런가.

아니면, 아니면.

"이, 이미 충분히 폐를 끼치고 있지만 말이죠."

"아아, 확실히 그러네. 미안하다."

"……아뇨. 아무튼 이거. 전화로 말했던 인화지예요. 무호지 밖에 없지만요. 8x10이요."

무호지란, 사진을 확대기로 인화할 때 필터의 호수를 변화시켜 콘트라스트를 자유롭게 바꿀 수 있는 다계조 인화지를 말한다. 8x10은 가로세로가 8인치, 10인치란 뜻으로 종이의 크기를 나타냈다.

카자마츠리 선배는 인화지를 받고 머리를 숙였다.

"덕분에 살았어. 고마워."

그 정수리를 보며 물었다.

"선배, 제가 필름 카메라 시작한 거 알고 있었군요."

카자마츠리 선배가 얼굴을 들어서 반사적으로 시선을 돌리고 내 신발코를 보았다. 아아, 실수했다. 더 예쁜 신발을 신고 나올 걸 그랬다. 끝부분이 조금 벗겨졌고 무엇보다 촬영 갈 때 신는 운동화라니 최악이다.

오른발로 왼발 끝을 가볍게 밟으며 어째선지 그런 생각을 했다.

"요전번에 편의점에서 만났을 때 타카미네한테 들었어."

"그런가요. 그나저나 지금 인화하려고요?"

뻔히 아는 사실을 굳이 물어봤다. 내일 인화할 거라면 일부러 이렇게 인화지를 가지러 올 필요가 없다. 살갑지 않고 솔직하지 못한 후배에게 머리를 숙일 필요도 없다.

"맞아. 그래서 정말 고마워. 이런 시간에는 가게도 안 열잖아. 조금이라도 빨리 인화해야 하거든."

"그렇다면."

얼굴을 들었다.

카자마츠리 선배를 보았다.

그리고 말문이 막혔다.

묻지 않아도 알 수 있었으니까. 같이 인화하고 싶다고 해도 거절당하리라는 것을. 그 올곧은 눈은 예전에 내가 동경하던 것이었으나 역시나 그곳에 내 모습은 담겨 있지 않았다.

예전에는 이로하 씨의 모습이 카자마츠리 선배의 눈에 있었고, 지금은 다른 누군가가 담겨 있었다.

나와는 상관없을 터다. 다시 한 번 선배의 사진을 볼 수 있다면⋯⋯. 나는 선배가 찍은 사진을 좋아하는 거지, 선배 자체는 딱히. 짓궂은 말을 하고, 놀려 대고. 뭐, 가끔은 상냥하지만, 얼굴도 싫지는 않지만.

앗, 아니야. 그런 게 아니다. 누가 듣고 있지도 않은데 그렇게 변명하고 말았다. 재미없다. 쓸쓸하다. 아니, 그렇지 않다. 카메라를 다시 사용하는 이유가 자신이 아닌 누군가라는 것이 왠지 참을 수 없이 분한 것에 의미 따위 없을 터다. 아마도⋯⋯.

"그렇다면?"

"아뇨, 그게, 뭘 인화하는 걸까 싶어서요. 그리고 왜 갑자기 의욕이 생긴 건지도 조금 궁금하고요."

신발코를 계속 밟았다. 발바닥으로 문질러 봤다. 목이 탔다. 그래도 평소에는 내딛지 않는 한 걸음을 내디뎠다. 선배의 마음에, 용기를 내서 조금 다가갔다.

"설명을 들을 권리가 제게는 있다고 생각하는데요."

"세상에서 가장 아름다운 노을 사진을, 한 여자아이에게 전해 주기 위해 인화할 거야. 웃었으면 하니까."

아주 짧은 설명을 마치 고백 같은 부끄러운 대사로 바꾸고, 조금도 쑥스러워하지 않으며 선배가 고했다. 이런 사람이었다. 조금 엉뚱하다고 할까.

그런 주제에 이상한 데만 매우 올곧았다.

"그 사람은 3학년인 오미 선배인가요?"

"뭐, 그렇지."

언젠가 봤던 점심시간 광경이 떠올랐다. 동네에서 몇 번 보기도 했다. 늘 사이좋게 손을 잡고 있었지. 보고 있자니 왠지 화가 나서 얼굴을 돌렸었지만 왜 나는 두 사람의 모습을 선명히 기억하고 있는 걸까.

상황을 파악했는데도 전혀 짜증이 가라앉지 않아서 신발을 밟고 있던 오른발을 들어 선배의 정강이를 가볍게 찼다. 작게 퍽 소리가 울렸다.

"아파. 갑자기 뭐야."

"선배 잘못이에요."

"내가 뭘 잘못했다는 거야. 전혀 모르겠어."

"어, 어쨌든 선배 잘못이에요."

선배 말대로 뭘 어떻게 잘못했는지 나도 설명할 수 없었지만 그래도 알고 있는 것이 하나 있었다. 이 답답함의 원인이 카자마츠리 선배라는 것. 그것만큼은 확실했다. 선배 잘못이다.

"이상한 녀석이네. 그보다 너, 내 정강이를 너무 노리잖아. 정강이에 무슨 원한이라도 있어?"

그때, 친구의 말이 떠올랐다.

『무슨 말이든 하나쯤은 들어주지 않을까? 참고로 나는 역 앞에 새로 생긴 카페에서 하루에 다섯 개만 한정 판매하는 80센티미터 딸기 파르페로 타협했어.』

그랬다. 루리는 내 전화번호를 알려 주고 딸기 파르페를 얻어먹는다. 그렇다면 나도 뭔가를 졸라도 되지 않을까.

아무튼 열심히 모은 아르바이트비로 산 인화지를 넘기는 거니까.

루리의 목소리가 말이, 등을 밀어 주어 사고가 점점 가속했다.

"카자마츠리 선배. 이거, 빚이죠?"

"그렇게 되지."

"뭔가 보답은 받을 수 있나요?"

"그럴 생각인데. 원하는 거라도 있어?"

"네."

"좋아. 말해 봐."

"그럼 사양 않고. 다음에 저랑 같이 사진 찍으러 가 주세요. 카자마츠리 선배, 사진 다시 찍는 거죠? 저는 아직 익숙하지 않으니까 이것저것 가르쳐 주세요."

"알겠어. 그럼 타카미네도 부를까. 너도 그편이 낫겠지."

"무슨 소리예요. 제가 받는 답례니까 둘이서 가야죠. 루리에게는 딸기 파르페를 사 줄 거잖아요?"

불퉁하게 노려보자 선배는 조금 쑥스러운 듯 코끝을 긁적이며 물었다.

"어, 응. 그건 그렇지만. 너는 괜찮아?"

"네."

"네가 괜찮다면 됐어. 그럼 일정은 다시 연락할 테니까 전화번호 제대로 등록해 둬."

"알고 있어요. 정말 싫지만 이미 등록해 뒀어요. 네. 그럼 그렇게 됐으니까, 카자마츠리 선배는 얼른 가세요."

선배의 품에 있는 인화지를 꾹 누르고 겸사겸사 등도 밀었다.

얼른 가. 가 주세요.

"내가 오해하고 있었어."

"뭘요?"

"미야노, 너 꽤 괜찮은 녀석이네."

"뭐, 뭐라고요? 저는 언제나 매우 괜찮은 녀석인데요."

"그런가."

"그래요. 이제 됐으니까 얼른 가세요."

역시 얼굴이 빨개졌다. 그걸 전 세계에서 선배에게만큼은 들키지 않기를 기도하며, 고개를 숙이고 「빨리 가라니까요」

하고 마지막으로 세게 밀어냈다.

그걸 추진력 삼아 선배는 돌아보지 않고 천천히 달려갔다.

멀어지는 선배의 뒷모습을 지켜보다가 완전히 보이지 않게 됐을 때 숨을 휴우 내쉬었다.

긴장에서 해방되어 어깨의 힘이 빠지자마자 사고가 천천히 정상적으로 돌기 시작했다. 그리고 마침내 깨달았다. 자신이 고한 말의 의미를…….

펑 폭발한 것처럼 아까보다 몇 배는 더 얼굴이 뜨거워졌다.

"아으!"

평소라면 절대 내지 않을 목소리까지 내고 말았다. 황급히 손을 입으로 가져가 지퍼를 잠갔다.

무, 무무무, 무슨 말을 해 버린 걸까.

후회했지만 이미 늦었다.

이제 와서 취소하면 오히려 의식하는 것 같은 느낌이 들고. 아니, 실제로 나는 지금 의식해 버리고 말았지만. 어, 어쨌든.

단둘이 사진을 찍으러 간다니, 그건 마치…….

데이트 같잖아요. 주변에 아무도 없는데도 역시나 그 말은 할 수 없었다.

◇

인화지를 들고 암실에 돌아온 나는 바로 작업을 다시 시작 하기로 했다.

필름 위 먼지를 제거하고 확대기에 세팅. 암실의 불을 끄고, 트리밍하고, 확대경으로 입자를 들여다보았다. 초점을 맞춰 몇 번이고 시험 인화를 했다.

시험 인화는 사진을 인화할 때 가장 중요한 공정이라서 무엇보다 오래 걸리고 끈기가 필요했다.

인화지는 빛을 몇 초 쬐느냐에 따라 화상의 농도가 달라지기에 가장 좋은 노광 시간을 찾아야 했다. 게다가 미야노가 가지고 있던 인화지는 확대기에 특정 필터를 끼워야 콘트라스트를 조절할 수 있는 다계조 인화지였다.

당연히 수많은 필터에 따라 노광 시간은 달라진다.

먼저 어떤 필터를 쓸지 정하기 위해 여러 장을 시험 인화해 보고, 그렇게 정한 필터의 베스트 노광 시간을 찾아야 했다. 수고는 들지만 퀄리티는 높아진다.

일단은 몇 초 단위로 단계적으로 빛을 쏴서 현상하고 대략적인 범위를 잡아 0.1초 단위까지 좁혀 나간다.

그리고 버닝이라고 해서 부분적으로 빛이 부족한 부분에는 여분으로 노광을 주기도 하고, 반대로 너무 어두워지는 곳은 손으로 덮어 빛을 차단하는 닷징이라는 기술을 구사했다.

그 과정에서도 당연히 인화지에 빛을 쏘는 시간에 차이가 생기니까 각 장소에서 또 몇 번씩 시험 인화를 해야 했다.

할아버지가 말했듯 약품의 온도 확인도 게을리하지 않았다.

신경이 마모되는 작업을 몇십 분씩, 몇 시간씩 거듭해 나간다.

시험 인화용 인화지 조각이 숱하게 물속에 쌓였다.

시간 감각은 이미 없었다. 한 시간 같기도 했고 몇 시간을 계속 똑같은 작업 중인 것도 같았다. 하지만 시간을 확인하지는 않았다.

어차피 이 한 장을 인화해야 밖에 나갈 수 있으니까.

그러니 그때까지 어두운 방에서 혼자, 그래도 단 하나 확실하게 존재할 터인 답을 추구한다. 보이지 않는 피를 흘린다.

분명 토카 선배와 똑같다.

선배도 이렇게 어둠 속에서, 그래도 빛을 계속 찾았다.

—힘내. 힘내, 토와.

그때, 들릴 리 없는 목소리가 들린 것 같아서 얼굴을 들었다. 주위를 둘러보았다. 당연히 아무도 보이지 않았다.

하지만 뭔가가 확실히 전해졌다. 가슴이 뜨거웠다.

그것은 내 입술에 번졌다.

오랫동안 듣지 못한 그리운 목소리에 확실하게 대답했다.

"응, 힘낼게, 누나. 앞으로도 쭉."

그리고 마침내 실전용 인화지를 꺼냈다.

이젤에 인화지를 세팅하고 타이머를 확인. 빛을 쏘고 닷징과 버닝을 수행했다. 어느 하나라도 공정을 틀리면 처음부터 다시 시작이다.

하지만 한 번에 끝낼 자신이 있었다.

그걸 긍정할 만한 경험을, 정열을 나는 사진에 쏟아 왔다.

마지막 스위치를 누름과 동시에 의미도 없는데 숨을 멈췄다.

영원과도 같은 몇 초가 흘렀다. 어둠 속에서 고동 소리만이 확실하게 느껴졌다.

팟, 인화지에 상을 새기던 빛이 사라졌다.

한순간 어둠이 내려앉았다가 주황빛 안전등이 켜졌다.

후우 하고 숨을 토했다.

이젤에서 인화지를 빼내 살며시 현상액에 담갔다. 고르게 잠기도록 부드럽게 누르고 잠시 후 뒤집었다.

아무것도 없었던 곳에 점차 세상의 조각이 떠올랐다.

마치 마법처럼—.

혹은 기적처럼—.

빛과 그림자가 반전됐던 조각에서 올바른 세계가 얼굴을 내밀었다.

그 화면은 아주 아름답고 아름다워서, 그래서 분명 내 마음이 움직인 것이다.

그러니 분명 토카 선배의 마음을 움직일 수 있다.

그렇게 믿고 있다.

현상액, 정지액, 정착액 순으로 인화지를 이동시키고 마지막으로 흐르는 물에 담근 후 마침내 잠긴 문을 열었다. 이제 10분 이상 물로 씻고 건조기에 넣어 말리면 완성이다.

흐르는 물을 보고 그 소리를 들으며 의자에 앉았다.

어깨에서 힘이 쭉 빠지고 말았다. 그게 좋지 않다.

으음, 건조기 전원을 켜고, 약품을 정리하고, 그리고……

앞으로 할 작업 순서를 머릿속으로 떠올리다가 이내 보고 있던 세계가 새까맣게 물들었다.

3

"토와, 슬슬 일어나라."

몸을 흔드는 감각에 의식이 부상했다.

흔들릴 때마다 영혼에 들러붙어 있던 수마가 떨어져 나갔다.

"으아, 할아버지?"

천천히 눈을 뜨자 하얀빛이 시야를 채웠다. 짹짹 지저귀는 새소리가 나를 현실로 되돌렸다. 희뿌연 윤곽 속에서 세계가 재구축되었다.

"어라? 나 잤어?"

"뭐, 조금 잤지."

몇 초간 말뜻을 파악하지 못했던 머리에 갑자기 엔진이 걸렸다.

인화지를 계속 물에 담가 뒀다는 게 생각났다.

당장 건조시켜야 한다. 아니, 애초에 지금 몇 시지?

황급히 시계를 확인하니 아홉 시를 앞두고 있었다.

해는 완전히 떠올라 있었다.

핏기가 싹 가신 손자의 얼굴을 보고 할아버지는 히죽 웃었다.

"좋은 사진이 인화됐어."

"어?"

"건조부터는 내가 했다. 자. 판넬은 덤이다."

할아버지는 목제 화판에 붙인 사진 한 장을 내밀었다.

먼 옛날 내가 발견한 빛의 조각.

"고, 고마워."

사진을 받고 일어났다.

상상한 대로, 아니, 상상한 것보다 더 멋지게 완성됐다.

이제 토카 선배에게 전해 주기만 하면 된다.

왼손에 사진을 들고 카메라는 벨트를 목에 걸었다.

현관으로 향하는데 뒤에서 할아버지가 말했다.

"괜찮아. 네 사진이라면 분명 괜찮아."

"응. 나도 그렇게 생각해. 그럼 다녀올게."

신발코로 바닥을 두드리고 빛 속으로 뛰쳐나갔다.

토카 선배가 어디 있을지 대충 알 것 같았다. 나라면 그럴 테니까. 만약 마지막이 된다면 소중한 사람 곁으로 갈 것이다.

평온하게 흐르는 휴일의 공기를 몸으로 한껏 받으며 달렸다. 앞으로 쭉 뻗은 다리를 교차하고 발바닥에 닿은 지면을 박차자 몸은 공중에 떠올라 나아갔다.

바다 표면에 부딪쳐 부서지는 빛 알갱이들이 보였다.

서로 손을 끌어 주며 걸어가는 노부부를 추월했다.

서로를 배려하는 그들의 따뜻한 목소리가 들렸다.

가슴 위에서 날뛰는 카메라에 오른손을 올렸다.

지름길을 이용하기 위해 도중에 골목으로 들어가 뒷길을 나아갔다.

큰길로 이어진 길을 달리며 카미시로 신사의 돌계단 앞을 지났다.

5월의 바람이 살랑살랑 불었다.

따뜻한 바람에는 이미 여름의 기운이 깃들기 시작한 상태였다.

뺨을 어루만지는 감촉이 간지러웠다.

그래서 눈을 꾹 감고 나도 모르게 웃었다.

그리고 다시 눈을 떴을 때.

본래 여기 없을 터인 것이 바람 속에 날리고 있었다. 분홍색 꽃잎. 세상에서 가장 아름답다고 칭해지는 미라크티어의 조각.

가끔 가지에서 떨어져도 오랫동안 빛의 입자가 되지 않는 꽃잎이 있는데, 그게 바람에 실려 신사 밖까지 내려온 모양이다. 내 앞에 꽃잎 몇 개가 있었다.

그걸 보고 오른손을 폈다.

미라크티어의 분홍색이 눈앞에서 춤추다가 내 몸 여기저기에 닿자 빛으로 변해 팔을, 다리를, 몸의 표면을 미끄러져 내려갔다. 마치 빛의 바다를 걷는 것 같았다.

그런 빛 속에서 손을 쥐었다.

무언가가 딱 하나, 손안에 남은 감촉이 들었다.

기적을 소원해 봤자 이루어지지 않는다.

나는 잘 알고 있다. 그래서 기적 따위 더는 바라지 않는다.

하지만 만약 기적을 바라는 사람이 있다면 그 사람에게는 전해졌으면 좋겠다. 펼친 손안에 떨어져서 꽉 움켜쥔 손에서 빠져나가지 않으면 좋겠다.

도달한 그곳에 기적처럼 아름다운 것이 피었으면 좋겠다.

그걸 위해 지금 나는 이렇게 달리고 있으니까.

한 여자아이 곁으로, 손에 넣은 기적의 조각을 전해 주기 위해…….

◇

마지막으로 언니의 얼굴을 보기 위해 병원에 왔다.

역시 언니는 자고 있었다.

이제 내 시야는 거의 새까매져서 아무리 눈에 힘을 줘도 기껏해야 윤곽만 알 수 있었다. 얼굴도 표정도 알 수 없었다.

그것조차 시시각각 뒤덮였다.

"미안해, 언니."

사과하는 건 비겁하지만 가만히 머리를 숙였다. 이제 할 수 있는 일은 그것뿐이었다. 나는 속죄하지 못했고 벌을 받을 수밖에 없다.

한동안 그러고 있다가 얼굴을 들었다.

언니는 용서한다는 말도, 용서하지 않겠다는 말도 해 주지 않았다.

"그럼 갈게. 또 올 거야."

벽을 짚으며 병실을 나왔다. 그대로 벽을 따라 밖으로 향했다. 이렇게 될 것도 상정하여 계단이 몇 개인지까지 다 파악

해 됐다. 그래도 무심코 헛디딜 뻔해서 간담이 서늘해졌다. 아아, 조심해야지. 토와 군은 이제 옆에 없으니까.

넘어질 뻔한 나를 안아 줬던 단단한 팔은 없다.

그래도 어떻게든 안뜰에 갔다.

앞으로 얼마나 남았을까.

앞으로 얼마나 있으면 내 눈은 완전히 빛을 잃어버리는 걸까.

벤치에 앉아 몸을 말았다.

시야가 더 어두워졌다.

한 달간 나는 줄곧 이 공포와 싸웠다. 눈을 감으면 시야가, 세계가, 마음이 검게 뒤덮일 것 같아서 잠조차 잘 수 없었다.

그래서 밤에 돌아다니고, 흘러나올 것 같은 눈물을 필사적으로 참으며 빛을 찾고, 녹초가 되어 기절하듯 두 시간쯤 잤다. 그런데도 깨어나면 땀을 흘리고 있었고 참았을 터인 눈물이 베개를 적시고 있었다. 그렇게 아직 세상이 보이는 것에 안도했다.

하지만 그와, 카자마츠리 토와 군과 있을 때만큼은 달랐다.

자연스럽게 숨을 쉴 수 있었고 눈을 감아도 무섭지 않았다.

분명, 잡은 손이 따뜻했기 때문이리라.

무리해서 웃지 않아도 된다고, 나 자신조차 허락할 수 없었던 나약함을 허락해 줬기 때문이리라.

그 아이 곁에서는 평범하게 잠들 수 있었다.

아아, 그래.

그날, 혼자 뒷산에 노을을 보러 갔던 날. 토와 군이 손을 잡아 줘서 안심이 되어 무심코 울어 버렸었다. 단단히 손을 잡은 힘과 뜨거움이 기뻤다.

주머니에 손을 넣자 조금 딱딱한 종이에 손끝이 닿았다. 한 남자아이가 확실하게 찍힌 사진이 딱 한 장 들어 있었다. 72분의 1장.

그가 눈치채지 못하게 찍은 사진.

할아버지가 부탁해서 다른 사진은 전부 놓고 왔지만 이것만큼은 가져왔다. 토와 군은 그 사진을 봤을까. 할아버지가 말한 대로 그 사진을 보고 그가 다시 카메라를 잡는다면 나의 몇 주간도 조금은 보답받을 수 있으리라.

"과연 어떨까? 나는 네게 조금은 은혜를 갚았을까? 카메라를 다시 시작한다면 너는 기쁠까? 그랬으면 좋겠다."

물어봤지만 사진 속의 그는 하늘을 올려다보고 있었다. 이쪽을 조금도 보지 않았다. 재미없다. 조금은 이쪽을 봐 줘. 나를 봐 줘. 이름을 불러 줘.

그렇게 바보 같은 생각을 한 벌일까.

토와 군의 얼굴이 서서히 어둠에 뒤덮여 보이지 않게 되었다.

눈에서 완전히 빛이 사라져 버렸다.

마음이 닫혀서, 가라앉아서, 괴로워서.

아아, 나는 이 느낌을 안다.

언젠가 비슷한 일이 있었다.

그건, 그래. 분명 바다에 뛰어들었을 때다.

바닷속은 고요했고 나는 그저 가라앉을 뿐이었다. 해수면

에서 내려온 하얀빛도, 떠오르는 기포도 새하얘서. 채색되지
않아서…….

　몸은 무겁고, 전부 포기해 버리려고 했다.

　이제 됐어.

　나약한 내가 몸의 힘을 뺀 그때, 그의 목소리가 들렸다.

『토카 선배!』

　나를 부르는 목소리를 쫓듯 어느새 발버둥 치고 있었다. 하
얀빛으로 손을 뻗었다. 세계는 새까맣고 고요했지만 그래도
그가 그곳에 있다면, 나는……. 어째서일까.

　그때, 세계가 조금 달라 보인 것 같았다.

　어둠 속에서는 결코 전달되지 않을 것을 알면서도 그 이름
을 불러 대답해 보고 싶었다. 그가 보고 싶었다.

　그건, 지금도 그랬다.

　"토와 군, 목소리를 듣고 싶어. 네가 찍는 사진^빛을 보고 싶었
어. 웃는 너를 보고 싶었어."

　쥐어짜듯 중얼거리자 어째선지 내 이름이 들렸다.

　"─선배."

　"어?"

　"드디어 찾았다. 토카 선배."

　아는 목소리가 귀에 들렸다.

　얼굴을 들었지만 세계는 이제 어둠에 사로잡혀서 알 수 없
었다.

　토와 군, 거기 있어?

그 순간, 어둠에 작은 빛이 비쳤다.

◇

"토카 선배."

안뜰에 있는 토카 선배를 마침내 찾았다.

무심코 외친 목소리는 숨이 차서 조금 이상한 발음이 되었다. 그래서 잠시 숨을 골랐다. 이름을 불린 선배는 내가 어디 있는지 모르는 것처럼 잔뜩 찡그린 얼굴로 주위를 둘러보고 있었다.

그 눈에는 빛이 깃들어 있지 않았다.

일어선 선배가 내가 있는 곳과는 조금 다른 방향으로 비틀비틀 걷기 시작했다.

"토와 군, 토와 군. 어디? 어디 있어?"

토카 선배가 나를 불렀다.

이윽고 뭔가에 걸린 듯 선배는 넘어지고 말았다. 무릎에서 피가 난다는 것을 여기서도 알 수 있었다. 아파서 얼굴을 찡그렸다. 하지만 선배는 일어났다. 울면서도, 아픈데도, 그래도 몇 번이고 일어나려고 발버둥 쳤다. 그런 사람이기에. 나는—.

"토카 선배, 여기야. 나는 여기 있어."

목소리에 반응하여 토카 선배의 얼굴이 나를 향했다. 천천히 다가가 오른손을 선배의 손에 살며시 포갰다. 줄곧 두 사람이 이어져 있었던 곳.

나는 이제 그녀의 눈물을 닦을 수 있는 거리에 있었다. 그러니까—.

내 손안에 있던 미라크티어의 빛 조각을 그녀에게.

"이것 봐. 이건 선배가 내게 가르쳐 준 거야."

◇

"토카 선배."

그의 목소리가 들렸다. 그가 나를 부르고 있었다.

무심코 일어났지만 보이지 않았다. 이제 나는 그를 알 수 없다.

"토와 군. 토와 군. 어디? 어디 있어?"

비틀비틀 걷다가 뭔가에 발이 걸려 넘어지고 말았다. 살이 까졌다는 걸 알 수 있었다. 끈적한 감촉이 드는 걸 보니 피도 나는가 보다. 부딪친 곳이 욱신거려서 나도 모르게 얼굴을 찡그리고 말았다. 그래도 나는 땅을 짚었다. 힘을 줬다. 일어섰다.

토와 군을 찾고 말았다.

어디 있는지도, 어떤 옷을 입고, 뭘 들고 있는지도 안 보이지만 그가 숨을 헐떡이며 필사적으로 달려와 줬다는 것만큼은 알 수 있었다.

솔직한 주제에 일부러 꼬인 척하는 그 얼굴이 분명 땀범벅이 되어 있을 것이다.

이렇게 얼굴이 안 보여도, 설령 목소리가 들리지 않더라도 그건 알 수 있을 것 같았다.

왜냐하면 한 달간 줄곧 같이 있었으니까.

그의 상냥함을 알고 있으니까.

그때, 왼손에 뭔가가 닿아서 움찔했다.

줄곧 한 남자아이와 이어져 있었던 곳.

"토와 군."

이름을 불렀다.

몇 번이고, 몇 번이고.

"이것 봐. 이건 선배가 내게 가르쳐 준 거야."

그가 대답해 줬다.

어둠에 금이 갔다.

금이 간 어둠 너머에 여전히 흑백인 세계가 있었다.

토와 군이 내민 것은 화판에 붙인 흑백 사진 한 장이었다.

특별할 것 없는 저녁 하늘.

나는 이 사진을 알고 있다.

왜냐하면 이 사진은.

그 이름은—.

기억이 되살아났다.

✧

아무것도 아닌 날이라서 아마 잊어버렸을 것이다.

그날 아침에는 조금 늦잠을 잤고 서두르느라 머리가 잘 세팅되지 않았다. 그러나 살짝 가라앉았던 기분은 급식으로 푸딩이 나오면서 완전히 풀려 버렸다. 수업 시간에는 굉장히 졸려서 큰일이었지만 농구부 연습 중에 드물게도 코치님이 칭찬해 줘서 기뻤다.

좋은 일도 나쁜 일도 그런대로 있었다.

즉, 일상이라고 불리는 날이었다.

나는 아직 중학생이었고, 농구부에 들어가 있었고, 언니는 건강했다.

평소처럼 진이 다 빠질 때까지 쥐어짜인 나는 귀갓길에 있는 공원 벤치에 앉았다. 버릇없게도 입을 크게 벌리고서 「아~」 하는 소리를 내며 다리를 쭉 뻗고 집처럼 편히 있었다. 공원을 가로지르는 고등학생 언니들이 키득거리는 소리에 당황하여 다리를 오므릴 때까지 그랬다.

뜨거워진 뺨을 오렌지빛이 부드럽게 어루만졌다.

그때였다.

찰칵 소리가 나서 그쪽을 돌아보았다.

어른이 가지고 다닐 만한 커다란 카메라를 든 소년이 서 있었다.

"지금, 사진 찍었어?"

"어? 아아. 응. 나도 모르게."

그 아이는 얼떨떨한 목소리로 말하며 여전히 렌즈로 나를 보고 있었다. 큼직한 눈이 하나 달린 외눈박이 꼬마 요괴 같아서 조금 재미있었다. 심지어 눈알이 튀어나와 있었다.

"너도 모르게 찍었다니. 멋대로 찍는 건 비매너야. 지워 줘."

"미안. 못 지워. 이거 필카라서."

"필카?"

"필름 카메라. 지우려면 필름을 통째로 못 쓰게 만들어야 해."

목소리가 곧장 시무룩해져서 왠지 불쌍했기에「그럼 됐어」라고 말했다. 한 장 정도야, 뭐.

"정말? 고마워."

"하지만 방금 찍은 한 장으로 끝이야. 더 찍으면 안 돼."

"알겠어."

고개를 끄덕인 아이는 카메라를 내렸다. 얼굴을 들자 꽤 귀엽게 생긴 남자아이가 나타났다.

살짝 건방져 보이긴 했지만 그것도 연하라는 느낌이 들어서 나쁘지 않았다.

곧장 어딘가로 가 버릴 줄 알았는데 아이는 어째선지 내 옆에 앉았다.

약속한 대로 카메라를 들지 않고 무릎 위에 올린 채 소중히 안고 있었다. 무슨 말을 하려나 기다려 봤지만 아이는 입을 다물었다. 침묵이 무거워서 내가 먼저 말을 걸고 말았다.

"그 카메라, 멋있네."

"NIKON F3야. 할아버지한테 받았어."

"흐응. 그런 건 비싸지 않아?"

"응. 20만 엔 정도 한대."

"2, 20만 엔."

천문학적인 숫자였다.

내 몇 달 치 용돈이지?

대강 계산하니 5년 반이라는 숫자가 나왔지만 실감이 나지 않았다. 5년 반 후, 순조롭게 진학한다면 나는 대학생이다.

"만져 볼래?"

"무리, 무리. 무서워."

망가뜨려서 변상하게 된다면 도저히 지불할 수 없다.

"그래?"

아이는 그렇게 말하고서 양손으로 네모난 창을 만들었다. 오른손 엄지를 왼손 검지에 대고 오른손 검지를 왼손 엄지에 대서……

셔터를 누를 수 없는 필터로 세계를 들여다보았다.

호기심이 동한 나도 옆에 있는 아이를 흉내 내 봤다.

사각으로 잘랐을 뿐인데 모호했던 세계의 윤곽이 갑자기 뚜렷해지는 것 같다. 동쪽에서 서쪽으로. 한나절 동안 하늘을 달린 태양의 얼굴은 달아올라서 아주 빨갰다.

"예쁘다."

세계가 너무나도 아름답게 빛나서 나도 모르게 중얼거렸다.

"빛이 부드럽고 반짝거리지?"

"응."

"일몰 후의 이런 짧은 금색 시간을 촬영 용어로 매직 아워라고 해. 뭐든 아름답게 빛나는, 세계가 우리에게 건 마법의 시간이야."

"굉장하다. 정말 너무 예뻐."

내가 들떠서 말하자 남자아이는 웃었고—.

하늘을 향해 카메라를 들었다.

—찰칵.

나팔수의 팡파레처럼 세계에 짧은 축복의 소리가 울리고
사라졌다.

"방금 그거 찍었어?"

"응."

"그래. 예쁘게 찍혔으면 좋겠다."

"……누나라면 이 하늘에 어떤 제목을 붙일 거야?"

"매직 아워 아니야?"

"그건 이 시간의 이름이야. 내가 물어본 건 방금 찍은 사진
의 제목. 아마 지금 누나가 보고 있는 것이, 느끼고 있는 것이
확실하게 찍혔을 테니까."

뭘까.

아리따움, 은 아니고…….

기쁨? 즐거움? 환희? 노을?

아니. 전부 와닿지 않는다.

아아, 그래.

더 단순한 말이면 된다.

이 세계의 아름다움을 나타내는 것의 이름이면 된다.

마치 고백이라도 하듯 두근거리는 가슴을 안고 작게 말하자 남자아이는 고개를 끄덕였다.

"그렇구나."

"너무 간단한가?"

"아니, 좋아. 오히려 그것밖에 없어. 왜냐하면 카메라는 빛을 포착하는 물건이니까."

이렇게까지 절찬하니 조금 기뻤다.

"언젠가 그 사진 보여 줘."

"약속할게."

내 십여 년 인생에서 겨우 십여 분간 있었던 일이다.

평소와 다르지 않은 하루하루 속의, 기억 속에 매몰되어 버릴 만큼 너무나 사소한 추억.

하지만 그 사소한 한순간에도 빛은 깃든다.

언니가 사고를 당한 그 날부터 줄곧 흑백이라고 생각했던 세계는, 회색이라고 생각했던 것은 사실 그렇지 않았다.

그저 내가 알아차리지 못했을 뿐이다.

제대로 앞을 보면 세계는 언제나 빛으로 가득하다.

누구의 눈에도 평등하게 아름답다.

그래서 이 사진의 이름을, 이 세계의 이름을, 우리는 이렇게 부른다.

「빛」이라고.

눈에 눈물이 차올랐다.

일찍이 나의 색을 뺏어 갔던 눈물.

그 눈물 속에, 번진 시야의 중심에, 지금, 흑백 사진이 있었다.

눈을 깜박이자 사진 속 풍경에 빛이 비쳤다. 현실과 반대였다. 주변에 보이는 세계는 여전히 흑백이고, 본래 흑백인 사진만이 색을 띠었다. 매직 아워. 빛이 가득 차는 마법의 시간. 오래전에 내가 그와 올려다봤던 하늘의 색.

얼마 전에 엄마가 본 드라마에서 나온 대로였다. 흑백 TV를 보는 건 재미없어서 엄마 옆에서 자는 척하며 대사만 들었었다.

『예쁜 것을 봤을 때. 맛있는 걸 먹었을 때. 좋아하는 사람과 함께 있을 때. 사랑하는 사람과 전화하는 한순간. 분명 어둠은 걷혀.』

고작 그것만으로도 세계는 간단히 채색된다.

그러니까 더는 무섭지 않다.

한 번 더 눈을 깜박였다.

빛이 사진의 틀을 넘어서 퍼져 나갔다.

눈물이 떨어지고 세계에 색이 차올랐다.

긴긴밤이 끝나고 해가 뜨듯이…….

지금 나는 빛 속에 있었다.

그의, 카자마츠리 토와 군의 얼굴이 잘 보였다.

아아, 그런 얼굴을 하고 있었구나.

짓궂고, 누나를 아주 좋아하고, 사진을 좋아하고, 상냥하고, 따뜻한 그런……

^{내가 좋아하는}
내 눈물을 닦아 주는 사람.

무심코 사진을 가지고 다닐 만큼 사랑스러운 사람을 마침내 제대로 보게 된 기분이었다.

철철 흘러넘치는 눈물을, 계속 흐르는 눈물을 그가 천천히 닦아 줬다. 조금 낡은 손수건으로. 아무리 눈물을 흘려도 색은 사라지지 않았다.

다시 토와 군의 얼굴을 보게 되어 정말 기뻤다. 그의 옷을 꽉 잡았다. 놓치지 않도록, 떨어지지 않도록, 세게, 세게.

"네가 그때 만난 아이였구나."

"그래."

"약속, 지켜 줬네."

별빛이 오랜 시간을 들여 지표에 도달하는 것처럼, 예전에 그와 자아낸 약속이 지금 내게 도달했다.

"우리 누나가 약속은 지키라고 했으니까. 그뿐이야."

평소처럼 괜히 쑥스러워서 하는 소리였다.

하지만 뺨이 빨개졌다는 것을 처음으로 알았다. 아마 이전에도 몇 번인가 뺨을 붉혔을 것이다. 그걸 못 보고 놓친 것이 분해서 결심했다. 앞으로는 놓치지 않겠다고.

"고마워."

"아니, 그러니까."

한번 말하자 멈출 수 없었다.

"고마워. 고마워. 고마워."

아무리 말해도 부족해. 고마워. 고마워. 하지만 토와 군은 나를 한 번 꽉 안아 주고 천천히 몸을 뗐다.

"틀렸어, 토카 선배. 고맙다고 할 사람은 나야. 이로써 겨우 나도 조금 전진할 수 있어."

"아니. 고마워의 고마워야."

"그게 뭐야."

토와 군이 풋 웃었다.

못생기지 않은, 세상에서 제일 예쁜 미소였다.

그 얼굴을 보고 안도한 것도 잠깐.

갑자기 왼손 약지가 아팠다. 깜짝 놀랐다. 타는 듯이 뜨거웠다.

허둥지둥 반창고를 떼어 보니―.

"어?"

내 소원을 이루어 줄 터인 별의 관이 빛으로 바뀌어 사라지려고 했다. 흰 눈이 손의 열로 녹는 것처럼 점점 투명해졌다. 파스스. 작은 빛의 입자가 바람에 날아갔다.

핏기가 가시며 나도 모르게 외쳤다.

"기다려, 기다려. 어째서."

하지만 닿지 않았다. 뻗은 손으로도 잡을 수 없었다. 손가락 틈으로 달아났다.

열은 아픔은 성관문이 전부 사라져 버릴 때까지 줄곧 계속 됐다.

나는 시련을 극복했는데 어째서 사라지는 거야. 내 소원은, 언니는 어떻게 되는 거야. 답은 전화 한 통이 가르쳐 줬다.

엄마가 건 전화였다. 무심코 몸이 경직되고 말았다. 분명, 분명 언니 때문에 건 전화다. 토와 군이 내 떨림을 진정시키 듯 전화를 잡은 손에 자기 손을 포개 줬다. 아주 조금 용기가 생겼다. 숨을 멈추다시피 하고서 통화 버튼을 눌렀다.

"토, 토카? 너 지금 어디 있니? 병원에, 언니가, 있지, 히나가."

말이 전혀 매끄럽지 않았다.

나도 비슷하게 떨려서 잘 알아들을 수 없었다.

하지만 「아아」 하고 멈췄던 숨을 마침내 토했다.

엄마의 목소리가 슬픔의 색을 띠고 있지 않았으니까.

토와 군을 보니 그는 힘 있게 고개를 끄덕이고서 내 등을 밀어 줬다.

"달려, 토카 선배."

너무 세게 밀어서 넘어질 뻔했다. 견뎠다. 앞을 보았다.

통화 종료 버튼을 누르는 것도 잊은 채, 엄마의 목소리가 계속 들리는 스마트폰을 계주 경기의 바통처럼 움켜쥐고서 달렸다.

목적은 단 하나.

달린다, 달린다, 달려.

조금이라도 빨리 당도하는 거야.

도중에 몇몇 간호사에게 혼났지만 발은 멈추지 않았다. 심장이 아픈 것은, 숨이 찬 것은 분명 달리고 있는 탓이 아니다. 하아, 하아, 하아, 하아.

이제는 눈을 감고서도 찾아갈 수 있는 병실 문이 열려 있었다.

"언니!"

어깨를 들썩이며 불렀다.

천천히 병실에 들어갔다.

언니의 담당 의사와 간호사의 등이 보였다. 새하얀 방에 새하얀 옷을 입은 사람들이 모여 있었다. 그들이 일제히 이쪽을 보았다.

하지만 내 눈은 단 한 사람, 다른 색깔 옷을 입은 여자의 얼굴을 보고 있었다.

커튼이 둥실 부풀며 아침 햇살이 그 얼굴에 내려앉았다.

조금 붉은 뺨.

분홍빛 입술.

"토카."

언니가 나를 부르고 있었다.

그리운 목소리였다.

이름을 부르는 소리에 갑자기 겁이 났다. 언니는 분명 나를 원망하고 있을 것이다. 내가 고집을 부려서 언니는 소중한 몇 년을 빼앗기고 말았으니까.

하지만 괜찮아. 원망해도 돼. 화내더라도 상관없어.

주머니 위에 살며시 손을 올려 거기 있는 사진 한 장으로부터 힘을 받았다.

"왜? 언니."

아아, 목소리가 떨리고 말았다.

여전히 전에 없는 강도로 진동하고 있어서 그런지 심장의 아픔은 멎지 않았다.

그리고 언니는 이렇게 말했다.

"있잖아, 제때 가져다주지 못해서 미안해."

무슨 말인지 이해할 수 없었다.

"어?"

"농구 시합, 이겼어?"

미안해하는 얼굴로 뺨을 긁적이면서 그런 말을 했다.

시간이 움직이기 시작했다.

그날 이후로 멈춰 있었던 나와 언니의 시간이……

몸이 멋대로 움직였다.

언니에게 달려가 그 품에 얼굴을 묻었다. 엉엉 울었다. 언니의 새하얀 옷이 내 눈물 때문에 축축해졌다. 얼굴도 엉망이었다. 하지만 미안해. 지금은 조금 무리야. 눈물이 안 멈춰.

"자, 잠깐. 토카. 아아, 콧물 묻었어~ 더러워. 왜, 시합 졌어? 미안하다니까. 사과의 뜻으로 내가 아이스크림 사 줄게."

아니. 아니야. 틀렸어, 언니.

"이겼어. 나는 이겼어."

이렇게 세계가 색을 띠고 있는걸.

언니가 웃는 얼굴도 제대로 보여.

✧

토카 선배를 뒤쫓아 병실에 도착했을 때 내 앞에 펼쳐진 광경은 그야말로 카오스였다.

토카 선배는 엉엉 울고 있고, 언니는 어쩔 줄을 모르며 난처해하고 있고, 의사와 간호사는 언니의 용태를 걱정하여 토카 선배를 떼어 내려고 하고······.

토카 선배는 떼쓰는 아이처럼 언니의 허리에서 안 떨어졌다.

자연스럽게 손이 움직인 것은 분명 토카 선배가 내게 처음으로 보인 표정 때문이다.

선배는 아주아주 **예쁘게** 웃고 있었다.

빛은 양호.

병실을 가득 채운 감정은 기쁨.

분명 흑백 필름 속에서도 색을 띨 것이다.

초점을 맞추고 프레임 안에 그녀들의 모습을 담았다.

살며시 셔터를 누르자 오랜만에 그 감촉이 손에 남았다.

─찰칵.

이렇게 나는 1년 만에 빛을 포착했다.

토카 선배는 울면서도 웃는 얼굴이었고, 언니도 당황스러워하지만 웃는 얼굴이었고, 의사와 간호사들도 곤란해하고 있지만 웃는 얼굴이었다.

문득, 방금 그 사진에 어울리는 제목은 뭘까 하는 생각이 들었다.

이 광경도 빛이란 말이지.

하지만 내가 짓는다면 분명 이런 제목이리라.

왕자님의 소원대로, 잠자던 공주는 깨어나니까.

「오렌지 프린스의 입맞춤^{소원}」.

즉흥적으로 지어 본 제목이지만, 응. 나쁘지 않다.

생각보다 더 어울렸다.

그리고 보니 오렌지 프린스, 즉 스트렐리치아 레지네의 꽃말에는「멋 부린 사랑」외에도 이런 뜻이 있었지. 그렇다면…….

그날, 토카 선배가 신에게 바랐던 것은, 빛은 그녀의 이름에 이미 깃들어 있지 않았을까.

『빛나는 미래』.

토카 선배가 소원한 것. 도달한 것.

그리고 붙잡은 것.

남김없이 필름에 새겨서 나도 빛이 흘러넘치는 방에 한 발을 들여놓았다.

아마 나도 똑같이 진심으로 웃고 있을 것이다.

가슴의 아픔은 아주 조금 멀어져 있었다.

4

—딸그락.

소원이 이루어지는 소리가 났다.

누군가의 소원이 이루어져서 그 손가락에 새겨졌던 증거가 벗겨지고, 수정을 닮은 결정으로 바뀌어 바구니 안에 나타나 떨어졌다.

이건 오미 토카의 소원.

오렌지색으로 물든 미라크티어 조각은 아주아주 아름다웠다.

미라크티어 나무 아래 한 여자아이가 서 있었다.

무녀복을 입은 그녀를 보고 무심코 후후 웃고 말았다. 아아, 이상해라. 무녀는 신을 섬기는 여성인데. 어떤 의미에서 세상에서 가장 어울리지 않는 그녀가 그걸 입고 있다니.

왜냐하면 이 아이는—.

그녀의 시선은 소원의 꽃망울이라고 불리는 한 가지에 가 있었다.

1년에 한 번, 누군가의 소원이 이루어진 순간 꽃피는 봉오리는 결국 작년 내내 피지 않았다.

그러나 지금, 그 가지에 달린 꽃봉오리가 천천히 피어났다. 월백색이 분홍색으로 물들었다. 하지만 하나뿐이었다. 아직 이 소원은 이루어지는 도중이니까.

그 모습을 지켜보고서 그녀는 나무줄기에 등을 기댔다.

잎사귀 사이로 내려온 빛을 언젠가 누군가가 그리했듯 손안에 담았다.

새하얀 빛이 손안에서 흔들렸다. 일렁일렁 일렁일렁.

"있지."

그리고 중얼거린 목소리는 평소처럼 부드럽지 않았다.

대신 어딘가 신성한 울림이 깃들어 있었다.

소꿉친구라고 인식하고 있는 토와도, 언니라고 믿고 있는 쿠로에도 모르는 진짜 목소리.

"너 여기 있어도 되는 거야?"

어젯밤 그녀가 달을 올려다봤을 때도 그랬지만 모습을 감추고 있어도 그녀는 **내가** 어디에 있는지 아는 모양이다. 역시 원조는 당해 낼 수 없구나.

바람만이 불고 있었다.

쏴아아 나무들이 흔들렸고 그녀는 머리카락을 눌렀다.

"동생 옆에 안 있어도 돼?"

그리고 아무도 없는 공간을 보며 그녀는 한숨을 쉬었다. 드물게도 짜증이 난 것처럼…….

"하아. 있으면 대답해. 너한테 말하는 거야."

이렇게 말하니 더는 모르는 척할 수 없으려나.

이 1년짜리 이야기의 주범이자 진짜 소원의 주인인 **나**를 인식할 수 있는 단 한 사람.

일찍이 세상에서 가장 아름다운 것을 보고 싶다고 소원하여 이 마을에 얽매인 신에게 **내가** 준 사람의 이름. 신(神, 카미)이 바뀐(代) 하얀(白) 그대(乃).

그녀의 사람 이름은 그래서 카미시로 하쿠노(上代白乃).

그런 그녀의 눈에만 **나**의 모습이 비친다.

소원으로 새하얗게 물든, 신의 힘을 일시적으로 얻은 **나**의 모습이.

"겨우 얼굴을 보였네. 너는 줄곧 우리를 보고 있었으니까 그렇지도 않겠지만, 일단 이렇게 말해 둘게. 오랜만이야."

하쿠노의 손이 목으로 뻗어 내 하얀 머리카락이 가린 비밀에 닿았다.

쓰다듬는 손길에 나도 모르게 몸이 움찔 반응해서 조금 부끄러웠다. 눈처럼 차가운 손인데도 닿은 부분이 뜨겁게 아팠다.

그곳에는 내가 그녀의 것이라는 증거가 새겨져 있으니까.

세상에서 가장 아름다운 빛의 꽃.

신의 축복을 누리는 것을 허락받은 **진짜** 별의 관.

그리고 그녀는 변함없는 무표정으로 그^내 이름을 불렀다.

"카자마츠리 이로하. 아니, 사랑하고 또 사랑하는."

—별^나의 행혼.

에필로그

그날, 신에게 전해진 소원

하쿠노와 미라크티어 나무 아래에 있으니 쿠로에가 집에서 나왔다.

어딘가 나가는 걸까.

귀여운 꽃무늬가 원 포인트로 들어간 포셰트를 어깨에 메고 조금 큼직한 카스케트를 쓴 쿠로에는 하쿠노를 알아차리고 이쪽으로 달려오려고 했다. 당연히 나를 알아차리지는 못했다.

그런 쿠로에게 하쿠노는 빙그레 웃으며 손을 흔들었다.

다녀와, 그렇게 말하듯.

하쿠노의 대응에 쿠로에도 그 이상은 다가오지 않고 씩씩하게 손을 마주 흔들고서 돌계단 쪽으로 걸어갔다.

그 모습은 어딜 어떻게 봐도 사이좋은 자매였고 하쿠노는 자상한 언니였다.

"왜 하쿠노는 그런 캐릭터로 있어? 원래 네 모습과는 전혀 다르잖아."

"왜냐니, 언니는 이런 거잖아? 네가 가지고 있던 서책에 그렇게 적혀 있었는데?"

"서책? 순정만화를 말하는 거야? 혹시 토와를 대하는 태도도?"

"소꿉친구는 그런 거잖아."

아니야? 하며 고개를 갸우뚱했다. 아무래도 하쿠노는 뭔가 착각하고 있는 것 같다고 생각하면서도 「뭐, 잘 지내고 있다면 상관없나」라고 생각을 고쳤다.

사람의 성격에, 사람을 사귀는 방식에 정답도 오답도 없으니까.

그리고 잘 돌아가고 있다면 적어도 나쁜 일은 아닐 것이다.

"그러네. 그런 걸지도. 잘 지내고 있는 모양이야."

"쿠로에는 착한 아이니까. 문제는 네 동생이야. 깨닫지는 못했지만 느끼는 게 있나 봐. 무의식적으로 내게 짜증을 느껴. 애먼 불똥이야. 그건, 그 비 오던 날의 선택은 내 탓이 아니야. 선택한 건—."

"하쿠노."

"왜?"

나도 모르게 이름을 불렀지만 그 이상 아무 말도 하지 못했고 그녀는 그 침묵을 허락하지 않았다.

"왜?"

"으음~ 토와가 쌀쌀맞게 굴어서, 혹시 슬퍼?"

결국 딴청을 피우고 말았다.

분명 하쿠노도 내 의도를 알고 있을 테지만 표정에서는 아무것도 읽을 수 없었다.

"딱히. 나는 그저 네 소원을 이루기 위해 이러고 있을 뿐이니까. 나도 많은 소원을 들어줬지만, 네 소원이 가장 귀찮고 오만해."

"뭐, 어때. 그만큼 누구보다 큰 대가를 치렀잖아."

지금으로부터 약 1년 전, 장대비가 내리던 날.

동생과 싸운 내게 하얀 신이 내려왔다. 조금 무뚝뚝한 그 신은 아주 예뻤고, 병들고 야위어서 남은 수명을 손꼽을 뿐이 었던 내게 이렇게 말했다.

"자, 가르쳐 줘. 카자마츠리 이로하. 너의 소원은 뭐지?"

그녀의 물음에 나는 단 하나의 기적을 갈망했다.

자신의 「모든 것」을 대가로.

그것이 자신의 목숨조차 바치는 일임을 알면서도……

"그렇긴 해. 그리고 그 소원을 이루기 위해 하쿠노는 사람 이 되었고."

"이로하는 1년 한정으로 신이 됐지."

내 소원은 나 자신이 내 뜻과 힘으로 이뤄야만 의미가 있었다.

그래서 그걸 위해 필요한 조건을 하쿠노에게 갖춰 달라고 했다.

그녀가 사람으로 현현한 것도 그중 하나였다.

본래 존재하지 않을 터인 카미시로 하쿠노라는 인물이 지 금 토와의 소꿉친구로서, 쿠로에의 언니로서, 마을 주민으로 서 세계를 속이며 위화감 없이 녹아들어 있었다. 나 자신이 직접 다른 사람과 엮일 수는 없어서 보조가 꼭 필요했다.

"뭘 보고 있어?"

"음~ 별거 아냐."

"그래."

고맙다는 말 정도는 하고 싶지만 말해 봤자 그녀는 부루퉁한 표정만 지을 테니 그만뒀다. 이게 자신의 역할이라고 무뚝뚝하게 중얼거리겠지.

너는 네 역할을 다하라고 말하는 게 고작이리라.

그래. 내게는 내 역할이 확실하게 있다.

카미시로 하쿠노가 『대가』를 받아 『소원』을 이루는 권능을 가진 신인 것처럼, 카자마츠리 이로하(風祭彩羽)는 『시련』을 줘서 『소원』을 이루는 신이다.

덧붙여 하쿠노와 달리 나는 1년에 한 번이라는 제약이 없다.

하쿠노가 말하길, 내 소원을 이루기 위해 부수적으로 이루어지는 소원이라서 그렇다고 했다. 그렇기에 그 기적은 「별의 행혼」과는 다르다는 모양이다.

내 소원의 가지에서 피는, 내 것과는 다른 소원.

행혼의 행(幸, 사키)에는 증식과 분열을 나타내는 「피어남(咲き, 사키)」과 「찢음(裂き, 사키)」의 뜻이 있어서, 하쿠노는 그녀들을 이렇게 불렀다.

『색(彩)의 열혼(裂魂)』.

아무래도 하쿠노는 그 부분을 같이 취급당하고 싶지 않은 듯했다.

어떤 의미에서 나를 특별히 취급하고 있는 걸지도 모른다.

으헤헤헤, 내가 쑥스러워하며 웃자 왜 웃냐며 반듯한 눈썹을 찌푸렸다.

"딱히."

"조금 잘 풀렸다고 해서 방심하면 안 돼."

"알고 있어. 하지만."

바구니 안에 마침내 하나 모인 소원의 조각을 바라보며 생각했다.

"역시 기뻐."

이렇게 해서 바구니 안에 소원의 조각이 가득 찰 때 내 소원이 이루어진다. 내 소원의 꽃망울은 전부 피어난다.

그때에는 어쩌면 또 토와에게 혼날지도 모르지만……

"아직 갈 길은 멀어."

"토와라면 괜찮아. 분명 내 소원을 이루어 줄 거야. 소원의 끝에 도달할 거야."

"뭐, 제 입으로 긍지 높은 시스콤이라고 말할 정도니까."

"맞아. 누나를 아주 좋아하지. 나를 위해서라면 무슨 일이든 해."

그러니까 토와.

내 소원을 이루어 줘.

그걸 위해 상처 입게 되더라도, 슬퍼지더라도.

어떤 대가를 지불해서라도—.

내 소원까지. 그 끝까지—.

계속 걸어 줘.

그렇게 너도 소원했잖아?

우리가 헤어진 그 비 오던 날.

신에게 네가 바랐던 것은—.
그리고 내가 바랐던 것은—.

똑같은 빛을 간직하고 있었으니까.
미라크티어 꽃이 흩날려 눈물처럼 반짝반짝 빛났다.
자, 우리 남매의 소원에 얽힌 이야기를 시작하자.

fin

■작가 후기

여러분, 오랜만입니다.

혹은 처음 뵙겠습니다.

하즈키 아야라고 합니다.

전작인 『Hello, Hello and Hello』 이후로 조금 시간이 걸렸지만 이렇게 어떻게든 새로운 시리즈를 보여 드리게 됐습니다.

이제부터 여기서부터 많은 분과 오래 함께하고 싶습니다.

앞으로도 잘 부탁드립니다.

문득 생각나서 메일을 확인해 보니, 담당자님께 「에잇!」 하고 최초 플롯을 송부한 것이 아직 헬로헬로를 개고 중이던 2017년 12월이었습니다.

『그날, 신에게 바랐던 것은』이라는 제목과 세계관, 설정은 그대로지만 당초 상정했던 것보다 훨씬 재미있는 작품이 되었을 겁니다. 그렇죠, 담당자님?

들인 시간만큼 여러분이 조금이라도 더 즐거우셨다면 제 노력도 보답을 받는 것인데, 어떠셨나요?

이 『그날, 신에게 바랐던 것은』은 세상에서 가장 아름답다고 불리는 신기한 꽃이 피어 소원이 이루어진다는 마을에서 펼쳐지는, 카자마츠리 토와라는 소년을 중심으로 한 청춘 이야기입니다.

울고, 화내고, 웃고, 성장하며.

여러 소원과 작은 기적을 차곡차곡 쌓아 최후에는 아주 큰 기적에 도달하기를 바라면서, 저도 등장인물들과 함께 미라크티어로 물든 길 위를 걸어가고 싶습니다.

괜찮으시다면 여러분도 그들과 함께 이 언덕길을 걸어 주세요.

페이지도 조금 더 있는 듯하니 이 작품을 쓰게 된 원점 중 하나를 소개하겠습니다.

실은 대학 시절에 문예부가 아니라 사진부에 들어갔었습니다.

토와와 아오이가 쓰는 NIKON F3는 제 파트너이기도 합니다.

토와처럼 흑백 필름을 사용해 사진을 찍고, 토와처럼 암실에 틀어박혀 사진을 인화하던 날들이 이제는 아득하고 조금 그립습니다.

제비뽑기에서 당첨을 뽑은^꽝 탓에 당시 사진부의 부장이었던 저는 귀여운 후배들을 데리고서, 동아리 활동으로 개최하는 사진전용 작품을 36시간쯤 연속으로 인화한 적이 있습니다.

한 명이 쓰러지고, 두 명이 쓰러지고, 죽은 듯이 눈을 감고서 「으으, 졸려」 하고 신음하는 그들을 암실 밖으로 내보낸 뒤 그저 동아리방에 놀러 온 후배를 대신 붙잡아 암실로 끌고 들어가고, 사진을 인화하며 애니송을 부르고, 교수를 욕하고, 연애 얘기를 했습니다.

정말이지 악마 같은 선배네요.

많은 후배가 앞으로 절대절대, 절~대로 하즈키 선배와 상종하지 않겠다며 츤데레 후배 히로인 같은 말을 했지만, 그 후로도 제가 사진을 인화 중이라는 말을 들으면 도와주거나 간식을 가져왔더랬죠. 정말 귀여운 후배들입니다. 예? 동기요?

그들은 매우 똑똑해서 제가 사진을 인화하는 동안에는 절대로 동아리방에 얼굴을 내밀지 않았습니다. 그리고 저와 후배들이 뒤풀이 자리에서 털어놓는 고생담 — 주로 저에 관한 불평이었지만 — 을 안주 삼아 폭소했습니다. 귀를 기울이면 그때 그 웃음소리도 들리는 것 같습니다.

암실의 냄새.

좁은 방을 가득 채웠던 힘들지만 즐거운 우리의 목소리.

인화지에 사진이 떠올랐을 때의 고양감.

그 사랑스러운 청춘의 나날이, 그 감촉이, 이 이야기에도 깃들어 있다면 좋겠습니다.

마지막이 되었지만 그럼 이쯤에서 감사 인사를 드리겠습니다.

첫 번째는 역시 이분이죠. 일러스트를 담당해 주신 플라이 님. 체면 불고하고 고백하자면 팬입니다. 아무것도 몰랐던 제게 담당자님이 히죽히죽 웃으며 「하즈키 씨. 신작 일러스트, 플라이 님께 부탁드리게 됐답니다」라고 가르쳐 주셨을 때는 주먹을 불끈 쥐고 저답지 않게 얏호~! 소리쳤을 정도입니다.

이 작품의 주인공인 토와(叶羽)와 이로하(彩羽) 남매.

성장하여 높은 하늘로 날아오르길 바라며 두 사람의 이름에 깃 우(羽)자를 넣었는데, 플라이 님께서 그들을 꾸며 주시니 인연이다 싶습니다.

아무쪼록 앞으로도 잘 부탁드립니다.

담당 편집자 후나츠 님. 마침내 시작점에 다다랐네요. 많은 폐를 끼쳤지만 앞으로도 힘을 보태 주셨으면 합니다.

그런데 「하쿠노의 무녀복 차림 일러스트로 보고 싶지 않나요?」, 「무진장 보고 싶어요」 하고 플라이 님이 모르는 곳에서 이루어진 저희의 밀거래는 과연 성공했을까요.

또한 이 책을 만들고 독자님들께 전달하는 데 협력해 주신 디자이너님과 교열자님을 비롯한 모든 분께 감사드립니다.

그리고 데뷔작 『Hello, Hello and Hello』가 이어준 인연도 이 책에는 많이 담겨 있습니다. 고마워, 유키, 하루요시.

물론 가장 큰 감사는 언제나 구매하여 읽어 주신 여러분께. 감사합니다.

이 시리즈는 권마다 히로인이 바뀝니다. 다음 히로인은 이미 정해져 있지만 누구일까 상상하며 기다려 주신다면 좋겠습니다.

그럼 다음 권에서 또 만나요.

2019년을 시작하는 날. 신께 소원을 하나 말하며.

하즈키 아야

그날, 신에게 바랐던 것은 1

초판 1쇄 발행 2021년 3월 10일

지은이_ Aya Hazuki
일러스트_ Fly
옮긴이_ 송재희

발행인_ 신현호
편집부장_ 윤영천
편집진행_ 김기준 · 김승신 · 원현선 · 권세라 · 유재슬
편집디자인_ 양우연
관리 · 영업_ 김민원 · 조인희

펴낸곳_ (주)디앤씨미디어
등록_ 2002년 4월 25일 제20-260호
주소_ 서울시 구로구 디지털로 26길 111 JnK디지털타워 503호
전화_ 02-333-2513(대표)
팩시밀리_ 02-333-2514
이메일_ lnovelpiya@naver.com
ㄴ노벨 공식 카페_ http://cafe.naver.com/lnovel11

ANOHI,KAMISAMA NI NEGATTAKOTOHA Vol.1 kiss of the orange prince
©Aya Hazuki 2019
Edited by 전격문고
First published in Japan in 2019 by KADOKAWA CORPORATION, Tokyo.
Korean translation rights arranged with KADOKAWA CORPORATION, Tokyo
through Korea Copyright Center Inc.

ISBN 979-11-278-5879-7 04830
ISBN 979-11-278-5878-0 (세트)

값 7,800원

*이 책의 한국어판 저작권은 (주)한국저작권센터(KCC)를 통한
KADOKAWA CORPORATION과의 독점 계약으로 (주)디앤씨미디어에 있습니다.
저작권법에 의해 한국 내에서 보호를 받는 저작물이므로 무단전재와 복제를 금합니다.

*잘못된 책은 구매처에 문의하십시오.

15세 미만 구독 불가

Copyright ⓒ 2019 mikawaghost
Illustrations copyright ⓒ 2019 tomari
SB Creative Corp.

친구 여동생이 나한테만 짜증나게 군다 1~3권

미카와 고스트 지음 | 토마리 일러스트 | 이승원 옮김

교우 관계 사절, 남녀 교제 거부, 친구라고는 진정으로 가치 있는 단 한 사람 뿐.
청춘의 모든 것을 「비효율」적이라 여기며 거절하는
나, 오오보시 아키테루의 방에 눌러앉아있는 녀석이 있다.
내 여동생도, 친구도 아니다.
짜증나고 성가신 후배이자 내 절친의 여동생인 코히나타 이로하다.
"선배~, 데이트해요! ……라고 말할 줄 알았어요~?"
혈관에 에너지 음료가 흐르고 있는 듯한 이 녀석은
내 침대를 점거하고, 미인계로 나를 놀리는 등, 나한테 엄청 짜증나게 군다.
그런데 왜 다들 나를 부러워하는 거지?
알고 보니 이로하 녀석도 남들 앞에서는 밝고 청초한 우등생인 척하기 때문에
엄청 인기가 좋은 모양이다.
이봐…… 너는 왜 나한테만 짜증나게 구는 거냐고.

끝내주는 짜증귀염 청춘 러브코미디, 스타트!!

©Aiatsushi 2019
Illustration : Yoshiaki Katsurai
KADOKAWA CORPORATION

백수, 마왕의 모습으로 이세계에 1~8권

아이아츠시 지음 | 카츠라이 요시아키 일러스트 | 김정준 옮김

한창 즐겼던 게임이 서비스 종료를 맞이한 날.
홀로 대보스를 토벌하고 사기급 능력을 입수한 요시키는
낯선 장소에서 눈을 떴다.
마왕으로 착각할 만한 중2병 장비를 걸친
자신의 캐릭터, 카이본의 모습으로!
심지어 갈피를 잡지 못하는 그의 앞에
요시키의 세컨드 캐릭터, 엘프 류에가 나타나고……?!
그녀와 둘이서 생활하는 동안 그는 알게 된다.
자신이 이 세계에서 신화 수준의 영웅으로 전해져 내려온다는 것을—!

**마왕의 모습으로 세계를 누비는
유유자적 여행기, 개막!!**

©Hiro Ainana, shri 2020／KADOKAWA CORPORATION

데스마치에서 시작되는 이세계 광상곡 1~21권, EX

아이나나 히로 지음 | shri 일러스트 | 박경용 옮김

한창 데스마치를 치르던 프로그래머 스즈키 이치로(29).
『사토』란 닉네임을 쓰는 그가 잠시 잠들었다 깨어나 보니
듣도 보도 못한 이세계에 방치되어 있었다!
혼란에 빠질 틈도 없이 눈앞에는 처음 보는 괴물의 대군이 다가오고,
하늘에서는 유성우가 쏟아진다.
정신을 차리고 보니, 최강 레벨의 힘과 막대한 부를 손에 넣었는데……?!
이렇게 사토의「유유자적, 가끔 시리어스, 그리고 하렘」인
이세계 모험담이 시작된다!!

**최강 레벨과 막대한 재보를 가지고
시작되는 유유자적 이세계 관광!!**

라이트노벨의 새로운 빛! ㄴ노벨의 신간은 매월 10일에 발매됩니다. http://cafe.naver.com/lnovel11

©Natsume Akatsuki, Kurone Mishima 2020
KADOKAWA CORPORATION

이 멋진 세계에 축복을! 1~16권, 요리미치! 1~2권

아카츠키 나츠메 지음 | 미시마 쿠로네 일러스트 | 이승원 옮김

게임을 사랑하는 은둔형 외톨이 소년, 사토 카즈마의 인생은
너무하도 허무하게 그 막을 내린…… 줄 알았는데,
정신을 차려보니 눈앞에 여신을 자처하는 미소녀가 있었다.
"이세계에 가지 않을래? 원하는 걸 딱 하나만 가지고 가게 해줄게.",
"그럼 널 가지고 가겠어."
이리하여, 이세계로 넘어간 카즈마의 대모험이 시작……되나 싶었는데,
결국 시작된 것은 의식주 확보를 위한 노동이었다!
카즈마는 그저 평온하게 살고 싶지만,
문제를 연달아 일으키는 여신 때문에 결국 마왕군에게 찍히고 마는데?!

애니메이션 방영 화제작!!